講談社文庫

新装版
会社蘇生

高杉 良

講談社

目次

新装版　会社蘇生

第一章　深夜の電話

1

前夜半からの吹雪で、赤倉スキー場はリフトが動かず、最終日、三日目の朝のスキーは中止になった。

この年、日本列島は記録的な寒波に襲われ、東京の降雪日数二十九日は気象庁始まって以来の新記録といわれたが、赤倉スキー場も例年になく雪が多かった。

宮野英一郎は二月二十六、七の二日間スキーを堪能したが、三日目、新雪の中をゲレンデにスロープを描こうと張り切って早起きしたのに、吹雪で出端《ではな》を挫《くじ》かれてしまった。

宮野は東京弁護士会所属の弁護士で、一月に五十歳になったばかりである。七三に分けた頭髪は胡麻塩だが、濃い眉の下の切れ長の眼にひかりを湛《たた》えており、浅黒くひきしまった面だちは、齢《とし》より五つ六つ若く見える。

二月下旬に弁護士会の仲間たちとスキーを愉しむのは例年のならわしだが、今年は参加者が多く、四十数人に及んだ。

宮野が降り籠められた三人の仲間と、赤倉観光ホテルの食堂で朝食のあとのコーヒーを喫《の》みながら雑談しているとき、西田という若い弁護士が唐突に言った。

「弁護士の仕事で、なにがいちばんやり甲斐があるんでしょうか」

「そりゃあ、更生会社の保全管理人をやることですよ」

宮野は間髪を入れずに答え、コーヒーカップをテーブルに戻してから、話をつづけた。

「難事件を解決したり、法廷で検事をやり込めたりしたときなども、弁護士冥利《みようり》に尽きると思うことはあるでしょうが、仕事のし甲斐があるということでしたら、保全管理人がいちばんじゃないですか」

宮野は、隣りの西田から向かい側の岡崎のほうへ視線を移した。

「そうですね。わたしは保全管理人を経験したことがないので、よくわかりませんが、保全管理人の権限は絶大だから、これはやり甲斐があるし、成功すればまさに弁護士冥利に尽きるってことになるんでしょうが、ただ、失敗したら惨めでしょうね」

岡崎は、宮野と同期の弁護士で、お互い気心の知れた仲である。西田ともう一人の中川はともに三十歳前半といった齢恰好《としかっこう》だ。

「しかし、いきなりパラシュートで舞い降りて、更生会社の全権限を掌握し、更生開始決定に導くという大きな仕事をできるんですから、身がひきしまるというか、あの緊張感はなんともいえませんね。弁護士になってよかったと、しみじみ思いますよ」

「なるほど。更生法を適用されるということは、その企業が社会的に有用だと認められるわけだから、使命感をもって更生に取り組めるんでしょうね」

岡崎はまぶしそうな眼で宮野をとらえた。

保全管理人あるいは管財人として実績をもつ宮野に羨望の念を禁じ得なかったのかもしれない。

西田が中川と顔を見合わせながら言った。

「宮野先生は裁判所から保全管理人に選任されたことが何度かおありだから、そういうことを自信をもっておっしゃれるんでしょうが、若いわれわれには、もうひとつぴんときません」

宮野が、きれいな歯並みを見せて西田にうなずき返した。

「西田先生もいまに経験するチャンスはあるでしょうが、そのときに僕の話を思い出すことになりますよ」

「少しでも利害関係があったら、保全管理人はできないでしょうね」

「もちろんです。ニュートラルな立場だからこそ思い切った手が打てるんです」

宮野が力を込めて岡崎に答えたとき、スキーツアーの幹事である吉岡弁護士が、宮野たちのいる窓際のテーブルに近づいて来た。

「えらいことになりました。いまフロントから連絡がありましたが直江津─長野間が豪雪で不通になっちゃったんです。開通の見通しがなければ、バスで長野へ出るしかないと思いますが、方針が決まり次第、連絡します。十時までにチェックアウトだけして、フロント前のロビーか食堂で待機してるようにお願いします」

吉岡は、不惑になるかならないかの齢恰好である。てきぱきした口調で言って、ほかのテーブルへ移動した。

食堂がざわつき始めた。

予定では、バスで妙高高原駅へ出て、昼前の汽車で上野へ向かうことになっていたのである。赤倉観光ホテルから妙高高原駅までは六キロ足らずだから、雪の中でもバスで二十分とはかからない。長野までだと妙高─長野間が急行列車で四十分かかるが、バスで一時間半みれば充分のはずである。しかし、長野市内の交通渋滞も予想されるので所要時間については余裕を見なければならない。

結局、長野発二十時四十五分発の最終列車に乗車することになり、夕方五時にバスでホテルを出発することに決まった。

幸いというべきか、昼過ぎから風が弱まり、リフトが動き始めたので、降りしきる雪の中をもうひとすべりすることになった。

2

　東京地方裁判所民事八部の部長である千葉判事から青山の宮野・今西・菊池法律事務所に電話が入ったのは二月二十八日の午後五時五分前である。

　千葉判事は、宮野を特定して電話をかけてきたが、宮野はスキー旅行で休暇をとっていた。

　電話に出たのは沢田佐知子弁護士だ。佐知子は、ミセスで二児の母だが、まだ二十代のミスで通ると思えるほど若く見える。色白で眼鼻立ちのはっきりした美人だ。国際取引法の勉強でアメリカへ子連れ留学した頑張り屋でもある。

「宮野は本日まで休暇をとっております。あすは九時に参りますが、いかがいたしましょうか」

「今夜中に連絡がとれますか」

「はい。とれると存じます」

「それでは、夜中でもけっこうですから、必ずわたくし千葉の自宅へ連絡をいただきたいとお伝えください……」

　千葉は電話番号を二度繰り返した。

「かしこまりました。必ず宮野に申し伝えます」

佐知子は、すぐに宮野の自宅へ電話を入れた。宮野の自宅は吉祥寺だが、予定では、夜七時ごろには帰宅することになっている。

「はい。宮野でございます」

電話の声は、ひとり娘の沙織《さおり》らしい。沙織は一流私大の法学部の二年生である。

「事務所の沢田ですが……」

挨拶のあとで、佐知子は用件を伝えた。

「なんですか、千葉判事は宮野先生に緊急に連絡をとりたい様子でした」

「わかりました。念のため、ホテルに電話をかけて、帰ったかどうか確かめます。まさかそういうことはないと思いますけれど、もう一日日延べすることもあり得ないことではありませんから」

「よろしくお願いします」

沙織が赤倉観光ホテルへ長距離電話をかけたのは五時十分過ぎで、宮野を含めたスキーツアーはわずか二、三分前にバスで長野駅へ向かったというフロントの話であった。

赤倉観光ホテルから長野駅に通じる国道十八号線は、ひどい交通渋滞が続いていた。直江津—長野間の不通で、その途中駅から上り列車に乗車しようとしていたスキー客が一斉に国道を長野駅へ向かっているのだから、それも当然だが、降りしきる雪の影響も手伝っている。雪のないときなら一時間ちょっとの距離だが、この夜は三時間かかり、長野駅に着いたときは八時を過ぎていた。

宮野は虫が知らせたわけでもなかったが、家族に心配かけてもいけないと思い三十分以上も公衆電話の行列に並んで、自宅へ電話をかけた。

「沙織、お父さんだ。いま長野駅からだが、帰りが遅くなるよ。八時四十五分の列車だから十二時を過ぎるかもしれない」

「直江津―長野間が大雪で不通なんですってね。ホテルへ電話をかけて聞きました」

「ホテルへ電話した……」

「ええ。東京地裁の千葉判事から、夜中になってもけっこうですから、今夜中に必ず電話をくださいって、事務所に電話があったそうです。五時ごろ沢田先生から電話がありました」

「……………」

「電話番号をひかえてください」

「いいよ」

宮野は、かじかむ手で手帳にそれを書き取った。

宮野は、いったん電話を切って、千葉判事の自宅の番号を回そうと、ダイヤルに手が触れかかったが、途中でその考えを放棄した。二十時四十五分発の最終列車に乗車する人たちがまだ列をつくっている。皆んな連絡したがっているのだ。緊急事とはいえ、千葉判事は夜中になってもいいと言っているのだし、公衆電話からでは気がせいて、用が足せない心配もある——。宮野は瞬時のうちにそう計算したのである。

列車は混んでいたが、幹事が指定座席を確保してくれたので助かった。

夜中でもけっこうだから必ず連絡してほしい、と千葉判事が言ってきたということは、よっぽど差し迫った用件に違いない。東京地裁の民事八部は、会社更生、再建型の会社整理、特別清算の三項目を対象とし、破産と和議は民事二十部の所管である。

民事二十部の判事が電話をかけてきて、当の弁護士が不在だったとしても、夜中でも連絡をつけたい、と言ってくることはまずあり得ない。

民事八部の部長が至急連絡をつけたいということは、更生関係、それも大企業の更生申し立てと考えていいのではないか、と宮野は思った。

長野発の最終列車が終点の上野に到着したのは日付が変った二十九日の午前零時二十分過ぎであった。

タクシーを飛ばして、自宅に着いたのは一時過ぎである。妻の志保子が起きて待っていた。

宮野は、スキーウェアを脱ぎながらリビングルームに入り、すぐに電話機に向かった。

千葉判事とはもちろん面識はある。大学は同窓で、法曹界では宮野の四年先輩であった。三回目のダイヤル音で、千葉が直接電話口に出てきた。

「宮野です。こんな時間に恐縮です。スキーに行っておりまして、いま帰宅したところなんですが……」

「どうもお騒がせして申し訳ありません。実は商事会社の更生申し立てをあす受理することになりました。資本金は十五億円程度、年間一千億円程度の売上げで、従業員は約千百人です。先生に保全管理人をお願いしたいと思ってるのですが、明朝九時に地裁へお出《い》でいただけませんか」

宮野は、息を呑んだ。

売上げ一千億円といえば、いわゆる総合商社ではないにしろ、かなりの規模である。千葉判事はさすがに慎重で固有名詞を出していないので、なんという商社なのかにわかに社名を頭に思い浮かべることはできないが、新聞各紙がトップ記事で扱うだけのニュースバリュウはあるとみてよい。

この場で即答する筋あいのものでないことは、千葉判事はもとより承知しているはずだから、保全管理人を受諾すると答える必要はないが、宮野は血がたぎるような興奮を覚えた。

けさがた、正確には昨日の朝ということになるが、ホテルの食堂で食事をしながら、岡崎たちと話したことがいやでも頭の中をよぎる。保全管理人の仕事は、成功すれば弁護士冥利に尽きる、と話したのだが、不思議な暗合とでもいうか、詳しく話を聞かないうちから、宮野は、これは受けざるを得ないのではないか、と思った。

「負債規模はどの程度ですか」

自分では落着いて話してるつもりだが、声がうわずっている。

「一千億円を越えると思います」

「ほーっ」

宮野は予想以上に大きい数字を聞かされて、思わずうなり声を発していた。

「新聞に大型倒産と書かれそうですね」

「そうですねえ」

「ともかく、あすの朝九時にお伺いします」

「よろしくお願いします」

「遅い時間に失礼しました」

「こちらこそ」

宮野は受話器を戻してから気がついたのだが、妻の志保子に沙織までが心配そうに、背後に佇《たたず》んでいた。

「更生会社の保全管理人の話なんだ。今西先生と菊池先生にこれから電話をしなければならないから、先に寝《やす》んでいいよ」

「あしたはお早いんですね」

「うん。家を七時前に出なければならないだろうな」

宮野は志保子に答えて、ふたたび受話器を取った。

時間が時間だから仕方がないが、今西も菊池もなかなか出てこなかった。宮野は辛抱強く受話器を耳に押しあてていた。

今西健治は四十三歳、菊池正史は三十七歳である。両人とも有能な弁護士で、パートナーを組んでいて、これほど信頼できる男はいない、と宮野は思っている。

今西家では、夫人が電話口に出てきた。

菊池家は、菊池自身の声がしたので、いくらか救われるが、宮野はまず深夜の電話について詫びなければならなかった。

宮野は、パートナーを組んでいる以上、どんなことでも独断で行動することを避け、大事なことは二人に相談することを鉄則としてきた。まして、更生会社の保全管理人を受けるとなれば、ほかの弁護士も含めて事務所ぐるみで組織的に対応しなければならないから、たとえ夜中の一時二時であれ、電話連絡しておくのが筋である。

ついでながら、宮野・今西・菊池法律事務所には、三人のほか二人の弁護士が勤務している。一人は沢田佐知子、もう一人は村本稔で、年齢は三十四歳と三十二歳である。パートナーを組んでいない弁護士を、仲間うちでイソ弁と称している。居候弁護士をつづめてイソ弁だが、沢田佐知子と村本には、あした話そうと思った。

「こんな時間にごめんなさい。奥さんまで起こしてしまったようだが、たったいまスキーから帰って来て、東京地裁民事八部の千葉判事に電話をかけたところなんです。あすの朝九時に地裁へ来てほしいということなんだが、商事会社の更生申し立てを受理するらしいんです」

「保全管理人ですね」

「ええ。それでね、事前に意見を調整しておきたいので、朝早くて申し訳ないが、七時半に事務所へ来てもらいたいと思いまして」

「わかりました。夕方、事務所に千葉判事から電話があったのは、その件ですね」

「そうなんです」

「宮野先生を保全管理人に選任したいということですと、大きな会社でしょうね」

「会社の名前は特定してませんでしたが、負債総額一千億円以上の商事会社だと言ってました」

「商社ですか」

今西の声がくぐもったのは、意外と受けとめたせいかもしれない。

「それではあしたの朝七時半によろしくお願いします」

「承知しました」

菊池との電話のやりとりも、今西とほぼ同じだが、今西以上に、更生申し立て会社が商社であることに意外な感じが強く出ていた。意外というより当惑というべきかもしれない。

3

二月二十九日の朝六時に起床し、新聞を読み、コーヒーとトーストの軽い朝食を取って、宮野は六時半に家を出た。底冷えする寒い朝だ。吐く息が白い。事務所は青山通りに面した雑居ビルの七階にあるが、事務所までの所要時間はドア・ツー・ドアで一時間弱である。

吉祥寺から井の頭線で渋谷へ出、渋谷から外苑前まで地下鉄銀座線を利用する。

六時台の井の頭線はラッシュ時の混雑が嘘のようにすいていた。

緊張しているせいか居眠りは出なかったが、スキー疲れと寝不足で瞼《まぶた》が重たかった。

宮野が七時二十分に事務所に顔を出すと、今西と菊池はすでに来ていた。

二人は深刻な顔で、宮野を迎えた。

「宮野先生、更生申し立てをしようとしているのは小川商会という会社です」

応接室で出し抜けに菊池が言った。

「どうして、わかったの？」

「これです」

菊池がテーブルを手で示した。

眼をやるとM新聞が題字を見せてひろげてあった。

〝「小川商会」行き詰まる〟の凸版五段見出しが眼を剝《む》いている。

〝負債千百億円超す〟〝高級ブランド商法が裏目に〟〝一両日中に更生法適用を申請〟の大見出しがつづく。準トップ扱いだが、七行のリード（前文）にも示されているとおり事実上はトップ記事で、一面の五分の二近くもスペースを割いている。

宮野はM新聞をむさぼり読んだ。新聞を持つ手がふるえている。

宝石、カメラ、ゴルフ用品などの高級ファッション、レジャー商品の輸出入で知られるしにせの中堅商社、小川商会（本社・東京、小川善雄社長、資本金十五億七千五百万円、従業員約千百人、東証、大証一部上場）が、総額千百億円もの負債を抱え、経営が行き詰まったことが二十八日明らかになった。同社は月末の手形決済資金調達に奔走中だが、主要金融筋によれば、一両日中に東京地裁に会社更生法の適用を申請する見通しである。カメラ部門を中心に海外に積極的な子会社展開を続けてきたが、販売不振に陥ったことが主な原因。千百億円にのぼる負債を抱えてのつまずきは、興人（五十年、負債千五百億円）、永大産業（五十三年、千三百億円）に次ぎ、また商社の経営行き詰まりとしては五十二年の安宅産業以来である。


「凄いスクープですね」

「うん。しかし、M新聞は相当なリスクを冒したことになるね」

菊池と今西が小声で話しているが、もちろん宮野の耳には入っていない。


小川商会は明治二十三年の創業。創業者、小川善一郎氏以来、小川一族の同族会社で、現在の善雄社長は善一郎氏の曾孫。

同社は創業以来、一級のブランド商品を取り扱い業績を伸ばしてきたが、四十年ごろサンライト工機（東証二部上場）と組み、同社の高級カメラの輸出・販売権を独占、欧米など海外十六ヵ所に現地法人を設立して積極的な事業展開を図ってきた。

こうした販売・投資を進める過程で、同社は金融機関から借りた債務が増大、本社内の経常利益、一億五千万円の税引き利益を出し（ただし減収減益）一株当たり二円の中間配当を行ったものの、海外法人を含めた連結決算では、五十七年十二月期で十三億七千四百万円の損失を出した。

このため、同社は昨年初め、一〇〇パーセント出資の子会社、サンライトカメラ販売（本社・東京、小野寺正一社長）を設立、カメラ関係の海外現地法人十六社を移し、その後北欧の三社を整理するなど、経営体質の改善を進めてきた。

しかし、昨年十月、サンライトのライバル企業であるカシマが、経営不振で事実上東セラに吸収合併され、日本のカメラメーカーに対する不安感が海外で一斉に表面化、小川商会の海外現地法人に対しても、外国銀行がほぼ一斉に債券の回収を開始したため、小川グループの経営に大きな穴があいた。加えてゴルフ用品、時計などの海外有名ブランド品の国内販売も、国民の間に〝ブランド信仰〟がうすれてきたせいもあって、慢性的な売り上げ不振に陥り、経営はドロ沼状態になっていた。

このため同社は金融機関の支援を要請し、再建工作を行ってきたが、二月末、二十九日の一日を残すだけで、国内に限っても二十億円弱の手形決済を迫られている。これを乗り切っても、近い将来、支払い不能に陥ることが必至とみられるため、会社更生法の適用申請準備に入った。

小川商会には国内に関連会社が十五、海外にもカメラ関係十三のほか、時計や宝飾類の販売など合計十五の関連会社があり、取引先には中小問屋も多いため、これら企業の〝連鎖倒産〟が心配される。

ただサンライト工機は一月にエレクトロニクス分野への転進を図る目的で、ベンチャー・ビジネスのコスモス・オリンピアグループの傘下に入っており、同社関係者は「債務はすべて保全しているので影響はない」としている。


「こんな記事を出して、もし間違ったらえらいことになる。更生法適用申請を準備中と実際に申し立てを行なうのとではまるで意味が違う。準備はしても銀行と話がつき緊急融資がとりつけられて申請を見送ることだってありうるわけでしょう」

「そうですね。逆にこの記事によって、信用不安が起きて会社が倒産に追い込まれることだってありうるわけですよね」

菊池は、自分で淹《い》れた緑茶をすすって話をつづけた。

「各方面から裏付を取ってよっぽど自信があったから書いたんでしょうが、それにしても、劇的なスクープですね」

「しかし、万一ということがあるから、こういう社会的に影響の大きいスクープは、考えものだなあ。裁判所が申し立てを受理してから書くべきなんじゃないかな。もっとも、それではスクープにならないけど……」

今西は途中で口をつぐんだ。M新聞の記事を読み終った宮野が上気した顔をあげたからである。

「お茶をどうぞ」

菊池が湯呑みを宮野のほうへ押しやった。宮野が無言で、湯呑みを口へ運んだ。やたら喉が渇く。

宮野は、M新聞は購読していないが、けさ自宅で読んだA新聞とN新聞には小川商会関係の記事は出ていなかった。M新聞の見事なスクープというほかはない。

「宮野先生、どうします。やりますか」

宮野は、まっすぐ今西を見返した。

「今西先生はどう考えますか」

「先生の決意次第ですが、商社の再建は難しいでしょうねぇ」

「わたしは、賛成できません。失敗したら宮野先生の名前に傷がつくことになりませんか」

菊池は、宮野が小川商会の保全管理人を受けることに懐疑的であった。

「先生は、小川商会なる会社をご存じですか」

今西に訊《き》かれて、宮野は小さくうなずいた。

「いや、殆《ほと》んど知りませんね。小川商会の子会社との関係で〝会社四季報〟を読んだくらいです。小川商会の子会社に小川ワインハウスというワインの輸入販売会社があるんですが、会員制で、会員には輸入ワインを安く分けてくれるんです。僕は会員なんですよ」

宮野は照れ臭そうに歪めた顔をすぐにひきしめた。

「これが総合商社だったら、更生はまず不可能だし、申し立てても受理されないかもしれませんが、小川商会は、総合商社のように金融的介入を大規模にやっているわけではないと思います。総合商社はメーカーから長い手形でものを買い、短い手形でユーザーに売るわけだから、一点でも疑いをもたれて手形の信用力を失ったらおしまいです。小川商会は倉庫を持ち、物流センターを持って現実にものを動かしており、小売り業に近いところにいるわけだから、総合商社とは基本的に違いますよ」

「しかし、商権が人についてることは総合商社と同じでしょう。優秀な人材をスカウトされたらどうなりますか」

菊池が腕を組んで首をかしげた。

宮野が表情をやわらげて菊池に言った。

「メーカーに比べて商社の更生は難しいかもしれないが、更生の可能性は十分あると思うなあ。当然、小川商会は民事八部と何日か前から折衝してきたと思うが、申し立てを受理するということは、裁判所がその可能性がある程度はあると判断したからでしょう。それに、これは釈迦に説法ですが、更生法がメーカーに適切という考え方もだいぶ変ってきてますしねぇ」

宮野が指摘したとおり、会社更生法がメーカーの再建のためにつくられた法律と考えられたのは過去のことである。

メーカーは不動産や生産設備をもち、原材料、仕掛品《しかけひん》、製品などの在庫も持っている。また、生産技術を持ち、労働力もあるから、倒産による信用低下後の再建が比較的容易であると考えられてきた。また、更生計画が認可されて、計画遂行中に予想どおりの収益が挙がらず、弁済できなくなっても、その間に値上がりした不動産を売却することによって、約束した更生計画が実行できるという安全弁があった。

しかし、そうしたメリットは工場用地や地方の土地などの値上がり率が極めて低くなった現在、大きく薄れており、低迷する業界にあっては、同業他社が申し立て会社を支援できなくなっていることや、申し立て会社が技術革新に遅れを取っていることなどから、新製品開発や経営の多角化が図れないメーカーの再建は困難になっている。

むしろ流通業でも収益力さえ回復できれば更生法によって再建されたケースも少なくなかった。

「裁判所が僕を見込んでくれたわけだから、義を見てせざるは勇無きなりという気持ちにならなければいけないと思うんです。それに……」

宮野はテーブルのＭ新聞にちらっと眼を遣った。

「すでに新聞に出てしまった段階で僕が断ったら、代りの弁護士を探すのは時間的に無理でしょう。ちょっと断りにくいですよ」

宮野は、湯呑みの底に残っているわずかな緑茶を茶殻をより分けるようにしながら、喉へ流し込んで、伏眼がちにつづけた。

「こんなこと言うと、多分に情緒的だと笑われるかもしれませんが、僕は弁護士になって二十五年、満五十歳になったばかりです。ひとつの節目に、こうした小川商会のような大きな更生申し立て会社の保全管理人の仕事にぶつかるということは、なにかこう運命的であり、意義があるように思えるんです。神の啓示などと言うと笑われるかもしれませんが……」

「わかりました。やりましょう」

紅潮した顔で、今西が力強く答えた。

「やり甲斐のある仕事で、社会のためにもなると思うんです」

宮野は、熱いまなざしで菊池を見つめた。

きのうの朝、岡崎弁護士たちに話した「弁護士冥利に尽きる話」を披露したい気持ちに駆られたが、宮野は思いとどまった。

「わかりました」

菊池が強く宮野を見返してきた。

「ありがとう」

宮野が笑いかけると、菊池も笑顔で応じた。

今西が腕時計に眼を落して言った。

「宮野先生、そろそろ時間ですよ」

「ああ、そうですね」

宮野も時計を見た。八時二十分過ぎである。

宮野のパートナーである今西と菊池は、保全管理団の枢要なメンバーになるわけだから、東京地裁まで同行して一緒に話を聞ければてっとりばやいが、地裁から招聘《しょうへい》を受けているのは宮野一人なので、事務所で待機していなければならない。

宮野は、外苑前から地下鉄銀座線に乗り、赤坂見附で丸ノ内線に乗り換えて、霞が関に出た。ラッシュ時だから、すし詰めでもみくちゃにされたが、タクシーでは交通渋滞に巻き込まれる恐れがあり、時間が計れないので仕方がなかった。

東京地方裁判所民事八部は新庁舎十三階の北側にある。宮野が九時三分前に着くと、部長の千葉判事、右陪席の海野判事、左陪席の藤原判事の三人とも顔をそろえていた。

「朝早くお呼び立てしましてどうも」

「昨夜は連絡が遅くなりまして大変失礼しました」

宮野は、千葉に深夜の電話を詫びた。

書記官室の奥に応接セットがしつらえてあるが、四人はそこのソファで話した。三人の判事は当然けさのM新聞を読んでいるはずだが、ことさらに避けているのか、話題にならなかった。

もっぱら小川商会が更生申し立てに至った背景と現況について、千葉裁判長が資料を見ながら的確に説明する。

小川商会が更生申し立て書を東京地裁へ提出したのは昭和五十九年二月二十九日午前十時のことだ。

宮野は十時まで話して、別れ際に千葉から「午後一時二十分までにもう一度お出でいただけますか。正式に保全管理人に選任致します」と申し渡された。

第二章　長い一日

1

二月二十九日の昼過ぎ、シルバーグレーのベンツが日比谷通りを御成門から内幸町へ向かっていた。

月末のせいか交通渋滞が続いており、交差点は信号三回待ちで通過できるかどうかである。運転手を含めて四人の同乗者は、深刻に顔を歪め、押し黙っている。

ベンツは小川商会の社長専用車で、後方シートに社長の小川と専務の池田、助手席に取締役管理部長の佐藤が納まっていた。

この日、午前十時に、小川商会は更生申し立て書を東京地裁に提出、受理されたが、小川は午後一時半に、保全管理人に選任された弁護士と対面するため、東京地裁から呼び出しを受けていたのである。

小川はシートに背中を凭《もた》せて、窓外へ視線を投げていた。前日まで血走っていた眼は、いまは虚《うつ》ろで、外の景色をとらえていなかった。小川商会社長の小川善雄といえば身だしなみのいい紳士で知られている。長身のスリムな体型、七三に分けた銀髪、メタルフレームの奥の優しい眼、丁寧なもの腰……。どこから見ても教養あふれる紳士を思わせずにはおかない。

一世紀になんなんとする歴史を有する名門企業のオーナー社長に相応《ふさわ》しい押し出しである。小川は四代目だが、先代の父親と同じ米国プリンストン大学を卒業、昭和四十年に弱冠三十四歳で小川商会の社長に就任して以来十八年もの間、超ワンマンとして君臨しつづけてきた。

しかし、肩を落して、焦点の定まらぬ眼をぼんやり外へ投げているいまの小川にはワンマン社長の威厳も、オーナー経営者の矜持《きょうじ》もない。名門企業を倒産に導いた哀れな経営者に過ぎなかった。

きょう二月二十九日に迫った約二十億円の手形決済のため、小川は前日まで資金繰りに狂奔したが、メドが立たず、会社更生法の申し立てに踏み切らざるを得なくなったのである。二十億円調達できていたら、どうなっていたろう、と小川は思う。

昨年から今年にかけて講じてきた資金対策は会社の運命を先送りしただけで、結果的にすべて焼石に水に終わったが、小川は蘇生できると信じて疑わなかった。

だからこそ、昨年末から今年初めにかけて名古屋市内に保有していた自社ビルや子会社、サンライトカメラ販売の東村山工場などの不動産を売却し、サンライト工機の株式五百万株も手放したのである。だが、カメラを中心とする輸出部門、海外部門の赤字幅は、この程度の資金調達で相殺《そうさい》できるほど生易しいものではなかった。

小川商会は、ついひと月ほど前まで中堅カメラメーカーであるサンライト工機の株式を三〇パーセント保有する筆頭株主であった。サンライト工機は小川商会の子会社だったことになるが、小川はサンライト製カメラの海外輸出を拡張する目的で、欧米を中心に現地法人を積極的に設立してきた。

五十六年末の時点で三十社もの海外法人を保有していたこともあるが、その三分の一を閉鎖したものの、残存海外法人はいずれも赤字会社で、小川商会本体の経営を次第に圧迫し、身動きのとれない状態を呈していたのである。輸出部門、海外部門のこれまでの投下資本は四百億円とも五百億円ともいわれているが、社長の小川自身、正確な数字を把握できないほど巨額の赤字を長年の間に積み上げていた。小川は、一部の役員から全海外法人の即時閉鎖、サンライト工機との取引停止、国内販売の強化の三点を骨子とする再建計画を突きつけられたことがある。

しかし、小川はこれまでに輸出部門、海外部門に注《つ》ぎ込んできた巨額の資金のことを考えると、海外法人を切り捨てる気にはなれなかった。

小川が退陣しない限り、小川商会は生き残れない、小川が社長にとどまっている限り赤字部門からの撤退は不可能——と危機感を募らせる役員、幹部社員は少なからず存在したが、七パーセントの株式を保有する筆頭株主のオーナー社長を排斥することはできない相談であった。

小川自身が、倒産の危機に瀕している会社の厳しい現状を強く認識し、思い切った抜本策を講じなければならないのに、打つ手は賽《さい》の河原の石積みのような具合いでは、難局を打開できるわけがなかった。

小川商会が保有していたサンライト工機の株式五百万株を手放し資本提携を解消したことは数少ない得点であったかもしれない。

ベンチャー・ビジネスのコスモスに、小川商会保有の株式のうち百万株を売却することになったが、これを仲介したのは準大手の証券会社である。サンライト工機の光学技術に関心を持つコスモスと、財務対策上、サンライト工機株式を放出せざるを得なくなった小川商会の利害が一致し、一月初めに株式売買に関する商談が成立した。

コスモスが小川商会から取得したサンライト工機株式は百万株だが、サンライト工機の第三者割当てによる増資株六百五十万株をコスモス・グループで取得したため、コスモス・グループは小川商会に替わって、サンライト工機の経営権を取得したことになる。

この時点で、小川商会はなお四百万株の株式を保有し、サンライト工機の株主として第二位の地位を保持しているかのように一般には見られていたが、前年末からひそかに証券市場で放出を始めており、二月中旬までに全株を売り抜き、その後コスモスの薄井社長をして「嵌《は》められた」と言わしめることになる。しかし、小川商会は意図的にコスモスを陥れたわけではなかった。サンライト株式の放出を急いだことは事実だが、資金的にも売却せざるを得なかったのである。むしろコスモス側の調査不足による買い急ぎにこそ問題があったというべきであろう。

コスモス・グループが取得したサンライト工機株式の買い取り価格は一株三百九十円だから、七百五十万株合計で二十九億二千五百万円の買収資金を要したことになるが、コスモスが買収を急いだ理由は、株価の高騰が予想されたからと考えられる。

事実、一月末時点でサンライト工機株は七百円を付けたことがあるが、ひとたびコスモスが買収気配を見せただけで、証券会社などの暗躍によって当該企業の株価が上昇する妙なメカニズムが醸成されていたのである。

小川は、東京地裁に向かう車の中で、「万策尽き、残された途《みち》は更生法の申請以外にありません」と、佐藤が報告してきた二日前のことをぼんやり考えていた。

小川は、その夜遅くサンライト工機社長の石岡に会った。深夜、練馬区豊玉の石岡邸へ駆けつけたのである。

小川商会が倒産したら、サンライト工機の連鎖倒産もまぬがれない。サンライト工機は小川商会から約五十億円の手形を受け取っているが、これが回収不能になるほか、海外の販売ルートの崩壊に伴う営業の潰滅《かいめつ》も予想される。

それだけに石岡も必死だった。二人はよっぴて善後策を協議したが、手形決済に必要な約二十億円を調達する方策はどこをどう押しても出てこなかった。

「コスモス・グループに支援を求めることはできませんか」

明け方になって、そう切り出したのは小川である。

「小川商会とサンライト工機が倒産したら、コスモス・グループが取得した七百五十万株はただの紙屑になってしまうんですから、コスモスとしても黙って放置することはできないでしょう。なんとか支えてくれるんじゃないでしょうか」

「たしかにコスモスが保証してくれれば、銀行もカネを貸してくれるかもしれないが、ただ保証してくれと言っても薄井社長がOKするわけはありませんよ。だいいち、二十億円の緊急融資が得られたら小川商会は立ち直れるんですか」

小川は、伏眼がちに考える顔になった。石岡が指摘するとおりで、二十億円の手形決済ができたとしても、三月末、四月末に決済を迫られる手形が数十億円ある――。

「薄井社長がなんの見返りもなしに、二十億円も保証してくれるとは考えられませんよ」

「コスモスにわが社の海外営業権を譲渡する、というのはどうでしょう。百億円と言いたいところですが、八十億円でけっこうです。サンライト工機が潰れてしまっては元も子もないが、高い輸出依存度からみても海外販売網も温存しなければならないと思うんです。八十億円なら安い買物ですよ。名実共に、サンライト工機をコスモス・グループが掌中に収められるんですから――」

石岡は小首をかしげた。

小川の話は一応筋道は立っているように思えるが、海外部門、輸出部門が赤字であることを薄井が知らぬはずはない。八十億円で安い買物というのは、いかになんでも説得力がなさ過ぎる。

しかし、未来永劫に赤字であるとは限らないし、ともかくいまは小川商会を救済することがなににも増して優先されなければならないのだ。

石岡はわが胸に言いきかせて、面をあげた。

「話してみましょう。まずオリンピア釣具の上田社長の理解を取りつけることが先決です。上田さんから薄井さんに話してもらいましょう」

二人は、まだ暗いうちに家を出、世田谷弦巻《つるまき》の上田邸にタクシーを走らせた。

2

オリンピア釣具は、コスモス・グループの一員でロッド、リール、電動工具などを製造、販売している。上田と薄井は盟友関係にあり、両者の協力で、ひところ経営危機に見舞われていたオリンピア釣具は再建に成功したが、サンライト工機買収プロジェクトも上田と薄井の合作とみてさしつかえない。

そのために三十億円に近い投資をしたが、万一、小川商会が倒産すれば、それが引き金となってコスモス、オリンピア釣具の経営も揺らぎかねない。経営基盤の強固な大企業ならいざ知らず、資本力の弱いベンチャー・ビジネスが三十億もの投資を反古《ほご》にして、安泰でいられるわけがなかった。

昨夜、石岡は、小川から電話で来訪の連絡を受けたとき、その用件が二十億円の手形決済で苦境に陥っていることを聞いていたので、小川が来る前に、上田に電話を入れ、その旨を伝えておいた。したがって、上田は早朝六時に小川と石岡に寝込みを襲われたとき、二人がその延長線で訪ねて来たことは察しがついた。

また、上田と薄井は、M新聞のルートで、小川商会が危いことを聞いていたので、資金援助の要請を受けたら、いかに対応すべきかを事前に打ち合わせていた。

三十億円の投資が生きるか死ぬかとなればいわば死活の問題である。

小川商会が必要としている二十億円の手形決済資金を用立てることは可能だが、それが死にガネにならないという保証はない。それどころか倒産を一ヵ月先にするだけで、結局ドブに捨てるようなものと言ってもそう間違っているとは思えない。薄井も上田も、小川商会の内情に通じているわけではないが、金融機関から入手した情報などを分析すると、その台所は火の車と思わざるを得なかった。もっと早く小川商会の経営内容がわかっていれば……と悔やんだが、あとの祭である。中間配当するような企業が、わずか半年足らずで倒産するとは——。

問題は、サンライト工機の株式取得に要した約三十億円が反古になると仮定したときに、コスモス・グループが生き残れるか、という点だが、商社である小川商会の再建は困難だとしても、サンライト工機は、会社更生法の適用によって更生するチャンスは十分ある、という見通しが出てくる。小川商会の手形決済資金など、うしろ向きの投資に応じて、ドロ沼に足を踏み入れるようなことはできない、というのが薄井と上田が出した結論であった。

また、サンライト工機の経営内容について、石岡から聞いている話が、実態とあまりにも懸隔があり過ぎることを、サンライト工機の実態に触れれば触れるほど思い知らされていただけに、薄井と上田が石岡に対して、ひいては小川にも不信感を増幅させるのは当然と言えた。

有り体に言えば、どのつら下げて資金援助を求められるのか、鉄面皮にもほどがある。盗人猛々《たけだけ》しいとはこのことだ、と薄井も上田も怒り心頭に発していた。

もっとも、小川にしてみれば藁《わら》にもすがる思いで、上田を訪ねて来たのである。七十億か八十億円あれば、小川商会は資金難を克服し、いまの経営危機から脱出できる。この話は、コスモス・グループにとっても決して損にはならない、と小川は本気で思っていたふしがある。

上田邸の応接室で、小川は上田にとりすがらんばかりに訴えた。

「きょうあす中に手形を落とすために二十億円必要です。なんとしてもご用立てをお願いしたいのです。助けてください」

いつもは櫛《くし》の目の入った頭髪がほつれ、口のまわりに薄い髭が浮き出ている。眼を血ばしらせ、こめかみのあたりに痙攣《けいれん》が走る。いつ会っても紳士然と構えていた小川善雄とは別人のようであった。

「藪から棒に二十億円用立ててくれと言われても困ります。そんなカネはありませんよ。失礼ですが、おカド違いです」

「薄井社長にもぜひともご協力をお願いしたいのですが、わが社の海外営業権をお買い取りいただけませんでしょうか」

上田は小川の意外な申し出に眼をしばたたかせた。

「百億円と申しあげたいところですが、八十億円でけっこうです。二十億円を即金でいただいて、三月末に三十億円……」

「ちょっと待ってください」

上田は手を振って小川をさえぎった。

「わたしどもがサンライト工機の株を取得してひと月にもならんのですよ。小川さんはサンライトの大株主なんだし、サンライト製カメラの販売を今後とも続ける約束じゃなかったんですか。小川さんともあろう人が、こんな筋みちの立たない話をされるなんてまったく心外です」

上田はしかめっつらで語気を荒らげた。

小川はハッとした顔をうつむけた。小川商会は、いまやサンライト工機の株式を一株たりと保有していなかったのである。しかし、その経緯を説明している時間はなかった。

小川はひらきなおるように、ぐいと顎を突き出した。

「これまで数百億円を投じた海外の販売権を手放すのは断腸の思いですが、背に腹はかえられません。小川商会が潰れてもいいんですか。小川商会が潰れれば、サンライト工機も安泰ではないと思います。サンライト工機の経営権を取得しているコスモス・グループさんに支援していただくほかはありません」

「コスモス・グループがサンライト工機の株式を取得したのはわずかひと月前ですよ。そんな理屈はとおりませんね。だいいち、コスモス・グループに小川商会を救済する力はない。ない袖は振れんのです」

上田は口の端を歪めて、つづけて言い放った。

「小川商会の海外部門は赤字の元凶でしょうが。そんなものに八十億円の価値があると考えてるとしたら、頭がおかしいとしか思えませんな」

「おっしゃるとおり海外の販売会社は目下のところはふるいませんが、わたくしは十年来海外販売網の強化に心血を注いできました。テコ入れすれば必ずよみがえると思います。八十億円はむしろ安い買い物です」

小川は充血した眼で、くい入るように上田をとらえた。

上田は、小川の視線を外して、石岡に眼を遣った。

「石岡さん、あなたどう思われますか。こんな話に薄井さんやわたしが乗ると思ってたんですか」

石岡は太り肉《じし》の躰《からだ》をちぢこまらせて、上田を見上げた。

「評価額につきましては異論があると思いますが、それなりの価値はあるんじゃないですか」

「あなたまでが……」

上田はいまいましげに首を振って、皮肉たっぷりにつづけた。

「見解の相違ですね。八十億円なんて論外です。わたしに言わせれば、小川商会の海外販売権などに価値があるとは思えない。只《ただ》でくれてやると言われても断りますよ」

小川が屈辱に歪んだ顔を上げたが、上田はかまわず浴びせかけた。

「小川さんはオーナー経営者なんだから、私財を抛《なげう》って、裸になるのが先決でしょう。わたしならそうする」

「家も土地も株も担保に入ってます。私財は会社のためにすべて注ぎ込みました。海外営業権をお買い取り願えなければ、重大な決断をしなければなりません」

小川は声をふるわせた。

「重大な決断ってなんですか。会社更生法でも申請しようっていうことですか」

「それも考えざるを得ないと思います」

「なんと言われても泥棒に追銭《おいせん》みたいなことはできませんな」

上田はぎょろっと眼を剝いた。

小川が上田の眼を見返しながら言った。

「薄井社長と相談の上でご返事をお願いします。午前十一時までお待ちしております」

小川はつとソファから起《た》ちあがった。

泥棒に追銭とまで言われ、頭がおかしいと上田から詰《なじ》られたあの場面を思い出すたびに小川は屈辱感で胸がふるえる。朝七時過ぎに、上田邸を辞していったん帰宅したが、仮眠も取らずに出社し、昼過ぎまで社長室で、来るはずもない上田の返事を待っていた。一縷《いちる》の望みも断たれ、残された選択肢は、会社更生法の申請だけとなった。佐藤たちがすでに顧問弁護士の中田と相談して、東京地裁の民事八部と事前折衝に入っていたが、小川も二十八日の午後、東京地裁に呼び出され、千葉判事らの審問を受けた。

そして、きょう二十九日午前十時に申し立てが東京地裁によって正式に受理されたのである。このことは、裁判所が再建の可能性がある程度は残されていると判断したことを意味している。ちなみに申し立て受理に際して、東京地裁民事八部は小川社長など小川商会の役員、社員にとどまらず、同社の債権者からも事情を聴取し、意見を求めているが、裁判所が関係者から直接意見をきくことを審尋《しんじん》という。

3

宮野英一郎は、午後一時三十分に東京地裁民事八部の書記官室で、千葉判事から小川商会の保全管理人に選任する旨を記した選任証を受け取った。この段階で、小川商会の保全管理命令が下されたことになる。仮処分の一種で、不動産、自動車、電話、在庫品など会社が所有する物件の譲渡、抵当権、賃借権などの処分が禁じられる。また経営権が保全管理人に移管する。

宮野は、選任証を受け取ったあと、千葉から小川を紹介された。

名刺を交換したとき、小川は丁寧に挨拶した。

「小川でございます。このたびはご厄介をおかけして申し訳ありません。くれぐれもよろしくお願い致します」

「宮野です。よろしくお願いします」

小川の胸中は察して余りあるが、保全管理人として私情を交じえずに、ごく事務的に対応していかなければならない。というより再建を模索していく以上、より厳しく対処し、小川の経営責任を追及する場面も予想される——。宮野の胸中を複雑な思いが錯綜していた。

二時から予定されている記者会見までの三十分ほどの間、小川と対面していて、日ごろ多弁で話術家の宮野もつい寡黙になりがちであった。

記者会見は、東京地裁の二階にある記者クラブで行なわれたが、テレビカメラまで動員されるもののしさで、集まった記者も三十人を越えていた。三十分の予定時間の二倍を費やし、一時間に及んだ。中田が「隠してるわけじゃないが……」などと言って一層記者たちの質問を浴びる結果をまねいたのである。

宮野にも、再建の見通しはどうか、自信のほどは？　といった質問が飛んだが、

「私はたった今選任されたばかりですから、よく調べて実態を把握したうえで、適切

に対応したいと思います。小川商会の再建に向けて全力を尽くします」と文字どおり型どおりの受け答えをするほかはなかった。

当然のことながら、質問はもっぱら小川に集中する。小川は林立するマイクの前で肩を落として、うなだれていることが多く、答えるときもうつむきかげんに、ほとんど質問者の顔を見ずにぼそぼそと話す。

――負債総額はどのくらいあるんですか。

「昨年末現在で本社関係は六百九十五億円、海外子会社関係はただいま調査中ですが、四百億円から五百億円になると思います」

――債権者は何社ぐらいありますか。

「千社を超えると思います」

どよめきとともに、〝すごいな〟〝多いねぇ〟といった記者たちのささやき声がそこここで聞こえる。

――大口債権者は？

小川は、用意してきた書類に眼を落とした。

「三友銀行の三十億四千万円、東都銀行の十五億五千万円など金融機関を除きますと、十億円以上の債権者はほとんどございません」

――昨年六月の中間決算で一億五千万円の利益を計上し、中間配当まで行なってますが、粉飾があったということですか。

「有価証券の売却益などによるもので、実質的には赤字決算でした。いまにして思いますと、中間配当には問題があったと思いますが、粉飾ということではありません」

――さしつかえなければ二月末に発表する予定の五十八年十二月決算案の数字を聞かせてください。

「売上高は五百二十二億円、経常段階で二十一億円の赤字、当期利益も四十七億円の赤字を計上しておりました」

――経営破綻の要因についてはどう考えてますか。

「カメラ部門の積極的な海外販売戦略が裏目に出てしまいました。昭和五十四年に海外の販売を強化する目的で代理店方式を改めまして、当社が直接販売するため、海外に現地法人を設立しましたが、予想したほどに売り上げが伸びず、また円高の影響を受けたり、販売経費が嵩《かさ》んで経営の足を引っ張られる結果になりました。サンライト工機の高級カメラに固執し、その後大衆カメラに移りましたが、ヒット商品を出せなかったことも響いていると思います」

――メイン・バンクを持たなかったことが命取りになったんじゃないですか。

「はい。メイン・バンクを持たなかったため、最後の段階で金融機関の支援をとりつけることができませんでした。昨年後半から外国銀行が資金を引きあげ始め、それにつれて国内の都市銀行との関係も悪化したわけです」

記者会見が終了したあと、債権者が数人押しかけ、東京地裁の正面玄関で、小川を待ち受けているという情報が入った。裏口から脱出することをすすめた者もいるが、小川は「お会いして、お詫びします」と言って、正面玄関から出た。

小川はあたりを見回したが、それらしき人影はなかった。債権者は、記者会見が長びいたため、しびれを切らして、退散したらしい。三時過ぎに宮野は、タクシーで芝浦の小川商会に向かった。

小川は帰社するなり東京証券取引所から呼び出しがかかり、どうしても社長に来るようにとの要請だったのであたふたと飛び出して行った。小川が帰るまでの間、宮野は十二階の役員会議室で、役員、部長と名刺を交換し、かれらの話を聞いた。

五時近くなって、社長秘書から数紙の夕刊が宮野に届けられた。どの新聞も小川商会の記事を一面トップで扱っている。

N新聞は〝小川商会、更生法申請〟の凸版横見出しと〝負債総額一〇〇〇億円超す〟〝カメラ部門の不振響く〟の五段見出しのあとに次のようなリード（前文）がつづく。

ゴルフ用品、宝石、カメラなどの中堅商社の小川商会（本社東京、社長小川善雄氏、資本金十五億七千五百万円）が、東京地方裁判所民事八部に会社更生法適用を申請、二十九日朝、東京地裁がこれを受理し同日づけで保全管理命令を下した。保全管理人には宮野英一郎弁護士を選任した。急拡大路線をとった同社はカメラ部門の海外の現地販売会社の赤字がふくらみ、ことしはじめ一部外国銀行から融資の返済を要求され、主取引銀行を持たぬ弱点が表面化、資金繰りが急速に悪化した。負債総額は一千億円を超すものとみられ、五十年の興人、五十三年の永大産業に次ぐ上場企業の大型倒産になりそう。また同社は総合商社化をめざしていただけに取引先は海外を含めて数百社に及んでおり、この行き詰まりは内外に大きな波紋を拡げることになろう。

また、〝海外投資が裏目〟の二段見出しにつづいて、次のような解説記事を載せていた。

〈解説〉名門中堅会社、小川商会の壊滅はカメラ、情報機器、宝石、スポーツ用品など多様化した商品のほとんどが個人消費の低迷とぶつかり、売れ行き不振に陥ったことが原因である。さらに老舗のワンマン同族会社にありがちな例として、社外役員には著名な財界人を迎えてはいるが肝心のメイン・バンク（主取引銀行）を持たぬことが命取りとなった。

　同社は四十年代初めからカメラの売り込みを強化するため多額の資金を投入して欧米諸国に現地法人を設立するなど営業網を整備。一方、カメラ以外の製品については米国ＡＭＦ社のスポーツ用品など次々に高級商品を輸入して国内販売に取り組んできたが、どちらも軌道に乗らず、その間、金融機関からの借り入れはふえ続けた。

　これらは地銀、相銀、生命保険、外銀など七十社近い金融機関から手当たりしだい借り入れたもので、主力銀行といえるものはなかった。都銀としては東都銀行、三友銀行などが上位融資銀行となっているが、いずれも融資額は少なく、〝ババ抜き〟の形で救済、再建へ主導権を発揮することを避けてきた。さらに今年初め、香港などの外国銀行が融資の返済を求めたため資金繰りが一挙に悪化。国内の都銀などが追加融資を渋ったため倒産に追い込まれたわけである。

　Ａ新聞は、〝小川商会倒産、負債一二五〇億円〟〝カメラの不振響く〟〝更生法の適用申請、戦後三番目の規模〟〝連鎖倒産の恐れ〟の大見出しで、以下のリードで報じていた。

経営危機に直面していたカメラ、スポーツ用品の名門商社、小川商会（本社・東京都港区芝浦、小川善雄社長、資本金十五億七千五百万円、従業員約千百人）は二十九日午前、東京地裁に会社更生法の適用を申請し、倒産した。主要商品の販売不振により月末の資金繰りがつかなかったためで、民間信用調査会社の調べによると負債総額は一千二百五十億円にのぼる。五十年の興人、五十三年の永大産業に次ぐ戦後三番目の大型倒産となった。東京証券取引所一部上場での倒産は五十七年十一月の秋木工業以来。同社は海外に十六、国内に十八の子会社があり、連鎖倒産することになりそうだ。また、国内の取引先の中には互いに債務保証をし合っているところも多く、連鎖倒産が心配される。

しかもA新聞は、二面に「金融界の見通し」などの関連記事を掲載し、〝再建の道多難〟〝主力銀行欠く弱み〟〝会社破産に進む公算〟と早くも小川商会の再建に赤信号を出している。

会社更生法の適用を申請した小川商会について、金融界では「更生法が適用される可能性は小さく、再建は苦難の道をたどるだろう」との見通しが出ている。商社はメーカーのように生産設備があるわけでないため、経営危機が表面化すれば、商権が次々と散逸し、不良資産が膨れ上がるのが過去の例。更生法による再建が困難な場合には、会社破産に進む事態も考えられる。

読みすすむにつれて、宮野の顔に赤味が差していく。きっと唇をひき結んだところに、決意のようなものが読みとれた。

4

五時を過ぎたころ、宮野は十二階の役員会議室から応接室に移って、今西、菊池と共にセンターテーブルを三方から囲んだ。

「ずいぶん派手に書いてますね」

菊池がテーブルの夕刊紙を顎でしゃくった。

「A新聞は早ばやと会社破産に進む公算と書いてますよ」

宮野は苦笑しながらつづけた。

「当分いろいろ書き立てられるでしょうね。われわれも新聞記者の取材攻勢に悩まされることになるのかなぁ」

「忙しいのにかないませんね」

菊池も眉間《みけん》にしわを刻んでいる。

今西がライターで煙草に火をつけながら、宮野に訊いた。

「記者会見いかがでした」

「三十分の予定が一時間もかかって、小川さんは大変でした。記者会見のことは夕刊には間に合わないので、あしたの朝刊に出るんでしょう。M新聞のスクープが無かったら、各紙とも夕刊で書くことはなかったんじゃないかな」

菊池が時計に眼を遣った。

「田代さんと中川さんがそろそろ見えるころなんですが」

「さっそくきょうから取りかかってくれるんですか。それは助かるなぁ」

田代と中川は、東都監査法人に所属している公認会計士である。

この日午前十一時過ぎに東京地裁から青山の法律事務所へいったん戻った宮野は、今西、菊池、沢田佐知子、村本の四人の弁護士を会議室に集めて、小川商会の保全管理人に選任されたことを報告した。

「選任証を受け取るのは午後一時過ぎだから、まだ正式ではありませんが、千葉判事から小川商会の保全管理人に選任したいと言われ、僕も受諾する旨伝えましたので事実上確定ということになります。負債総額一千億円以上の大型倒産ですし、一部上場企業でもあるのでこれを成功させることは大変やり甲斐のある仕事です。いうまでもなくわたし一人で対応できるはずはありません。本法律事務所あげて組織的に取り組まなければならないので、忙しくなりますが、よろしくお願いします……」

宮野は言葉を切って、ちらっと今西の顔を見た。そして微笑を浮かべて、先をつづけた。

「けさ早く今西先生と菊池先生には話したんですが、僕は一月に満五十歳になりました。弁護士になって満二十五年です。こうした節目に、このような保全管理人の仕事にぶつかったことは意義があるというか、神の啓示だと受けとめて人事を尽くしたいと思うんです」

「宮野先生はロマンチストですのね」

沢田佐知子にほほえみかけられて、宮野はまぶしそうな顔をした。

「どんな事業にもロマンはあったほうがいいけれど、ロマンだけで仕事はできませんよ。それに僕はロマンチストなんかじゃない……」

「そうですかぁ」

佐知子は語尾をもちあげた言いかたで返し、宮野をいたずらっぽく見上げた。

菊池が話題を変えた。

「公認会計士はどうしますか」

「きょうあしたのうちに決めたいですねぇ。できたらきょう中に打ち合わせをしたいな」

宮野が答えると、今西がひとうなずきして言った。

「東都監査法人の田代さんと連絡をとりましょうか」

「僕もそう考えてたところです。さっそく僕から電話を入れましょう」

宮野はもう椅子から起ちあがっていた。

宮野・今西・菊池法律事務所と田代会計士とは相互信頼関係にある。

宮野たちは会社更生を何度か手がけているが、その都度信頼のおける一流の監査法人である東都監査法人に当該企業の財務調査を依頼してきたからだ。

東都監査法人は二百五十人もの公認会計士・会計士試補を擁している。更生を申し立てた企業の財務調査は短時日に行なわれなければならないので、組織的に対応することが不可欠である。つまり人員を集中的に投入できる監査法人でなければ対応できないともいえる。

会社更生法に慣れた、しかも腕の立つ公認会計士を選定するのは保全管理人の最初の仕事の一つである。

小川商会がどの程度の現金を確保しているか、負債はどうか、損益はどうなっているか、利益があがらない理由はなにかなどを調査するには公認会計士の協力が欠かせない。損益状況などは過去五年に遡《さかのぼ》って調べあげるが、一ヵ月から一ヵ月半の間に財務調査の結果をまとめる必要がある。というのは保全期間が長びけば長びくほど債権者や得意先、さらには従業員の間に心理的に不安が広がり、再建が困難になるからだ。

　公認会計士には、財務調査のほか、保全管理人を補佐する任務がある。従業員の給与をカットする必要が生じたときに、数字的にどの程度なら可能で、その効果はどうか、それに伴って従業員に与える苦痛はどの程度のものか、さらには厖大な在庫調査、保有株式の売却などについても公認会計士の助言が要《い》るからだ。従って財務調査が終了したあとでも、会計顧問としてとどまってもらうことが往々にしてある。

　宮野は会議室から、東都監査法人の田代に電話をかけたが、田代は席を外していた。

　折り返し電話をほしいと言づけたが、十二時半まで待っても、田代から連絡がなかったので、今西と村本にあとを頼んで、宮野は再び東京地裁へ出かけた。

　田代と中川が小川商会にあらわれたのは五時半であった。田代は五十歳前後、中川は三十七、八歳の齢恰好である。宮野、今西、菊池とも、顔なじみで、お互い気心の知れた仲である。

「お引き受けいただいて恐縮です」

「宮野先生のご依頼とあっては、お断りするわけにはいきませんよ」

「更生会社の財務調査は仕事が大変な割りに報酬が少なくて、お願いするのも心苦しいんですが……」

「それはお互いさまでしょう」

「お互い使命感で引き受けるっていうわけでしょうね」

「宮野先生のようにそこまで純粋にはなれませんが、多少はそういう気持ちがありませんとね……」

宮野と田代がそんなやりとりをしたあと、二人の公認会計士はさっそく経理部で仕事にかかり始めた。

二人が退室したあとで、宮野が言った。

「五時半から社員集会で挨拶してほしいと言われてますが、一緒にお願いします」

「菊池先生とわたしは自己紹介だけでよろしいんじゃないですか。事務所を代表してスピーチは宮野先生におまかせします」

宮野は小首をかしげたが、「そうですね」と、うなずいて、つづけた。

「社員集会のあと、小川さんを初め役員の人たちから事情聴取をします」

「今夜は徹夜になりますか」

「菊池先生、莫迦《ばか》に張り切ってますねぇ」

宮野が眼をまるくして返すと、菊池は照れくさそうに言った。

「初動捜査が大切ですから」

「しかし、そこまでやらなくてもいいでしょう」

「少し肩に力が入り過ぎてないか」

今西が菊池の肩を揉む仕種《しぐさ》をして笑いかけた。

5

六時に小川善雄が東京証券取引所から会社に戻って来た。

小川は、東京地裁が小川商会の会社更生法適用申請を受理し、保全管理命令を出した時点で自動的に代表取締役社長の地位を停止され、いまは前社長である。もちろん他の役員も誰一人として取締役の地位にとどまることはできない。

東京地裁の記者クラブで、テレビカメラのライトを浴びながら記者たちの質問攻めにあったあと、東京証券取引所で、会社更生申し立てに至った経緯について詳細に説明を求められるなど、針の筵《むしろ》に坐らされ続けて、小川は眼が窪むほど疲労困憊《こんぱい》の極に達していた。しかも、この二、三日ろくに睡眠をとっていなかった。立っていられるのが、あるいは歩けるのが不思議なほど心身共に疲れ切っていた。

宮野も小川に同情していたが、それは感傷に過ぎないともいえる。会社を倒産に導いた責任者である経営者に同情すべき余地などないかも知れないのだ――。

予定より三十分ほど遅れて六時過ぎから本社の全社員を十階の大会議室に集めて、社員集会が行なわれた。

六百人以上の社員が大会議室を埋め尽くしている。どの顔も不安と緊張でこわばっている。ほとんどの社員は会社が倒産するなど夢にも思わなかったであろう。新聞やテレビで大々的に報道されているが誤報ではないかと疑っている社員も少なくないと思える。

まず小川がマイクの前に立った。会場は静まりかえり、誰が放ったのか咳払いがやけに大きく聞こえる。

小川は深々と頭を下げた。

「新聞等でご存じのかたも多いと思いますが、本日午前十時に小川商会は東京地裁に会社更生法の適用を申請し、受理されました。社長として断腸の思いであります。社員の皆さんになんとお詫びしていいかわかりません。すべてはわたくしの責任です。社この上は、宮野先生のご指導のもとに、更生の適用が認められ、会社が再建の途を歩んでいくことを祈るほかありません」

小川は声をつまらせ、それ以上言葉がつづかなかった。

つづいて司会の浜野総務部長に紹介されて宮野が壇上のマイクの前に立った。

「ただいまご紹介いただきました宮野英一郎です。東京地裁から小川商会の保全管理人に選任され、身のひきしまる思いです」

宮野は、ドアの前に立っている今西と菊池を手招きした。

「パートナーの今西弁護士と菊池弁護士を紹介させていただきます。二人はわたしが最も信頼する弁護士ですが、保全管理人代理として活動してもらいます」

この時点ですでに、今西と菊池は保全管理人代理に選任許可されている。保全管理人代理の権限は対外的には管理人と同等である。ただし、責任はすべて管理人が負うことになる。

今西と菊池がそれぞれ自己紹介したあと、宮野が再びマイクの前に進み出た。

「わたしども三人は小川商会の更生を目指して微力を尽くしたいと思いますが、そのためには皆さんにやる気になっていただかなければなりません」

宮野はやや口早にそこまで一気に喋って、一同を見回した。

「いま、皆さんは人生に二度とないほどの大きなショックを受けて不安な気持ちで胸を一杯にされていると思います。小川商会は、更生できるのだろうか、このまま破産してしまうのではないか、とさぞ心配していることでしょう。ついさっき読んだばかりのA新聞の夕刊にも、〝更生法が適用される可能性は小さい、会社破産に進む事態も考えられる〟と書いてありました。たしかに商社の再建は難しいといわれております。安宅産業の例はその証左であるとも考えられます……」

宮野は口の中にたまった唾液を呑み込んで、オクターブを高めた。

「しかし、総合商社の安宅産業と、倉庫をもっている卸売り業に近い専門商社の小川商会を同一線上で論じることはできません。わたしどもは小川商会の実態を把握し、更生申し立てに至った原因を急ぎ究明しますが、巷間《こうかん》伝えられているサンライト工機と深くかかわり、カメラの輸出部門が経営の足を引っ張っていたことが事実だとすれば、こうした赤字の原因を取り除くことによって、小川商会は立ち直れると考えます。ビデオカメラの時代に16ミリ映写機に固執し続けたこともマイナスの一つでしょう。またメイン・バンクを持たなかったことも影響していると考えられますが、スポーツ用品などの健全な部門を持っているのですから、黒字部門を伸ばしていくことによって更生できるとわたしは確信しています。新聞を読んで悲観的になった人、逆になにくそと思った人いろいろな受けとめかたがあると思いますが、わたしはファイトをかき立てられた一人です。弁護士として会社更生ほどやり甲斐のある仕事はない、と友人に話したことがありますが、わたしは小川商会の更生に燃えております。なんとしても、再建させたいと思うのです」

宮野は三拍ほど間を取って、もう一度ゆっくりと会場に首《こうべ》をめぐらした。

「小川商会は一世紀になんなんとする名門企業です。社会にとっても決して無意味な存在ではないはずです。さっきも申しましたが、小川商会を更生させるためには、社員の皆さんがた一人一人がやる気を出して頑張る以外にありません。とくに商社の場合は人に商権がついて回りますから、再建の中心は人であり、人材がいるからこそ再建ができるのです。保全管理人のわれわれ三人は会社が更生できるよう精いっぱいサポートさせていただきますが、会社を再建するのはあなたがた自身であることを忘れないでください。皆さんは小川商会の社員であることに誇りを持っていたはずです。その栄光ある小川商会が更生を申し立て、〝更生法の適用の可能性は小さい〟と新聞に書かれたのです。その悔しさを仕事にたたきつけてください。きょうの悔しさを忘れないでいただきたいと思います。いまは、試練のときです。皆さんにも賃金のカットとか我慢していただかなければならない面が多々あるでしょう。歯を食いしばって厳しい冬の時代をやり過ごさなければなりません。しかし、皆さんの努力によって、冬の時代を短縮することは可能なはずです……」

宮野自身、話しているうちに気持ちが高揚し、声に力がこもり、顔がほてっていた。

「東京地裁に更生適用が認められ、開始決定となるためには、それなりにしっかりした計画の見通しをたてなければなりません。また、信用が不可欠の商社ですから有力なスポンサーを可及的速《すみ》やかに探し出すことも必要です。小川商会を更生させることがわたしどもの使命だと考えて、力いっぱいやらせていただきます。わたしたちの法律事務所をあげて、小川商会の更生に取り組みますので、皆さんもわたしたちを信頼して、ついてきていただきたいし、協力をお願いしたいと思います。三年後、五年後、あるいは十年後に、小川商会が隆々と栄えていることを、わたしは確信しております。再び昔日の栄光を取り戻すために、共に力を合わせて頑張ろうではありませんか」

喝采の中を宮野は降壇した。拍手はしばらく鳴りやまなかった。

宮野は、社員の熱いまなざしを全身に感じていた。いい知れぬ不安の中で、大きな期待を寄せていることが実感できる。

その期待はずしりと両肩に重たいが、まさにやり甲斐のある仕事なのだ。さすがは宮野といわれるようないい仕事がしたい、と宮野は思った。

保全管理人の権限は絶大なものがある。保全期間中、経営の全責任を負わされているのだからそれも当然だが、労苦もそれに伴って極めて大きい。

当該企業の実態を短時日の間に把握しなければならないし、事業を継続しながら、更生申し立てに至った原因を究明し、その原因を取り除き、開始決定の条件を整備しなければならない。スポンサーを探し出すことも重要な仕事の一つだが、再建の見込みがないと判断されれば、裁判所にその旨を速やかに報告し、破産へ導くことになる。

もとより宮野は、小川商会の再建が極めて困難なことは承知していたが、直感的に再建の可能性はあると思っていた。

それは相当程度われわれ三人の手腕にかかっている、と宮野はわが胸に言いきかせた。そのためにも、単に申し立ての際に会社側から東京地裁に提出された資料が正しいかどうかをチェックするだけの受身の姿勢であってはならない——。

6

社員集会から役員応接室に戻った宮野、今西、菊池の三人は、ソファに腰をおろして、秘書嬢が淹《い》れてくれた煎茶を飲みながら雑談していた。

時刻は七時十分前である。七時から小川以下の旧経営陣から個別に事情聴取を行なうことになっている。

今西が煎茶をひと口すすりながら、唐突に言った。

「こまかいことですが、小川商会関係の飲食費や宿泊費はポケットマネーでやるようにしませんか」

「手弁当っていうわけですか」

宮野には、今西が言わんとしていることの察しはついていた。

ある更生事件にかかわった経験から、今西は保全管理人なり管理人代理自らが経理的に厳しい姿勢をとることによって社員の緊張感を高め、やる気を引き出すことができると判断していたのである。

旧経営陣から保全管理人に小川商会の経営権が移管された現在、宮野は占領軍総司令部の総司令官的な立場にあり、管理人代理の今西と菊池は幕僚の副司令官ということができる。その総司令部の一挙手一投足に全社員の視線が注がれているとすれば、神経の配りかたにも細心の配慮がなければならない。

宿泊費や飲食費の伝票が経理部に回っていくのはごく当然のことのようにも思えるが、あえてそうしないことの意味は少なくないと今西は考えていた。今西には潔癖なところがあり、盆暮れの付け届けも受け取らなかった。

送りつけてきた品物をそのまま突き返すのはカドが立つので、鄭重に手紙を添える。そんな今西の提案だから、以前の事件の経験で、そのことがもたらすプラスは十分予測できたのである。

「交通費や宿泊費は事務所の経費扱いにしたらどうですか。飲食費にしてもケースバイケースで事務所のカネを使ってもいいんじゃないかな」

「そうですね」

菊池が宮野の意見に賛成した。

今西もとくに反対はしなかったが、やはりポケットマネーにこだわっているのかもしれない。

旧経営陣が役員会議室に集合していると浜野が連絡してきたので、宮野たち三人が応接室を出ると、エレベーターから降りてきた田代がこっちへ歩いて来た。

「現金の残高と宝石・貴金属類の金庫もチェックして、封印しました。わたしはあと一時間ほど調べてから帰りますが、中川君は夜中の一時、二時まで頑張るといってます」

「ご苦労さまです」

「あすは九時にここへ直行します。本格的な財務調査が始まれば、最低七、八人でかかる必要があると思ってます」

「田代先生、よろしくお願いします」

宮野が頭を下げると、今西と菊池も田代に最敬礼した。

田代がエレベーターへ戻ったあとで、浜野が宮野に躰を寄せて、小声で言った。

「サンライト工機もあすが期限の手形を落せないようですと、一両日に更生法の適用を申請することになるんじゃないでしょうか」

サンライト工機は、小川商会倒産のあおりをもろに受けて、倒産に追い込まれたのである。連鎖倒産の第一号で、予想されたことではあるが、コスモス・グループが必死で資金ぐりを応援し、更生申し立てまでに至らないのではないか、と宮野は考えぬでもなかった。

あるいは、小川商会のほうこそ被害者で、サンライト工機の巻き添えで倒産したといえないこともない。

7

宮野、今西、菊池の三人が小川を初めとする経営陣と厳しい表情で対峙していた同時刻、南新宿の雑居ビルの二階にあるコスモス社の社長室は重苦しい空気に包まれていた。

薄井コスモス、上田オリンピア釣具、石岡サンライト工機の三社長は三十分ほど前から社長室のソファで話し込んでいるが、三人とも顔がひきつっていた。

コスモス、オリンピア釣具のコスモス・グループは、サンライト工機の筆頭株主である。

経営権を小川商会から取得した直後に、思いもかけない倒産劇に直面し、薄井も上田も眼を血走らせている。

コスモス・グループは、オリンピア釣具の株を担保に芙蓉銀行と光菱銀行から三十億円借り入れ、サンライト工機を手に入れたが、その三十億円は溝《どぶ》に捨てたような結果になろうとしているのだ。小川商会の倒産の影響で、オリンピア釣具の株も急降下しているため、担保の積み増しを銀行から要求されることは必至である。

まさに足もとに火がつき、しかもその火勢は猛烈に強まろうとしていた。

薄井は四十八歳の少壮実業家である。ベンチャー・ビジネスの旗手ともてはやされ、順風満帆で事業を伸ばしてきたが、これまでにかち得た名声を一挙に失いかねない危機に立たされたといえる。

しかし、薄井は優れた光学技術を保有しているサンライト工機は会社更生法の適用を受けることによって立ち直ることができると考えていた。三十億円の投下資金の回収は容易なこととは思えないが、五年、十年のタームで見れば必ず生きてくるはずだ、と信じていた。

そう考えなければやりきれたものではない、という面はあるにしても薄井は三人の中で比較的冷静であったといえる。

コスモス・オリンピアグループも一時的にゆらぐことはありうるが、破局を迎えるようなことはない、と薄井は判断していた。

小川商会の小川社長が資金援助を求めてきたとき、薄井と上田はうしろ向きの投資に応じてドロ沼に足を踏み入れることはできないという結論を出し、これを拒絶した。

この段階で、サンライト工機が連鎖倒産に立ち至ることは予測できたが、小川の要請を受け入れなかった以上、サンライト工機に対する対応の仕方は一つしかないはずであった。

すなわち、サンライト工機が資金援助を求めてきても小川商会同様受け入れることはできないということである。そうしなければ首尾一貫しない、と薄井と上田は思っていたが、石岡はそうは考えなかった。

いまやコスモス・グループはサンライト工機の親会社ではないか。その親会社が子会社を見殺しにできるはずはない——。小川商会と同列に論じられるわけがない。しかも株式取得に要した三十億円をみすみす捨ててしまうようなことをするとは考えられなかった。

石岡は、あす三月一日の午前中までに決済しなければならない手形の代金十三億円の資金調達をコスモス・グループに求めてきたのだが、薄井と上田の返事は木で鼻をくくったようにつれないものであった。

「うしろ向きの投資には応じられない」の一点張りなのだ。

「十三億円でサンライト工機が蘇生できるんですか」

上田がじろっと石岡をとらえながら訊いた。

「三月二十日までに二十二億円の手形決済資金が必要です」

「都合三十五億円ですか。それだけで済むんですか」

石岡は答えに詰まって、ひたいに浮き出た汗を手の甲でぬぐっていたが、ややあってから、ぼそぼそした口調で話し始めた。

「ロボット、電子関連機器などの非カメラ部門を拡大強化することによって、当社は必ず再建できると思います。コスモスさんとオリンピアさんに株を持っていただいたのは、非カメラ部門を強化するためでもあるわけです」

薄井がいらだたしげに煙草を灰皿にこすりつけた。

「とにかく無い袖は振れないな」

「きょうも六時まで銀行を駆けずり回ったのですが、どこもコスモス・グループの支援が先決だと言ってました」

「コスモス・グループを財閥かなにかと間違えてるんじゃないのか。吹けば飛ぶような存在に過ぎんのに」

薄井が自嘲的に口を歪めて返した。

上田が腕組みして、ため息まじりに言った。

「大型カメラで六割もシェアを誇ったことで過信してたんですね。エレクトロニクス化の流れに乗り遅れたことが致命傷です」

「おっしゃるとおりです。だからこそコスモス・グループさんの傘下に入って、思い切った経営の改善を推進することにしたんです」

薄井は、上田と石岡のやりとりをじれったそうに聞いていたが、たまりかねたように、強引にしゃべり始めた。

「石岡さん、わたしは小川商会の小川社長に損害賠償を請求したいくらいの気持ちなんですよ。サンライト工機株の取得を受けるに際して、詐欺まがいのおかしな行動があった。コスモス・グループは嵌められたようなものだ。サンライト工機にしても、小川商会のお先棒を担いでコスモス・グループに一杯くわせたようなものでしょう。そのサンライト工機がどのつら下げて、わたしらに資金援助を要求できるんですか」

「それは言い過ぎです……」

石岡は声をふるわせながらつづけた。

「小川商会とは単純な株の売買に過ぎません。当社は、経営難を打開するためにコスモス・グループさんと資金提携に踏み切ったんです」

「しかし、経営の実態はわれわれが聞いてた話と、あ、あまりにもかけ離れている」

薄井は腹立たしさのあまり口ごもった。

石岡が話を蒸し返した。

「あしたの不渡りを回避することはできませんか」

「コスモス・グループ以外に頼れるところがないとしたら、それも仕方がないな」

「小川商会同様、倒産の道を選択することになりますが」

「それも仕方がない」

薄井は短く言って、天井を仰いだ。

「多分無駄だと思いますが、あしたの午前中いっぱい銀行を回ってみます」

「無駄だろうな」

薄井が天井から視線を石岡に戻して、改まった口調でつづけた。

「会社更生法しかないのと違いますか。和議ということも考えられないこともないが、事前に債権者の同意のいる和議は時間がかかって、無理でしょう」

更生申し立てとなれば、石岡を初めとする経営陣は退陣しなければならない。

石岡が和議に固執する気持ちは理解できるが、薄井はいずれにしても経営陣を一新することは当然だと考えていた。

8

その夜、宮野が吉祥寺の自宅に帰宅したとき、時刻は午前零時に近づいていたが、志保子も沙織も起きていた。

「あなた、お食事は？」

「それがまだなんだ。忙しくて空腹を忘れたよ。なにか簡単なものでいいから、頼むよ」

「すぐ仕度します。きょうは大変だったでしょうね」

志保子は台所へ立って行った。

宮野がネクタイを外したワイシャツ姿でダイニングルームのテーブルに腰をおろすと、沙織が向かい側に坐った。

「どの夕刊も小川商会のことを一面トップで大きく書いてるわね。パパの名前も出てたわ。七時と九時のテレビニュースでもトップ扱いだし、凄いなあ。テレビに写ってたパパ、こわい顔してたわよ」

沙織は法学部の学生だから、人一倍関心があるとみえる。

「にやにやするわけにもいかんじゃないか」

「それもそうね」

沙織は、母親似の美しい顔を心もちかしげた。

「更生法の適用は難しいってA新聞が書いてたけれど、大丈夫かしら」

「難しい面はあるが、なんとかなるだろう。いや必ず更生開始に漕《こ》ぎつけてみせるよ」

「すごーい自信」

「そうさ。今西先生も菊池先生も、事務所の人はみんな張り切ってるよ」

志保子が台所から戻ってきた。

「十時半ごろでしたかしら、有沢さんとおっしゃるかたから電話がありましたよ」

「有沢……」

宮野は考える顔になった。すぐには思い出せない。

「高校時代クラスメートだったと言ってました。いま小川商会にお勤めだそうです」

「えっ！　あの有沢が……」

宮野は調子の外れた声を発した。

有沢とは都立の高校で、二年生のときクラスが同じだった。高校を卒業して、アメリカの大学へ進学した変りダネである。

音信不通で、三十年以上、ゆくえが知れなかったが、あの有沢がいま小川商会に勤

務していると
は……。

「社員集会であなたの挨拶を聞いて、大変感動したと話してましたよ。なんですか、懐しそうに長ばなしをしてましたが、少しお酒が入ってたのかしら、あなたにこんなところでめぐり会えるとは夢にも思わなかった。あなたに保全管理人をやってもらえて幸せだとか、いろいろ話してました」

「そう、有沢がねえ。あいつどこのポストにいるんだろう。集会が終ったとき、声をかけてくれればいいのにな」

「そう思ったけど、あなたがひどく忙しそうだったので遠慮したと言ってましたわ。念のため有沢さんのお宅の電話を控えておきました」

「電話かけてやるかな」

「もう十二時ですよ。あしたになさったら」

「そうだな」

宮野は中腰になったが、時計に眼を遣りながら坐り直した。

「長い一日だった」

宮野は感慨をこめてつぶやいた。

その思いは、おそらく宮野だけではなかったろう。

今西も、菊池も……。そして、小川商会の社員や債権者にとっても、ことのほか長い一日だったに相違ない。

第三章　針の筵《むしろ》

1

「驚きましたね。誰一人として更生法が適用されるとは思ってないんですから。さすがに口にこそ出しませんが、それが言葉のはしばしに感じられるし、顔に出てますよ。いや谷村常務に至ってはあからさまに再建できるわけがないと言ってました」

菊池があきれ顔で言うと、それを今西が引き取った。

「どういうつもりで更生の申し立てをしたのか訊きたくなりますね。A新聞が〝会社破産に進む公算〟と書くわけですよ」

「宮野先生はいまでも再建できると信じますか」

菊池に顔を覗き込まれて、宮野は咄嗟《とっさ》の返事に窮した。

二月二十九日に小川商会の保全管理人に選任されてからきょうで四日になる。この間、宮野は保全管理人代理の今西、菊池と三人で、各役員から個別に事情聴取を続けてきたが、誰一人として更生法が適用される可能性を信じている者はいなかった。つまり再建どころか、更生計画の開始決定さえ否定的な見方をしている者ばかりだったのである。

小川商会の役職役員は六人だが、会長の白井は非常勤だから、常勤は社長の小川と専務の寺沢、池田、常務の大森、谷村の五人ということになる。平取締役は八人で、うち三人は非常勤である。したがって常勤役員は十人である。

寺沢、池田、大森、谷村などの役職役員は、ワンマン社長である小川の無能ぶりを非難するだけで、経営責任はあげて小川にあるという態度に始終した。

とくに谷村は収益部門のスポーツ用品事業部を育てたやり手だけに、小川批判は辛《しん》辣《らつ》であった。谷村から話を聞いたのは、昨夜の九時過ぎのことだ。

「われわれがいくら稼いでも、ざるで水を掬《すく》ってるようなもので、カメラ部門に入れあげて大赤字だっていうんですから、やりきれたものではないですよ」

「どうして社長の経営姿勢を批判されなかったんですか」

宮野が訊くと、谷村は投げやりな口調で答えた。

「いや。口が酸っぱくなるほど言いましたよ。あの人は自信家で部下の進言に耳を傾けるような人じゃないんです」

「四人の役職役員が結束すれば、社長の方針を変えることはできたでしょう」

「相手は名うてのワンマンでオーナー社長ですから。われわれが束になってかかっても、ひとたまりもありませんよ。だいいち、人事権を持ってるんですから、ヘタなことを言ったらすぐクビです。わたしはクビになっても、なんとでもなりますが、あとの人たちは批判的なことは口に出せなかったんじゃないですか。はっきり言わせてもらいますが、スポーツ用品事業部の有名ブランドの相当部分は、わたしが取ってきたものです。わたし個人の商権と言いたいくらいですよ」

谷村の態度には自信のほどがうかがえた。

宮野、今西、菊池を前にして、煙草をくゆらせながら、さあなんなりと訊いてくれと言わんばかりに堂々と胸を張っている。

小川商会のやり手として聞こえていた谷村らしい対応だが、おどおどしていた寺沢や池田とはおよそ対照的であった。

「あなたの力量は認めます。スポーツ用品事業部が稼ぎ頭だったこともたしかでしょうが、谷村さん個人の商権と言うのは言い過ぎではないですか。小川商会というバックグラウンドがあったからこそ、有名ブランドと提携することができたんじゃないんですか。谷村さんの渉外力にケチをつけるつもりはありませんが、相手は谷村個人よりも小川商会を信用したからこそ、提携に応じてくれたんだと思いますがねぇ」

今西がいくらかむきになって言うと、谷村は、すいさしの煙草を灰皿にねじりつけた。

「先生がたがどうとろうと結構ですが、万一、更生法が適用されても小川商会は立ち直れませんよ。再建なんて夢のまた夢です。一度潰れて、出直すしかないんじゃないですか」

　宮野がぬるくなった緑茶をすすってから言った。

「谷村さん、わたしの思い過ごしならいいのですが、もしかすると、あなたミニ小川商会をつくろうと考えてるんじゃないんですか。小川商会が安宅産業のように雲散霧消してしまうことを願ってるようにも聞こえますが、小川商会は必ず再建できますよ」

「安宅産業のようになることを願ってるなんてとんでもない。しかし、宮野先生が今の段階で再建できると思ってるとしたら、ちょっと甘いのと違いますか」

「再建できる可能性があると考えたからこそ保全管理人を引き受けたんです」

「わたしは、もう先生はサジを投げてると思ってました。三日も調べれば見当はつくはずです。調べれば調べるほど絶望的になるんじゃないですかねぇ」

「いいえ、その逆です。みなさんの話を聞いてるうちに、自信が出てきました。わたしの取り越し苦労なら、それに越したことはないが、万一、谷村さんがミニ小川商会的なものをつくって小川商会と競業関係に入るようなことがあったら、わたしはあなたを背任で告発しますよ。あなたは小川商会の取締役として経営責任があるんですから、小川商会を辞めても競業するようなことをしてはならんのです。その義務があるんです」

どこまで本気で、どこまでが冗談なのかわからないほど、宮野はにこやかに話しているが、谷村の表情が動いた。いや、明らかに顔色が変わったといっていい。

宮野は手ごたえを感じた。

谷村は五十そこそこの働き盛りであり、きれ者でもある。小川商会のスポーツ用品部をそっくり受け継いで、ひと旗あげたいと考えたとしても不思議ではない。宮野は、谷村に牽制球を放ったわけではなく、はっきり釘を刺したのである。

宮野は、谷村とやり合った昨夜の場面を思い出しながら、菊池をやわらかく見返した。

「昨夜、谷村さんに自信が出てきたと言いましたが、自分で言うのもなんですけれど、あれはどうもはったりくさいですね。しかし、再建は可能ですよ。少なくともサジを投げてるなんてことはありません。更生開始に漕ぎつけるように頑張りましょうよ」

宮野自身、菊池の質問に対する答えになっているとは思わなかったが、「なんとかしなければ、なんとかしたい」との思いを強めていたことはたしかである。

きょうは三月三日の土曜日だが、きのうから公認会計士の田代は、東都監査法人の公認会計士と会計士試補十人を投入して、本格的な財務調査に入っていた。

あすの日曜日は大がかりな在庫調査が行なわれることになっている。もちろん、宮野たちも朝から詰めなければならない。部長クラスの幹部社員からも話を聞く必要がある。混乱に陥っている海外法人をいかに始末をつけるか、国内支店の取り扱い、二十数社に及ぶ国内子会社の整理、スポンサーをどうするか、連日押しかける債権者との対応を含めてやるべきことはあまりにも多い。

当分、日曜日を返上する覚悟だが、まだ四日しか経っていないのに、莫迦に疲れ、げっそりやつれたような気がする。

更生法適用の見通しが立たない、とすればむだなエネルギーを費やしていることになりかねないが、そんなことがあってはならない、と宮野は思うのだ。

時刻は夜十時に近づいていた。役員の事情聴取を中心とするきょうのスケジュールは消化したが、誰も帰ろうと言い出す者はいなかった。三人は、十二階の役員会議室で話していた。

「社員の間で、三〇パーセントの給与カットの噂でもちきりらしいですよ。さっき、秘書の女性から訊かれましたが、宮野先生、ご存じですか」

今西が唐突に話題を変えた。

宮野は即座にかぶりを振った。

「初耳です」

「取締役部長の誰かが言い出したのと違いますか」

菊池に言われて、宮野はなるほど、と思った。

取締役で事業部長を委嘱されている者が何人かいるが、昨日、宮野は今西、菊池、田代たちと相談して、ヒラ部長並みの月俸六十万円で頭打ちとし、役員手当ては支給しない旨を通告した。仮りに八十数万円の給与所得者がいたとすれば、まさに三〇パーセントのカット率となる。

「取締役事業部長の誰かがぼやいたのかなぁ。しかし、ヒラ社員から三〇パーセントもカットしたら、みんな小川商会を辞めちゃいますよ。それじゃなくてもかれらは誇り高き商社マンなんですから。月曜日にでもさっそく方針を出す必要がありますね」

宮野は腕組みして思案顔でつづけた。

「更生申し立てをしているんだから、現状維持というわけにはいかんでしょう。債権者の立場も考えて給与カットをやらないわけにはいかんが、商社は人が財産です。そのへんの事情は債権者の理解も得られると思いますが、大ナタをふるうわけにはいかんでしょう。部長で一〇パーセント、課長で五、六パーセント、ヒラ社員は二、三パーセントというところじゃないかなぁ」

「財源のほうはどうですか」

菊池が質問した。

「さっき、田代さんの意見も聞いたんだが、退職者がどの程度になるか、そして共益債権となる退職金との見合いもあるけれど、在庫も豊富だし、また、けっこう他社の株券も持ってるようだから、そう締めなくても、なんとかいけるんじゃないかなぁ」

「さすがに上場されてる株券は、手放すなり担保に取られてるようですが、非上場の株券をけっこう保有してるみたいですね」

今西が応じると、菊池はうれしそうに白い歯をみせた。

「そうなんですか。社員の動揺を鎮静させるためにも給与カット問題は、早いところ方針を出すべきですね」

「それじゃあ、部長一〇パーセント、課長六パーセント、ヒラ社員二パーセントで決めようか。実施は四月からでどうだろう」

宮野が結論を出した。

「ついでに四月のベースアップについても触れておく必要があるんじゃないですか。月曜日に、給与のカット問題を持ち出せば、必ず社員から質問が出ると思いますが」

「なるほど今西先生のおっしゃるとおりですね」

菊池が応じ、宮野もうなずいたが、表情をひきしめて言った。

「しかし昇給は見送るべきでしょう。更生を申し立ててる会社が昇給を認めていたのでは世間が納得しませんよ」

帰りしなに、菊池が思い出したように言った。

「あさって、月曜日の夕方、社員集会があるそうですね」

「ほう、聞いてませんね」

今西が怪訝《けげん》そうな顔をした。

宮野も初耳である。

「小川社長以下常勤役員全員に出席を求めているそうです。二月二十九日の社員集会で小川社長が挨拶しましたが、あれだけでは納得できないということらしいですよ」

「社員の気持ちはよくわかるけれど、社員が役員の責任を追及してみたところで、いまさらどうなるものでもないし、虚しい思いがひろがるだけでしょう」

宮野がつぶやくように言った。

2

三月四日の日曜日、宮野は昼食時間に有沢と会った。有沢は高校時代のクラスメートだが、遠慮しているのか、忙しいのか、なにも言ってこないので、宮野のほうから声をかけたのである。

在庫調査のため、営業部門の課長をしている有沢も出勤していた。年齢の割りに出世が遅いように思えるが、有沢は生え抜きの社員ではなく、十年ほど前に中途入社した、と聞いていた。

二人は田町駅近くの蕎麦《そば》屋で、天ぷら蕎麦を食べながら話した。

「宮野さんが弁護士になられたことは聞いてましたが、まさか小川商会の保全管理人としてお会いするとは思いませんでした。夢のようですよ」

「きみから電話があったと聞いたときは僕もびっくりした。三十二、三年会ってないんだもの。お互い齢を取ったね」

宮野は、ひたいの生え際が薄くなっている有沢をまっすぐ見つめながら、話をつづけた。

「家内にも話したんだが、われわれは見ず知らずの土地にパラシュートで降下してきたようなものだから、一人でも友達がいるということは大変心丈夫だよ。いろいろご教示をお願いしたいね」

「どこまでお役に立てるかわかりませんが、なんなりと申しつけてください。会社のためになることでしたら、なんでもします」

「ありがとう。きのうまで旧役員から話を聞いたが、小川社長の独断専行はそんなにひどかったのかい？」

「超ワンマンであったことはたしかですが、補佐する役員もだらしなかったと思います。それと現場第一線のことが正確に社長に伝わってたのかどうか怪しいものです。役員から耳ざわりのいいことばかり社長の耳に入れていたということはあると思います」

宮野は口の中の蕎麦をつゆと一緒に嚥下《えんか》した。

「小川社長一人が悪者にされてるが、ま、それも仕方ないのかなぁ」

「専務、常務といわれる人たちがもっと危機感をもって、躰を張って社長に進言していたら、こんなことにはならなかったかもしれませんね。もちろんタイミングの問題はありますけれど。手の施しようがなくなるほど経営が悪化してからでは、なにを言っても焼石に水ですが……」

有沢は、箸で蕎麦をこねくっているが、なかなか口へ運ぼうとしなかった。

「きみ、蕎麦が伸びちゃうよ」

見かねて宮野が言った。

「どうも」

有沢は思い出したように蕎麦をすすりあげたが、食欲がないとみえ、半分ほど食べて箸を投げ出してしまった。

「わたしもあまり大きなことは言えた義理ではありません。海外法人の社長をやらされて大赤字を出した口ですから……。ただ、つくづく思ったのですが、経営トップにとって撤退の決断がいかに大切か、乏しい経験ながら身に滲《し》みてわかりました。前進の号令なら勇ましくて元気がいいから簡単にかけられますが、撤退の号令は勇気が要ります。しかし、それこそが経営決断なんです」

「同感だね。撤退を決断し切れるかどうかで経営者としての資質が問われることにもなりかねない。しかし、言うは易《やす》く行なうは難《かた》しということかなぁ」

「…………」

「役員から事情聴取を受けた限りでは、みんな再建など夢のまた夢で、更生法の適用も受けられないだろうと思ってるようだが、きみはどう思う」

「わたしは再建の可能性はあると思います。赤字の元凶のカメラ部門から撤退できて、有力なスポンサーを見つけることができればという前提がありますけれど、なんとかなるような気がするんです」

有沢は宮野をまっすぐ凝視して、話をつづけた。

「優秀な社員ほど小川商会の前途に見切りをつけて辞めていく確率が高いし、同業他社からのスカウトも激しくなると思いますが、もてる人材をつなぎとめ、やる気をどう引き出していくか……」

「商社の場合、人材が財産であることはよくわかってるつもりだ。若い人がやる気をなくすことのないようにしなければねぇ」

「やる気をなくすという問題と関係があるので話しますが、二月号の社内報の巻頭言で、小川社長が〝売り上げや利益が伸び悩んでいるのは、会社の方針が悪いわけでも、市況が低迷しているわけでもない〟と社員の士気の停滞にこそ問題があるといわんばかりのことを書いたらしいんです。誰の判断かしりませんが、この倒産騒ぎで、社員に配布することをストップしたようですが、それを読まされたら、みんなもっと怒りますよ」

「ふーん。小川さんにしてみれば、社員の奮起を促すつもりで書いたんだろうが、いまとなっては社員に配らなくてよかったね。敗軍の将が兵を語ってはいけませんよ」

「わたしもそう思います」

「きょうはきみに会えてよかった。再建について、その可能性を信じている人がいないとしたら、虚しいじゃないの。それこそ社員の士気にかかわるが、小川商会の保全管理人になって、初めて社員の肉声に接したような気がする。再建の可能性を信じてる社員のね」

宮野の微笑に誘われるように、硬い有沢の顔がほぐれた。

「二十九日の宮野先生のスピーチに感動した社員は多いと思います。先生の話を聞いてやる気が出てきた、とわたしに言った者も何人かいたくらいですから。社員の多くは再建への途が険しいことは承知してますけれど、歯をくいしばって頑張ろうと思っている筈です」

「……………」

「宮野先生がわたしの高校時代のクラスメートであることを部下に話したくて仕方がないんですけれど、さすがに我慢しました。あの日はひとりで祝杯をあげたんです。それで酔っぱらって先生のお宅へ電話をかけさせてもらいました」

宮野は、旧友に先生と呼ばれて脇腹のあたりがこそばゆかったが、有沢の分をわきまえた態度に好感を覚えた。

「僕もご期待に添えるようせいいっぱい頑張るよ。少し気負った言いかたになるが、わが法律事務所は全員使命感に燃えてるからね」

宮野は笑いながら、テーブルを離れた。

蕎麦屋から会社へ戻るまでの道すがら、宮野が言った。

「きみは海外経験が豊富だから、いろいろアドバイスしてもらいたいんだが、沢田さんという女性の弁護士に海外法人を担当してもらいます。沢田さんは国際取引法に明るいので適任と思うが、きみのようなエキスパートの協力が得られれば鬼に金棒です」

「はい。お手伝いさせていただければ光栄です」

有沢はうれしそうに答えた。

3

あくる日、月曜日の午後六時から十階の大会議室で社員集会が行なわれた。若手社員の強い申し入れを小川以下の旧経営陣が不承不承《ふしようぶしよう》受けたかたちであった。宮野たち保全管理人団は出席しなかった。超多忙で、それどころではなかったというべきかもしれない。

人民裁判とは言わないまでも、十人の旧役員は、壇上にずらっと並ばされて、つるしあげられたり、詰め寄られたりして、文字どおり生きたソラがなく、針の筵《むしろ》の一時間であった。

「わたくしなりに一生懸命やったつもりですが……」

小川が話し始めると、

「会社を潰すようなことをして、なにが一生懸命だ！」

「恥を知れ！」

怒号が飛び交う。

「わたくしの経営判断、指導の間違いによりまして、破局をまねき、社員のみなさんにはほんとうに申し訳ないと思っております。いくえにもお詫び致します」

小川は声をふるわせて、ひたすら陳謝するばかりである。

「役員として、本分を尽くしたのかどうか、一人一人答えてください」

若い社員が寺沢、池田、大森、谷村と次々に指名していく。

「ノー」と答えた者はいなかったが、「イエス」と答えながらも「結果的にノーだと思われても仕方がありません」「経営責任を痛感しております」と注釈をつけるものが多かった。

内心忸怩《じくじ》たる思いにならなければおかしいが、谷村だけは「イエス」と短く答えて、傲然《ごうぜん》と肩をそびやかした。だいたい、ほかの役員たちと一緒にされてたまるか、と谷村は思っていたので、それが態度に出るのもやむを得ないといえる。

しかし、さすがに小川を前にして、小川批判を口にする者は一人もいなかった。

十人の旧役員は三日後の八日にも針の筵に坐らされることになる。

八日午前十時から目白公会堂で開かれた債権者事情説明会に臨まなければならなかったからだ。

約千人の債権者が会場に詰めかけ、厳しい質問を矢継ぎ早に浴びせかけられ、小川は何度顔の汗をぬぐったかわからない。

挨拶に先だち、小川は、ヒナ壇から降り、債権者に向かって深々と頭を下げた。高いところから謝意を表するのは気が引けたのであろう。

ヒナ壇の役員たちも全員起立して小川にならって低頭した。

「サンライトカメラ販売のために設立した海外子会社の経営悪化が一番こたえました。負債総額は海外子会社分を含めて一千百九十九億七千万円になります……」

小川は沈痛な面持ちで会社更生法の申請に至った経緯を説明する。

〝再建、再建といってズルズル引き延ばされてはかなわない〟〝いま会社を清算すれば債権者にいくら返してもらえるのか〟〝直前に納めた商品は返してもらえないのか〟

小川商会の国内仕入れ債権者は中小企業が多いだけに、質問は切実味を帯びている。

〝更生開始の見通しはいつごろつくのか〟の質問に、宮野が答えた。

「鋭意調査中です。わたしどももできるだけ急いで会社更生法が適用されるか否かの見通しをつけたいと存じてますが、決定までに最低二、三ヵ月はかかると思います」

「いま現在、更生法適用の見通しについて、保全管理人としてどう判断してるんですか」

つづけて質問が飛んだ。

宮野は、間髪を入れずに回答することはできなかったが、慎重に言葉を選んで答えた。

「更生法の適用を申請してまだ一週間ですから残念ながら判断するだけの材料が得ら

れております。しかしながら、更生法の適用が得られるべく最大限努力しておりま
す。開始決定のいかんは裁判所が決めることですから、軽々に申すわけにはいきませ
んが、その可能性はあると考えております。その間も小川商会は営業を続けていかな
ければなりませんので、債権者およびお取引先のみなさんのご協力をぜひともお願い
したいと思います」
〝計画倒産の疑いもあるようだが〟の質問には、前顧問弁護士の中田が答えた。
「一部にそのような報道もありましたが、断じてそうした事実はございません。その
点は天地神明に誓って申しあげます」
〝五十八年六月の中間決算で、中間配当を出しながら、わずか半年後に倒産というの
は理解できない〟
旧経営陣にとって、これほど厳しい質問はない。中間配当は不信感をもたれて当然
の暴挙といえる。
保全管理人の宮野も旧経営陣を追及する立場であり、とくに中間配当の問題につい
ては、監査証明を行なった公認会計士も含めて責任の所在を明らかにし、六千三百万
円の配当金を弁済させる必要があるのではないかと考えていた。
配当しなければ銀行がカネを貸してくれなくなる、というジレンマはあるにせよ、
あり得べからざる行為であり、弁解の余地はない。

小川は苦痛に歪んだ顔を伏せて、しばらく身じろぎもしなかったが、ひどく緩慢な動作で起ちあがった。

「わたくしの経営判断ミスで、みなさんにご迷惑をおかけして申し訳ありません。お詫び致します」

なんとか声を押し出したものの、消え入りそうなほどか細かった。

五十八年六月の中間配当については、役員会で問題にされた経緯がある。宮野が旧役員から事情聴取した範囲でも「反対しました」と明確に証言した役員が少なくなかった。

小川前社長は五パーセントの中間配当を考えていたが、一部役員に強く反対され、四パーセントに減配したのである。中間配当は見送るべき、という意見はしりぞけたが、一パーセントとはいえ減配に応じたのだから役員会の存在意義を示したととれないこともない。

しかし、どんな理由があるにせよ中間配当をしてはならなかった。

中間配当に幻惑されたのは、コスモスの薄井社長やオリンピア釣具の上田社長だけではなく、多くの債権者、投資家からも疑惑の眼を向けられる結果をまねいた。

4

小川商会の会計監査を担当していた公認会計士の渡辺弘が京都市左京区の自宅にC新聞の木下記者の訪問を受けたのは、債権者事情説明会の直後のことである。

木下はまだ三十前の若い記者だが、夜九時過ぎにアポイントメントなしに突然訪ねて来た。

渡辺は、太田原監査法人に所属している。

年齢は六十五歳で、ベテランの会計士だが、新聞記者に夜討ちをかけられたことなどこの齢までなかったし、用件も察しがつくので、おおいにうろたえた。

マンションの玄関先で名刺を出した木下を部屋にあげていいものやら悪いものやらわからず、おろおろしている渡辺に、木下は「ほんの二、三分の立ち話でけっこうです」と切り出した。

「ご存じのとおり小川商会の今日の債権者事情説明会で、五十八年に小川商会が中間配当したことは問題ではないかと債権者から指摘されました。渡辺さんは小川商会の会計監査を担当されてましたが、これについて所感をお聞かせください」

「所、所感なんて別にありませんがな」

渡辺は舌をもつれさせた。

木下は童顔に似合わず、辛辣な質問を浴びせてくる。

「決算報告書に監査証明を発行したことの責任についていかがお考えですか」

「…………」

「粉飾決算の疑いもありますが……」

「粉飾などありません」

「しかし、常識的にいって中間配当した企業が六ヵ月後に破局を迎えるなんておかしいですよね。会計監査人として、責任を感じていないということはないと思いますがねぇ」

「そんなこと新聞に書くんですか」

渡辺は辛うじてふるえ声を押し出した。

「デスクと相談してみないとわかりませんが、書くことになると思います」

「そんな、やめてください。お願いします」

渡辺の声は悲痛なひびきを伴っている。

木下が、尻のポケットから取材ノートを取り出して、メモを見ながら言った。

「釈迦に説法でしょうが、四十九年十月の商法改正で半年から一年決算に変更されたのに伴って、中間決算制度が設けられました。通期の期末決算で配当できない状態になる恐れがあると予想されたときは中間配当を実施してはならないと新商法で規定されてます。いずれ、大蔵省証券局から追及されると思いますが、会計監査人の責任は問われて然るべきじゃないんですか」

「責任は感じてます。しかし、粉飾などはありませんし、われわれも一生懸命にやったつもりなんです。お願いですから、記事にはしないでください」

渡辺は、もはや哀願口調になっていた。

木下が帰ったあと、渡辺は、同じ小川商会の会計監査を担当していた佐藤耕三の自宅に電話をかけた。

「いま、C新聞の記者が取材に来たとこなんや、会計士に責任はないかぁ言われ、往生しましたわ。どないしたらよろしいか思いまして」

「そら、おおごとやなぁ。新聞に書かれるんやろうか」

「わからしません」

「えらいことやなぁ。いちど小川商会の保全管理人の弁護士さんに会わんといけませんな」

佐藤は、渡辺より二歳年長だが、やはり大きなショックを受けているとみえる。

二人の公認会計士が宮野を訪ねて来たのは、その二日後のことだ。もちろん、アポイントメントを取りつけたうえでの訪問である。

太田原監査法人といえば、日本でも屈指の監査法人で、創始者の故太田原哲三郎は法人監査の草分けとして知られている。

渡辺も佐藤もいかにも人品骨柄いやしからぬ老紳士だが、憔悴《しょうすい》の色を隠し切れず、生気がなかった。

ソファで宮野と向かい合ってる二人は、針の筵の心境とみてとれた。

「中間配当はすべきではなかったと思います。したがって監査証明を付けるのは適正ではありません。断固反対すべきでしたね」

宮野に機先を制されて、渡辺も佐藤もうなだれて、ひたすら「申し訳ない」を繰り返すばかりであった。

「まさか結果がこんなことになるとは思いませんでした」

渡辺がしゃがれた声で言うと、佐藤は大きな吐息をつく。

二人の公認会計士は何度も「よろしくお願いします」と宮野に頭を下げた。

第四章　曙光《しょこう》

1

英ライル・アンド・スコット社のメトカーフ社長がギャレット輸出部長を帯同して来日したのは三月十日のことだ。

小川商会は昭和四十六年にライル社と代理店契約を結び、日本の総代理店として、日本市場の拡充に取り組み、『ライル&スコット』を一流ブランドとして定着させた。

一般にはカシミヤセーターとして知られているが、ライル・アンド・スコット社は英国内ではピンクル社などの後塵を拝しているとはいえ、日本市場では圧倒的なシェアを保持している。

ライル社が年間に生産するカシミヤセーターの生産量は二十五万着だが、実にこの四〇パーセントが日本で販売されている。

小川商会の〝倒産〟は、ライル社の経営をゆるがしかねない重大問題である。メトカーフがおっとり刀で駆けつけて来るのも当然であった。

もっともライル社の親会社は、世界的な巨大企業の繊維会社コートルーズだから、小川商会が〝倒産〟したからといって、連鎖的に経営がゆき詰まるということはないにしても、それによってせっかく育てあげた高級品のイメージに傷がつき日本市場におけるシェアを一挙に失うことをメトカーフは恐れたのである。

万一、小川商会が換金のための在庫の放出に奔《はし》ったらどうなるか——。事実、小川商会が更生法の適用を申請した段階で、ライル＆スコットなど小川商会関係の高級ブランド品の安売りを舌なめずりして待っていた消費者は少なくなかった。

高級ブランドのプレステージが低下することはなんとしても回避しなければならない、とメトカーフが考えるのは至極当然であった。巨大総合商社をはじめ十指に余る日本の企業がライル社のロンドン事務所詣でをして、提携を呼びかけてきていたが、なにはともあれ、小川商会の保全管理人の宮野英一郎弁護士に会うことが先決だとメトカーフは思った。

宮野もまたライル＆スコットのブランドを守れるかどうかが小川商会再建の帰趨《きすう》を決めるのではないかと判断していた。いわば、この問題はライル社にとっても小川商会にとっても生命線であり、死活にかかわる重大事であると言えた。

小川商会は、『ライル＆スコット』のほか『トム・ホーガン』『ジム・トスキー』のゴルフクラブ、『ヘッジ』のテニス、スキー用品、『フット・ボーイ』のシューズなどスポーツ用品事業が収益部門である。スポーツ用品事業部門の売上高は年間約百五十億円だが、これらの高級ブランドが安売りによってダメージを受ければ、厖大な在庫品の価値を減殺《げんさい》するだけでなく、将来に及ぼす影響が大きいだけに、いよいよ会社再建を困難にし、否応《いやおう》なしに会社破産の途を選択せざるを得なくなることは火を見るよりも明らかであった。

在庫品の投げ売りをあて込む、消費者の買い控えによって、小川商会のスポーツ用品の売り上げは、三月に入ってから激減している。なんとかしなければ――。宮野も、管理人代理の今西も菊池もそして従業員たちも、深刻化する事態に焦躁感を募らせていたところへ、メトカーフが来日したのである。メトカーフは、来日二日目にさっそく宮野に面会を求めてきた。宮野がすべてに優先して、メトカーフとの会見に応じたことはいうまでもない。

メトカーフはギャレットと日本人の弁護士と女性通訳を伴って、十一日の午後、小川商会に宮野を訪ねてきた。

十二階の役員応接室で、宮野、今西、菊池の三人が応対した。

メトカーフはねばっこく精力的な印象を与えるジョンブルである。年齢は五十二、三歳と見受けられた。ギャレットは名刺の交換のときに挨拶しただけで、ほとんど口をきかず、もっぱらメトカーフがしゃべりまくった。

宮野は、英会話は堪能ではないが、日常の会話ていどなら不自由しない。しかし、ことがらことがらなので、日本語で丁寧に応対した。

「小川商会とは十四年もの永い間、相互信頼関係にもとづいて取り引きを続けてきたが、〝倒産〟するとは夢にも思わなかった。いわば、当社は一方的に裏切られたようなものではないか」

「ご存じのような不幸な事態になって本当に残念です。しかし、小川商会は必ず再建できると思います。再建の見通しがあるからこそ、更生法の適用を申請したんです。カメラ部門、とくに海外事業の不振で経営難に陥ったのですが、貴社とも深い関係にあるスポーツ用品部門をはじめ自動車用品部門などの収益部門が少なくないので、会社更生法適用申請を契機に不採算部門を切り捨てることによって経営を建て直すことは可能です」

宮野は、メトカーフの眼をまっすぐとらえて自信に満ちた口調でつづけた。

「わたしが裁判所から小川商会の保全管理人に選任されてからまだ十日足らずにしかなりませんが、会社の内情の調査がすすむにつれて、その思いを強めております。いや、保全管理人団全員が小川商会の再建を確信しております」

メトカーフは大仰に両手をひろげながら首をかしげた。

そして、意味ありげにギャレットと顔を見合わせていたが、挑むように宮野を見返した。

「商社の再建は困難ではないのか。安宅産業が跡かたもなく見るも無惨に解体されてしまったことにも、そのことは示されているのではないか。小川商会が再建できると、あなたはほんとうに信じているのか」

今度は、宮野が左隣りの今西と顔を見合わせる番だった。

どこで知恵をつけられてきたのか、安宅産業の事例を持ち出すあたりけっこう日本の事情に通じている。

宮野はメトカーフに笑いかけた。

「総合商社と専門商社は、同一には論じられません。たとえば本社ビルの隣りにある大きな倉庫を見てください。総合商社にはあんなものはないでしょう……」

宮野は、女性通訳とメトカーフにこもごも眼をやりながら、噛んで含めるように、総合商社と専門商社の仕組みの相異点を説明したあとで、語調を強めて言った。

「わが法律事務所の五人の弁護士が日常の業務を犠牲にして全力で小川商会の再建に取り組んでいるのは、再建する見通しがあることと、そのことによる社会的な意義を感じているからこそです。われわれを信じていただきたい」

メトカーフがミルクティをひと口すすって返した。

「一千二百億円の負債を抱えた企業がそう簡単に再建できるとは思えない。ミスター宮野がいくら凄腕の弁護士でも、ミスター今西、ミスター菊池がいくら有能でも小川商会の実態は途方もなく厳しく困難なのではないか。ライル・アンド・スコット社のロンドンの事務所に、日本の企業が十九社も販売権の取得を求めて押し寄せてきたが、ほとんどがビッグカンパニーだ……」

メトカーフは思いつくままに日本の企業名をあげていったが、たしかに巨大総合商社のM社をはじめ一流企業ばかりであった。

「かれらは、小川商会と提携している限り日本におけるカシミヤセーターのマーケットは拡大しないと口をそろえて言っている。わたしも同感だ。小川商会が保有している全在庫品、流通段階の在庫品も含めて買い戻しても、ライル&スコットの将来のためになるのではないかと考えている」

「果たしてそうでしょうか。小川商会は十四年という永い時間をかけてライル&スコットを高級ブランドとして育成してきたのです。そしてそれを育成した人材がいるのです。専門商社の小川商会だからこそできたことなんです。その証拠に、貴社で生産するカシミヤセーターの四〇パーセントが小川商会を通じて日本のマーケットで販売されてるではありませんか。小川商会の企業努力は充分評価していただけると思います」

メトカーフは言葉に詰まり、首をねじって、しばらく通訳の口もとを見つめていたが、当惑顔を正面の宮野のほうへ戻した。

「お説のとおりかもしれない。しかし、それは過去の小川商会にであって、現在の小川商会を信用しろというほうが無理だ。両社の関係はビジネス・ライクなものでなければならないと思う」

「率直に申しあげます……」

宮野は居ずまいを正した。

「小川商会は、ライル・アンド・スコットと従来どおり提携が続けられなければ、再建は困難になるかもしれません。貴社との提携の継続は再建に不可欠な要件です。在庫品を安値で放出すれば、相当な資金が手に入ります。しかし、それこそ自分の首を締めるようなものですから、どんなことがあっても安売りはしないつもりです……」

宮野は熱っぽく話している。一気にしゃべってしまいたかったが、メモを取る通訳嬢の恨めしそうな顔に気づいて、いったん言葉を切った。

メトカーフは、通訳嬢の流暢なキングズイングリッシュに何度もこっくりしている。

宮野にも、自分の話が正確かつ丁寧に通訳されていることは理解できる。

「いま、わが国の消費者は小川商会がカシミヤセーターを安売りするのではないかと予想して、買い控えているのです。ですからここしばらくは製品の売れゆきは、はかばかしくありません……」

宮野は、ぬるくなったミルクティをゆっくりと飲んで間《ま》を取った。

「しかし、裁判所に、われわれが作成しつつある再建計画が認められ、更生開始が決定すれば、品物は必ず動くはずです。ライル&スコットを一流のブランドに育てたのは小川商会であると社員は自負してますが、御社のカシミヤセーターが性能的にも優れていたからできたことです。このディスカウントは、御社にとっても小川商会にとってもデメリットをもたらします。われわれは歯をくいしばって、消費者の買い控えに耐え、ライル&スコットのブランドを守り抜いていく覚悟です」

「ミスター宮野の言わんとしていることはよくわかった。この場で結論を出すわけにもいかないが、わたしは一週間日本に滞在する予定だから、その間に結論を出したい。わたしは親会社からこの問題の処理を一任されている。理蝶の意見もよく聞いてみたい」

通訳を挟んでの話だから確実に時間は二倍を要する。

宮野は、次の来客を三十分も待たせてしまった。

2

別室で宮野を待っていたのは井口卓朗だった。

井口は、繊維を主力とする中堅商社、理蝶の審査部法務課長で、今年四十二歳になる。宮野とは旧知の間柄であった。といっても二年ほど前、宮野がある倒産事件の債務者側に立ったときに理蝶が債権者の中に入っていたのだが、債権者事情説明会で、宮野と倒産会社の社長だった男に鋭い質問を浴びせかけてきたのが井口であった。何度か話しているうちに、宮野は井口の率直で飾らない人柄に好感をもつようになり、事件が決着したあと友達づきあいをするようになった。

前後するが、宮野が東京地裁から保全管理人に選任された次の日の朝早く、井口は、吉祥寺の宮野宅にやってきた。

七時半という時間は常識的ではないが、「ほんとうは昨日のうちに先生にお目にかかりたかったんです。これでも遠慮したつもりなんですよ」と、玄関先で頭を掻きながら井口は言った。

宮野は、井口を応接間に通し、ファンヒーターのスイッチを入れた。

「朝食まだなんじゃないの」

「いや、済ませてきました」

「いま食べてるところだが、よかったら一緒にどう」

「ほんとうに食べてきたんです。相当図々しいほうですが、そこまで厚かましくありませんよ。三十分早過ぎましたね。八時だともうお出かけかと思いまして……。失礼しました」

「いや、会社に押しかけられても時間が取れないから、このほうがいいよ。しかし、この時間じゃ家を出たのは六時前だな」

「ええ、まあ」

井口は言葉をにごしたが、千葉市内の社宅を出たのは五時前であった。千葉駅まで、女房に車で送らせ、朝食は昨夜のうちに用意し、電子レンジで温めた握りめしを車の中で食べた。吉祥寺駅に着いたのは七時十分前だったが、三十分ほどホームで新聞を読んで時間をつぶしてきたのである。きょうから三月だが、まさに〝春は名のみの風の寒さや……〟で、靴底から冷え込みが這《は》いあがってくる。新聞を持つ手がかじかんで痛いほどだった。

今年の冬は降雪が多く、ことのほか寒波が厳しい。

「寒いのにご苦労さんだねえ」

「ゴルフと思えばなんでもないですよ。いやゴルフなんて不謹慎なことは言ってられません。会社が危急存亡の秋《とき》ですから」

「僕も気がせくんだが、昨夜遅かったから、寝坊してしまった。食事を片づけてくるから十分ほど待っててくれ」

宮野はダイニングルームへ戻った。

井口が〝朝駆け〟してきた用向きの察しはついている。

昨夜のうちに、宮野は理蝶と小川商会の関係について、報告を受けていた。それを聞いたとき、反射的に井口の童顔が眼に浮かんだ。よくよく縁のある男だと思わず苦笑を洩らしたものだ。

八時に会社の運転手が宮野を迎えに来た。社長専用の運転手だった浅原である。中年のごく温厚な男だ。

車の中で宮野と井口は話した。きのうまで小川善雄が後方シートに収っていたと思うと、宮野はなにがしかの感懐を覚える。気のせいかなにかしらシートが尻に馴染《なじ》まない。

「ベンツとは豪勢ですねぇ」

「きのうまで小川社長が使ってたのを、会社が気を遣って僕に回してくれたんだが、あっちこっち飛び回らなければならないから、ありがたいけれど、なんだか複雑な気持ちだね」

「気にすることはありませんよ。保全管理人の権限と責任を考えれば当然です」

「…………」

「きのうは宮野先生も大変だったでしょうが、当社も大騒ぎでした」

「わかるよ」

「累積赤字が五十億もある上に、不良土地を百億円も抱えている無配会社ですから、大変な痛手をこうむります」

井口の顔が歪んでいる。危急存亡の秋《とき》もあながち大袈裟ではなかった。

理蝶は第一次オイルショック時に不動産投資の失敗で、経営危機に直面した。旭化学、東京レーヨンなど大手合繊メーカーと上位都銀三行の支援を受けて再建中だが、経常段階で出血が止まり黒字基調に転化したものの、依然として厳しい経営状況が続いている。

小川商会は理蝶にライル&スコット製品の生産をライセンス契約に基いて委託していた。すなわち、ライル&スコットブランド品は英国のライル・アンド・スコット社からカシミヤセーターが輸入される一方、日本国内でカシミヤセーター以外のあらゆる衣料品が生産されていたのである。

小川商会が倒産し、ライル・アンド・スコット社が小川商会以外の企業に販売権を与えライセンス生産を行なえないような事態が生じれば、理蝶は年間十億円の商権を失うばかりでなく現在生産中の多額の商品、仕掛品がデッドストックになるのだから、損失は厖大なものとなる。

「ウチの上層部には、この機会にカシミヤセーターの販売権を取得するようにライル社に働きかけてはどうかと強硬に主張する人が多いようです。小川商会は到底再建できまいと見ているわけです」

井口は、浅原の耳を気にしているのか、宮野の耳もとでささやくように話している。

宮野の声も低い。

「小川商会が販売権を持っている有名ブランドの確保が可能なら再建は可能だよ。僕はそう思う。そのためにもライル社に対して、理蝶と小川商会は共同戦線を張るべきじゃないのかな」

「小川商会が潰れないという保証はありませんからね」

「絶対になどとは言えないが、再建できると確信しているよ。理蝶にとってなにが困るかと言ったら、小川商会以外の企業にライル＆スコットの独占販売権が移動して、ウェアのライセンス生産ができなくなることだろう」

「ええ」

「そうならないように共同戦線を張ることがベターだとは思わないか」

「それは、きわめてリスキィですね。目下のところ小川商会が再建できるチャンスは少ないですし、ライル社が小川商会に愛想を尽かす可能性も大きいですから」

「違うな。ライル社と小川商会の取り引き関係は十四年に及ぶ。それこそヘタに小川商会を切るようなことをすれば大変な返り血を浴びることになるんじゃないかな」

「…………」

「きみは、きのうのA新聞の夕刊を読んだのか」

「読みました。会社破産に進むんじゃないかって書いてましたね」

「A新聞を読んで、滅入《めい》っている者は小川商会にもたくさんいるが、僕は逆にファイトをかきたてられた。そのためにも、小川商会の財産である有名ブランドはなんとしてもキープしたいと思ってるんだ。きみとは不思議な縁だな、本件は利害の調整は可能だと思うな」

「宮野先生に確信ありげに言われると、なんだかそんな気がしてきますけれど、上層部を説得するのは容易ではありませんね」

「僕を信じて、小川商会に賭けてみないか」

「しかし、小川商会が潰れちゃったらどうなるんですか。元も子も無くしてしまいます」

「そのときは、別途救済措置を考えておけばいいじゃないか」

「そんなことができますかねえ」

井口はしきりに首をひねっている。

「それをこれから考えるのさ」

宮野は窓外に眼を遣りながら返した。

「お待たせしました」

宮野が応接室へ入ってきた。

井口はソファから起って宮野を迎えた。

「いかがでした？」

「きょうのところは第一ラウンドだから、まだなんとも言えないが、メトカーフは一週間日本に滞在するそうだよ。その間に結論を出したいと言ってたが、僕はなんとしても、ライル&スコットのブランドは小川商会が守り抜かなければならないと思っている。次回は僕のほうからメトカーフの宿泊しているホテルへ押しかけていくつもりだ」

「説得できる自信はありますか」

「ここで歯止めがかけられなかったら、小川商会の再建はおぼつかない。万一、メトカーフが取り引きの継続を打ち切ると言ってきたら、フット・ボーイもトム・ホーガンもみんな他社にとられてしまう」

秘書が緑茶を運んできた。

「ありがとうございます」

井口は丁寧に礼を言った。

宮野を待っている間にコーヒーを馳走になったので、多少は恐縮する気持ちになる。


秘書が退室したあとで宮野が言った。

「きょうきみに来てもらったのは、先日話した理蝶と小川商会がメトカーフに対して共同戦線を張れるかどうかということなんだが……」

「そのことで連日連夜会議をしてますが、たしかに宮野先生がおっしゃったように、小川商会と理蝶との利害調整は可能だと思いますけれど、上層部は小川商会の更生計画が裁判所に認められないと思ってる人が多くて困ります」

「逆なんだなぁ。メトカーフを説得することができれば再建の見通しが出てくるということなんですよ」

宮野は緑茶をひと口飲んでつづけた。

「ライル、理蝶、小川商会の三すくみの状態をほぐすには、理蝶と小川商会がまず手を結ぶ必要があるんです」

「それはわかりますが、メトカーフが小川商会から他社に乗りかえる腹づもりで来日したとしたら、当社の立場はどうなりますか」

井口はくい入るように宮野を見つめた。

宮野は井口をやわらかく見返した。

「そんな予断は持っていないと思うな。昨夜来日して、いの一番に小川商会に僕を訪ねて来たことを見ても、小川商会の永年の実績を多としているからじゃないんですか。それに、小川商会を切れば、流通市場が混乱してライル社はひどい目にあう。在庫品をすべて買い戻したいとも言ってたが、ライル&スコットのブランドを守るということでは三者の利害は一致してるはずなんだから……」

「しかし、小川商会が破産しないという保証はありませんからねぇ」

井口はおっかぶせるように言って、がぶりと緑茶を飲んだ。

「だから何度も言うように、小川商会を破産させないためにも、ライルと理蝶の協力をお願いしたいんです」

「…………」

「いちど理蝶のトップに会ってみようかねぇ」

「もうちょっと待ってください。いま先生に会ってもらっても、態度を表明しようがないんじゃないですか。わたしがもう少し根回ししてからのほうがよろしいと思うんです」

「仮りに、いやそんなことは絶対にないと思うが、万一開始決定にならないようなことになっても、安売りだけはしない約束はできると思うし、そのときは小川商会の持っている販売権を理蝶が取得できるようにしてもらえればいいんじゃないですか」

「わかりました。それが可能なら社内をまとめることはできると思います」

井口は力づよく言い切った。

「メトカーフを屈伏させるのは容易ではないと思うが、とにかく頑張るよ」

宮野のひきしまった表情に決意がみなぎっている。

3

保全管理人代理の今西、菊池の両弁護士が出張したため、メトカーフとの折衝役はもっぱら宮野弁護士がひとりで受け持たなければならなかった。大阪、名古屋、福岡、札幌などの支店に連日債権者が押しかけて来るため、支店では対応し切れず、パニック状態になっていた。今西と菊池はそれを収拾する目的で東と西に分れて東京を離れたのだ。

メトカーフの日本滞在は一週間の予定が十日間に延長されたが、その間、宮野は数回、話し合いの機会を持った。

仙台の一流デパートが小川商会扱いのブランド品の安売りを客寄せの目玉にするキャンペーンを準備している、という情報が宮野にもたらされたのは、メトカーフの来日中のことである。

宮野は、メトカーフとの面会の約束をキャンセルして、仙台に飛んだ。一地方都市とはいえ、蟻の一穴が堤防を決壊させないという保証はない。

ただでさえ、流通段階にはブランド品が滞留しているのだから、しびれを切らして卸売り業、小売り業がディスカウントに踏み切る可能性はないとは言えないし、小川商会が破産に進む公算が強いとみられていた時期だけに、そのことのマイナスの波及効果は少なくないと宮野は判断したのである。

デパートの店長はひどく迷惑顔だった。

宮野は懸命に訴えた。

「なんとかブランド品のディスカウントを中止していただけませんか。小川商会の更生のためにぜひとも協力をお願いします」

「ウチが安売りするくらいで、影響があるとは思えませんな。小川商会さんがライル&スコットのウェアやトム・ホーガンのゴルフクラブを投げ売りするのは時間の問題でしょうが」

「どういう意味ですか」

宮野は気色《けしき》ばんだが、ここはこらえなければならない。無理に笑顔をつくった。

「小川商会は必ず立ち直りますよ」

「更生法の適用は難しいんじゃないですか。今月中に破産が決まると聞いてますがねえ」

「絶対にそんなことはありません。裁判所で開始決定されることは間違いありません」

強引かなと思わぬでもなかったが、宮野はあえて断定的な言いかたをした。

「当店が安売りを中止しても、ほかのデパートがやらないという保証はないでしょう」

「目下のところそういう情報は入っておりませんが、そうした動きがあれば、わたしはきょうこうしてお伺いしたように中止するようにお願いします。ディスカウントによって高級ブランドのプレステージが低下することは小売り業にとりましても決して得になることではありませんから、ご理解いただけると思っております」

「ほんとうに小川商会は再建できるんですかねぇ」

五十歳前後と思えるデパートの店長は思案顔でつぶやいた。

宮野はここを先途《せんど》と言い募った。

「再建できますとも。小川商会には優秀な人材が大勢おりますし、スポーツ用品部門、自動車用品部門など採算部門も多いんです。小川商会を再建することがわたしどもの使命です。社員のためにも債権者のためにも全力を尽くさなければならないと思ってます。どうか小川商会の更生にご協力をお願いします」

宮野は深々と頭を下げた。

「えらい弁護士先生に東京からわざわざおいでいただいた上に、頭まで下げられたら、どうにもなりませんなぁ。居留守を使うんでした」

店長は苦笑しいしい言って、応接室から店内電話で秘書を呼び、担当部長を呼びつけ、宮野の前で、小川商会がらみのブランド品の安売りを中止するよう指示した。もちろん、店長と部長との間に二、三やりとりはあったが、店長命令では否も応もなかった。

宮野は仙台から帰京したその夜、赤坂のNホテルにメトカーフを訪問した。

宮野がNホテルに着いたのは十時近かったが、沢田佐知子弁護士はすでにロビーで待機していた。宮野は仙台から法律事務所に電話を入れ、応援を求めたのである。

「こんな時間に申し訳ないなあ。お待たせしたかしら……」

「いいえ。五分前に来たばかりです」

「沢田先生に通訳をお願いするなんて恐れ多いんですけどねぇ」

「通訳というより法律事務所の一員として対応してるつもりですけれど」

やわらかいもの言いだが、宮野を見上げる眼差《まなざ》しに勝ち気な性格が出ている。

「一本取られましたね」

宮野は笑いながら返した。

「仙台のほういかがでした？」

「ディスカウントセールスは撤回してもらえました」

「まあ……」

佐知子は大きな眼を見開いて間投詞を発した。

「だからこそ、余勢を駆ってメトカーフに会うんです。少しは恩に着てもらってもいいでしょう。われわれがいかに努力しているかわかってもらわなければ……」

「保全管理人の宮野先生自ら仙台に出向いた甲斐がありましたね」

フロントでメトカーフが在室していることを確認して、宮野の来訪を伝えてもらうと、すぐにルームのほうへ来てほしいと言われ、宮野と佐知子はスウィートルームのソファでメトカーフと向かい合った。ネクタイこそ外しているがワイシャツ姿のところをみると、外出先から帰って来たばかりとみえる。顔が上気して真っ赤に染まっているのは、アルコールのせいだろう。

メトカーフと佐知子が会うのは今夜で二度目である。

宮野が、午後二時の面会の約束をキャンセルしたことと、遅い時間の訪問を詫びると、メトカーフは、「お陰で総合商社のM社と話をする機会がもてた。好条件を提示されて気持ちが動いている」と皮肉まじりに言った。

宮野はキャンセルした理由をるる説明したうえで、「あなたに会うことも大事だが、それ以上にデパートにライル&スコット製ウェアのディスカウントセールスを中止させることのほうが大事だと考え、仙台に急行したのです。あなたでもそうしたのではないですか」と思い入れを込めて話すと、メトカーフは何度もうなずいた。

「そんな事情があったとは知らなかった。それで、ディスカウントセールスは中止することができたのか」

「交渉は難航しましたが、デパートの店長はやっと了承してくれました。小川商会の再建に協力してくれるそうです」

「それはよかった。わたしにとってもハッピーだが、ミスター宮野は本気で小川商会が再建できると考えているのか」

「もちろんです。そうでなければ忙しいのに仙台くんだりまで行きませんよ」

「しかし、各方面の意見を聞くと、すべてネガティブな意見しか返ってこない。あなたのひとりよがりではないのかね」

メトカーフは、鋭く宮野を見据えて返事を待った。

「みんなというのは、小川商会からライル&スコットの販売権を横取りしたいと考えている人の意見ではないんですか」

宮野はメトカーフの眼を見返して反問した。

メトカーフは、佐知子の通訳にじっと耳を傾けていた。

長い沈黙のあとで、メトカーフが言った。

「あと一日だけ考えさせてもらおう」

4

理蝶の本社は大阪にある。東京支社にも一部本社機能は存在し、井口卓朗が所属する法務課は東京支社の下部機構だから、東京支社長の木本副社長の配下にあるが、審査担当常務の西岡は大阪本社に勤務している。

理蝶の株主構成は複雑で、社長、副社長、専務などの上層部は旭化学、東京レーヨン、帝国繊維および都銀からの出向者ないし退職者で殆んどを占められている関係で、小川商会およびライル・アンド・スコット社にどう対応していくかの態度を決めるにしても、社内の意見を一本にまとめることは容易なことではなかった。

井口は、宮野英一郎からライル&スコットのブランドを守り抜くことが小川商会再建の帰趨を決めると言われたとき、宮野を信じて、来日中のライル・アンド・スコット社のメトカーフ社長に対し小川商会と共同戦線を張るべきだと決意したが、この段階で上層部を説得できる自信があったわけではない。

しかし、万一、小川商会が更生法の適用を受けられず、開始決定にならないようなことになっても、小川商会が持っているライル＆スコットの販売権を理蝶が取得できるならば、その線で社内をまとめることは可能だと考えたからこそ、宮野に大見得を切ったのである。

井口は、まず直接の上司である部長の三島を説得した。小川商会の再建に理蝶は協力すべきであり、そのためにはライル＆スコットのブランドが小川商会から他社に移ることを阻止しなければならない、という井口の主張は、小川商会の再建を疑問視する限り説得力に乏しいが、三島は、井口の熱意に辟易《へきえき》し、「きみは、宮野弁護士にそんなに惚れ込んでるのかね」と、あきれ顔で言いながらも、折れてくれた。

管理部門との意見調整にも各役員の説明にも、井口は前面に出た。課長の分際で……と聞こえよがしに言うものもいたし、ある役員に「仮差し押えするのがおまえの仕事だ。出過ぎたことをするな」と面罵《めんば》されたこともあるが、井口はひるまなかった。

なんと思われようと、なんと言われようと、限られた時間内に一定の方向で社内のコンセンサスづくりを行なうためには、自分がやるしかない、と井口は信じて疑わなかったのである。

しかし、それにしても時間が少な過ぎる。つまり、メトカーフの日本滞在中に、方向づけを行なう必要があるので、下から積みあげていくボトムアップ方式では到底間に合うわけがなかった。

井口は、宮野が「理蝶のトップに会ってみようかねぇ」と言っていたことを思い出し、この問題の処理を小森社長から託されている高原副社長を、宮野に訪問させようと考えた。

高原は筆頭副社長で、社長の小森と並んで代表権を持っている。高原の理解を取りつけることが先決だと思ったのだ。

宮野は井口の提案にすぐに乗り、メトカーフと会った次の日、理蝶の大阪本社に高原を訪ねた。もちろん、アポイントメントを取ったうえでの行動である。

朝八時台の新幹線は混んでおり、グリーン車も満席で、食堂車でさえ三十分待たなければテーブルにつけなかった。

宮野は、やっとの思いで食堂車の座席にありつき、ハムエッグとトースト、それにコーヒーをオーダーしてことさらにゆっくりと、食事を取ったが、それでも一時間かけるのは骨が折れる。

食堂車の入口には、自由席からはみ出したサラリーマンとおぼしき人たちが突き刺すような視線をこっちに送ってくる。

宮野は四十分で食堂車から出た。自由席へ移動し、三十分ほど通路に立っていたが、名古屋駅で運よく座席にありつけた。

東京駅から名古屋までの所要時間は約二時間だから、一時間二十分立たされていたことになる。

座席について、眼を瞑《つぶ》るとメトカーフの精力的な顔がちらちらする。総合商社のM社にメトカーフは気持ちを動かされている様子だった。仙台のデパートのディスカウントセールスを中止させたことは、メトカーフの心証に少なからず好影響を与えたと思いたいが、まだまだ予断をゆるさない。

メトカーフが小川商会を切るつもりなら、けさの大阪行きも徒労に終わることになるが、メトカーフを説得するためにも理蝶との共同歩調は不可欠であった。だからこそ早起きして、新幹線の自由席に飛び乗ったのだ。

小川商会、ライル・アンド・スコット、理蝶が三位《さんみ》一体になって、初めて小川商会の再建に曙光《しょこう》が見えてくる――。

宮野は、十二時前に東区の理蝶本社ビルに高原を訪問し挨拶したあと、近くのホテルの食堂で昼食を取りながら話をした。もちろん、高原とは初対面である。還暦を過ぎたと思えるが、豊富な毛髪のせいか齢のわりには若く見える。

二人は窓際のテーブルで向かい合った。

オニオングラタンスープをすすりながら高原がさりげなく訊いた。

「小川商会さんの再建は難しいでしょうねぇ」

「率直に申しあげて、決して楽ではありません。しかし、ライル&スコットのブランドをキープすることができれば前途に光明が見えてくると思います。これが守れないようですと、ほかのブランドにも逃げられると考えなければなりません。誇張ではなく生命線だと思います」

宮野は気負わずにたんたんと話した。

「昨夜メトカーフに会いましたが、高原さんと同じように小川商会の再建に懐疑的のようでした。再建できると本気で考えてるのかと訊かれたので、もちろんできると答えました。ライル・アンド・スコット、理蝶、小川商会の三社の関係がそこなわれることは、理蝶さんにとりましても大変な不幸だと思うんです。三者の関係を保持することが三社の利益を守ることにつながるんじゃないでしょうか」

「すべては小川商会の再建が前提ですね。その前提が崩れたらどうなりますか」

高原はスプーンの手を休めて、宮野の返事を待った。

宮野は、口へ運びかけたコンソメスープのスプーンを皿に戻した。

「法務課長の井口さんにも話しましたが、万々一、小川商会の再建に失敗したときは、小川商会の販売権を理蝶さんに移譲するということでいかがでしょうか」

「ライル・アンド・スコットから、その保証を取りつけることは可能ですか」

メタルフレームの眼鏡の奥で切れ長の眼が光りを放った。

「可能だと思います」

「実は、きょう十時にわたしどもの常務がメトカーフと接触しました。先生がお見えになる前に東京から電話が入りましたが、メトカーフは、仮りに小川商会および理蝶との取り引き関係を継続するとしても、小川商会の破産後に、プライオリティ（優先権）を理蝶に与える考えはない。あくまでも別問題だと主張したそうです。また、小川商会との取り引き関係を継続するかどうかについても、本日、話を聞いた限りでは確証をもてなかった、という報告でした」

宮野の表情が翳《かげ》り、吐息が洩れた。

「昨夜、おそく別れしなに一日考えさせてくれと言ってましたから、まだ気持ちがふっきれていないことはあるかもしれませんが、わたしは、メトカーブを説得する自信はあります」

「ほう。宮野先生の、その自信の根拠はなんでしょうか」

高原は眼をしばたたかせている。

宮野は思案顔でスープを喉に流し込むだけで、賞味するゆとりはなかった。

メトカーフはさすがしたたかなマーチャントである。こっちの思惑どおりには動いてくれないが、小川商会はライル＆スコットのブランドを付けた繊維製品の在庫を何十億円と抱えているのだ——。

宮野はおもむろにスープ皿から顔をあげた。

「それは、小川商会との取り引きを継続することがライル・アンド・スコットにとってメリットがあるからです。万一、小川商会が破産するようなことになれば、ライル・アンド・スコット自身も日本市場で致命傷を負うことになります。また、小川商会を突き放して、他社に乗り換えることは、小川商会の再建の足を引っ張り、破産への引き金を引くことです。メトカーフは、その点は計算できるはずです」

ウェイターがスープ皿を下げていき、ほどなくテーブルに舌びらめのムニエルと温菜が並んだ。

「宮野先生が小川商会の再建に熱心に取り組まれてることには敬意を表しますし、先生が再建できると確信されていることもわかります。しかし、わたしどもは半信半疑です。百パーセント信じろというほうが無理だと思うんですよ」

高原は宮野を見上げながら、抑揚をつけて言った。

「おっしゃるとおりです。百パーセント信じろなどとはいくらなんでも言えません。ですから、万一のときは理蝶さんにプライオリティが与えられるように、わたしなりにメトカーフを説得するつもりです」

「ぜひともそうお願いしたいが、メトカーフはわかってくれますかな」

「理蝶さんあってのライルであり、小川商会なんです。その逆の言いかたもできますが、要するに三位一体でなければならないということです。一つでも欠ければ、この話は根底からゆらいでしまいます」

「……………」

「今夜にでも、メトカーフに会うつもりですが、小川商会の再建に、ライルと理蝶さんの協力は不可欠です。くれぐれもよろしくお願いします」

宮野は、一揖《いちゆう》してから、ナイフとフォークを手に取った。

5

宮野が帰京したのは午後六時過ぎだが、その足で東京駅から赤坂のNホテルへタクシーを飛ばした。

宮野は、大阪から法律事務所に二度電話を入れた。沢田佐知子弁護士からメトカーフのアポイントメントを取らせたところ、六時半にホテルで待っているという返事であった。佐知子は、その時間は外せない先約があるという。小川商会に通訳をしてくれる者の応援を求める手もあるが、この時間ならメトカーフのほうで通訳の用意をしておくと考えられたので、宮野は単身ホテルへ駆けつけた。仮りにその当てが外れても、自分の語学力でなんとか話が通じるだろうと宮野は思った。

いわばイエスかノーかの問題である。今夜はメトカーフからその返事を聞きに来たのだ。

宮野はフロントを通さずにスウィートルームへ直行した。

メトカーフは、ギャレット輸出部長と若い通訳嬢を従えて、宮野を待っていた。

「ひと晩眠らずに考えたが、まだ考えがまとまらんので困っている」

メトカーフは眼をこすりながら冗談ともつかずに言った。

「あなたの採るべき選択肢はひとつしかありませんよ。小川商会との取り引き関係を継続する以外にないんです。ためらう必要はありません」

宮野は笑いながら返した。

メトカーフは肩をすくめて、ゆっくり首を振った。

「理蝶は、小川商会が持っているライルの販売権を欲しいと言っている。このことは、小川商会の再建を否定していることにならないかね」

「必ずしもそういうことにはならないと思いますよ。理蝶に限らず、みなさんライル&スコットの販売権は喉から手が出るほど欲しいでしょう。だが、残念ながらお渡しするわけにはいきません。小川商会が十四年もかけて日本で育ててきたブランドなんです」

宮野は微笑を浮かべ、メトカーフをまっすぐとらえながら話しているが、メトカーフはまだるっこそうに、通訳嬢と宮野にこもごも眼をやっている。

「以前にも話したと思うが、小川商会がライルのブランドを育ててくれたことは多として心から感謝している。しかし、新しい事態が生じたのだから従来の関係に拘束される必要はない。ライルの販売権をどこに与えるかは小川商会が決めることではなく……」

メトカーフは宮野を指した人差し指を自分の胸に向けてつづけた。

「ライルに決定権があると心得ている。企業を防衛するために、わたしはベストの選択をしなければならない」

メトカーフの表情はこわばっている。日本語のニュアンスまでは正確には伝わらないので、販売権を他社に渡せない、と宮野が発言したことに、態度を硬化させたとも見てとれる。

宮野は微笑を消さずに返した。

「小川商会との取り引き関係を従来どおり継続することがライルにとってベストの選択です」

宮野とメトカーフのやりとりを黙って聞いていたギャレットが初めて口を挟んだ。

「果たしてベストだろうか。現に一～二月分のロイヤリティが滞《とどこお》ってるではないか。三月に入ってライル＆スコット製品の売れ行きがばったり止まってしまったとも聞いている」

「ロイヤリティが二ヵ月分ストップしたのは裁判所の保全命令だから仕方がありません。しかもこれは、数百万円の金額にすぎません。一時的に債権者にご迷惑をかけることになりますが、再建計画が軌道に乗るまで我慢していただきますけれど、小川商会は昔日の栄光を必ず取り戻しますよ」

宮野はいったん言葉を切って、ギャレットからメトカーフのほうへ顔を向けた。

「売れ行き不振は事実ですが、一時的な現象に過ぎません。裁判所がわれわれの再建計画を認めてくれ、開始決定になれば、また荷動きは活発化するはずです」

「ミスター宮野にもう一度訊くが、ほんとうに再建の見通しはあると思うか」

「思います。ただし、あなたが取り引き関係を継続してくれることが前提です」

宮野は、くい入るようにメトカーフを凝視して答えた。

メトカーフは、宮野の視線を外して、天井を睨《にら》んでいたが、すぐに宮野を鋭くとらえた。

「わかった。ミスター宮野を信用しよう。ただし、ディスカウントセールスは絶対にしないことを文書を以《もっ》て約束してもらう。それと小川商会の再建が失敗したときは、ダンピングされないように在庫品は買い取らせてもらいたい」

「けっこうです。約束しましょう。ただ、理蝶にプライオリティを与えてもらえませんと、三社の協調体制は崩れてしまいますよ」

「それは別問題だ」

メトカーフは硬い顔で言い放った。

宮野はメトカーフをやわらかく見返した。

「小川商会が理蝶に生産を委託しているライルのライセンス製品は、需要が伸び続けており、ロイヤリティ収入はライルのドル箱になっていると思います。理蝶になんらかの権利を与えなければ、理蝶はおさまらないんじゃないでしょうか」

メトカーフは皮肉っぽい眼で宮野を見つめた。

「小川商会の再建に自信を持っているミスター宮野の発言とも思えないが……」

宮野は苦笑いを浮かべて言い返した。

「もちろん、すべては念のためという話です。ライルがわたしに安売りしないことを、あるいは在庫の買い取りを文書で約束せよと迫るのも、万一に備えてのことでしょう。理蝶にも万一に備えて、なにか約束してあげるべきなんじゃないですか」

「しかし、小川商会の販売権を理蝶に渡すように約束しろというのは、言い過ぎだ。万一、新しい事態が生じたら、そのときに判断すればいいことではないか」

「繰り返しますが理蝶に対してゼロ回答では三社の協調体制はできませんよ。だいいち、在庫の買い取りについては理蝶も要求してくると思います」

「理蝶の問題は、もう少し考えさせてもらいたい」
メトカーフは顔をそむけるようにして言った。

高原副社長ら理蝶の首脳部とメトカーフの会見は何度か行なわれたが、メトカーフはプライオリティは与えられないの一点張りで、交渉は暗礁に乗りあげた。メトカーフの離日は迫っている。双方とも焦りの色を濃くしていたが、宮野は膠着《こうちゃく》状態に陥った局面を打開するため妥協案を提示した。

それは、小川商会が再建に失敗したときはファースト・プライオリティ・オブ・ネゴシエーション、すなわち第一交渉権を理蝶に与え、ライル・アンド・スコット社は誠意を以て理蝶との交渉に応じるという案である。

この妥協案をひねり出すまでに、宮野は綿密に井口と意見を調整した。

小川商会は、非上場企業の株式を相当量保有していたが、理蝶の譲歩を引き出すために、理蝶が新たに商品を納めるときは、裁判所の許可をもらって株券を担保に差し出すなどの措置もとられ、井口が上層部を懸命に説得した。メトカーフは第一交渉権を理蝶に与えることに、異論はなかった。和文、英文の契約書、覚書を作成する段階で、宮野の依頼を受けた渉外弁護士の今田、米田、それに米国人トレイニーのホルダー弁護士が理蝶の実務レベルと折衝したうえで、理蝶およびライル側の佐藤弁護士も含めて協議し、三者の合意が得られ契約書がまとまったのは、メトカーフとギャレットが離日する当日であった。

宮野の提案で、その日の午後、小川商会本社ビル十二階の役員会議室で三者会談が行なわれた。

理蝶から高原副社長ら六人が出席、小川商会側は宮野、今田、橋田スポーツ用品部長の三人、そしてメトカーフとギャレット、佐藤弁護士を含め十二人がテーブルを囲んだ。

契約書にサインし、出席者が握手し合ったあとで、メトカーフがテーブルをへだてて向かい側に坐っている宮野の席へやって来た。

メトカーフは宮野の両肩に手を置いて言った。

「二人だけで、話したい。五分時間をくれないか」

「仕事の話なら、ここで話したほうがよろしいいんじゃないですか」

宮野は上体をねじりながら、メトカーフを見上げた。

「いや、パーソナル（個人的）なことだ」

「わかりました」

宮野はテーブルを離れ、保全管理人室へメトカーフを連れて行った。

ソファに向かい合うと、メトカーフはぐっと上体を乗り出し、真顔で言った。

「ミスター宮野に最後にひとつだけ訊きたい」

宮野は緊張した。

「なんですか」

「ミスター宮野がもしわたしの立場だったら、やはり小川商会との取り引きを継続していたかね」

「もちろんです。何度も言いますが、ライル社としてこれ以外に採るべき選択肢はないと思います」

「わたしは小川商会に替わるパートナーを決めるつもりで日本へ来たのだが、こんな結果に終わるとは思わなかった。きみの熱意と情熱に押し切られてしまった。きみを信じるほかはない」

宮野は通訳抜きでメトカーフと話すのは初めてだったが、この程度の会話なら不自由することはない。丁寧にゆっくりと話した。

「この選択がベストだったことは、あとで必ずおわかりいただけると確信しています。小川商会あってのライル・アンド・スコットであり、ライル・アンド・スコットあっての小川商会なんです。わたしは、小川商会の再建に全力を尽くします」

「ミスター宮野を信頼している。きみとは、ずいぶんやりあったが、相互信頼感を深めることができたと思っている」

「ありがとう。あなたの信頼を裏切るようなことはしませんよ」

「きみが小川商会にいる限り、わたしは小川商会をパートナーとして考えるが、きみがいなくなれば考え直すかもしれない。インターナショナルな交渉も個人の信頼関係がベースになると思う」

メトカーフがソファから腰をあげ、手を伸ばした。

宮野は起ちあがって、その大きな白い手を両手で包んだ。胸に熱いものがこみあげてくる。

なんとしても小川商会を再建しなければならない、と宮野はわが胸に言いきかせながら、力をこめて握り返した。

6

三月二十三日金曜日の夜、十時過ぎに帰宅した宮野が門の前に立ったとき、路上に駐車していたハイヤーから降りてきた若い男に呼び止められた。

「宮野さん！」

N新聞の関本記者だった。関本とは面識がある。夜討ちをかけられたのは、これで二度目だ。

「こんな遅い時間にご苦労さま。でも話すことはないですよ」

「ライル・アンド・スコットの社長が来日したそうですね」

宮野は、合点がいった。そのことなら話してもいい——。

「これから書類を読まなければならないのであまり時間はありませんが、よかったらどうぞ」

「十分で帰ります」

関本は殊勝なことを言って、宮野のあとにつづいて門をくぐった。

二人は応接間のソファで、志保子が淹れたコーヒーを飲みながら話した。

「メトカーフ社長は三日前に帰国しましたが、かれが来日したこと、誰に聞きました」

「ずいぶん派手に動いてたそうじゃありませんか。商社筋から聞いたんですが、宮野さんにしてやられたようなことを言ってましたよ」

「M社ですか」

「ま、そのへんは……」

関本は言葉をにごした。

「火事場ドロボーみたいなことをしようとするほうがおかしいんです」

「火事場ドロボーねぇ。ちょっと、その比喩は違うんじゃないんですか。小川商会が破産することは、かなりの確率であるわけですから」

「それは認識不足ですよ。メトカーフが小川商会との取り引き関係を継続したのは、小川商会の再建に見通しを持ったからこそじゃないですか。それに十四年もの間、積みあげてきた信頼関係は、そう簡単にはゆらぎませんよ」

「そうですかねぇ」

関本は引っ張った声で言って、コーヒーをすすりながら宮野を上目遣いにとらえた。

「メトカーフには会えませんでしたが、相当な遣り手らしいですね。その遣り手を向こうに回して、小川商会に引きつけてしまった宮野さんの凄腕にあらためて脱帽しますよ」

「僕なんかなんにもやってません。理蝶の話は聞いてますか」

「ええ。多少は……」

「複雑な社内事情があったと思うし、いろいろな意見もあったはずですが、よく一本にまとめてくれました。小森社長、高原副社長のリーダーシップもさることながら、井口法務課長の頑張りには頭が下がります」

「しかし、これで決着がついたと思うのは早計じゃないですか」

関本は首をひねりながらつづけた。

「満身創痍《そうい》の小川商会が簡単に立ち直れるとは思えませんよ。ライル・アンド・スコットと小川商会の話にしても、第二ラウンド、第三ラウンドがありそうな気がしますねぇ。裁判所が会社更生法の適用を認めるのかどうか、五〇パーセントの確率もないんじゃないですか」

「いまの段階で百パーセント適用されるとは言えないが、五〇パーセントなんてことはありませんよ」

「強気ですねぇ」

「強気とか弱気の問題ではないでしょう。ライル・アンド・スコットが小川商会の取り引きを継続したことに思いを致してください」

「ま、賭けみたいなもんでしょう」

関本は、コーヒーカップに手を伸ばし、ひと口飲んでセンターテーブルに戻した。

「つまり、宮野さんの手腕に賭けたんでしょうね。保全管理人としてよりも、経営者としての手腕に賭けたんですよ」

「弁護士しかやって来なかった僕に経営手腕なんてあるわけがないでしょう」

宮野は照れ臭そうに顔をしかめた。

「きっとメトカーフはいろいろ調査したんでしょうね。そして小川商会の再建に確信を深めたんですよ。ライル・アンド・スコットが取り引きを続けてくれたことによって、トム・ホーガンも、フット・ボーイも同調してくれるはずです。いわば小川商会は、再建に向けて幸先のよいスタートが切れたわけです」

「トム・ホーガンのゴルフクラブが安く買えると思ってたんですけど、そうは問屋が卸しませんか」

関本は冗談ともつかずに言って、小さな吐息を洩らした。

「それは当てが外れ、お気の毒でしたね」

「冗談はともかくライル・アンド・スコットは小川商会を見限るとばかり思ってたんですが、読み違いだったようです」

「…………」

「しかし、正直なところ会社更生法の適用については懐疑的なんですけどね。そんな簡単に再建できるわけがないんです。早い話、有力なスポンサーがつくとは思えませんねぇ」

関本はさぐりを入れてきた。

「それは認識不足ですよ。スポンサーのなり手はあるんじゃないですか」

宮野は思い入れたっぷりに、にやにやしている。

関本が真顔で訊いた。

「ほんとうですか」

「すべてはこれからです」

「そんな話、にわかには信じられません。マユツバだと思いましたよ」

なんだ、という顔で関本は返し、時計を見ながら腰をあげた。

「ライル・アンド・スコットのことは記事にするんですか」

「そのつもりですけど」

「それなら、安売りは絶対にあり得ないと書いてください。事実ですから」

宮野もソファから起ちあがった。

「いつ書くんですか。裁判所に事前に説明しておかなければならんのです」

「あさって付けになると思います」

ライル・アンド・スコットとの関係については、すでに東京地裁に詳細に説明してあるが、N新聞が書くとすれば、事前に了解を得ておく必要がある。あさってなら、あすで間に合う。東京地裁民事八部長の千葉判事に、今晩電話する必要はない――。

三月二十五日付朝刊のN新聞の産業欄に〝小川商会と取引継続〟〝ライル・アンド・スコット社長〟の三段見出しで次のような記事が掲載された。


先に会社更生法適用を申請した小川商会と提携している英ライル・アンド・スコット社のジョン・メトカーフ社長はこのほど来日し、小川商会の宮野英一郎保全管理人に対し〝ライル&スコット〟ブランドのゴルフウェアの取引を従来通り継続することを約束した。〝トム・ホーガン〟のゴルフクラブなどで提携している米AMF社、〝フット・ボーイ〟のシューズの米ゼネラルミルズ社も当面、取引の継続を内定しており、スポーツ・レジャー用品では懸念された流通市場の混乱が避けられる見通しとなった。

メトカーフ社長が申し入れたのは①ライル社は従来と同様、小川商会に〝ライル&スコット〟のウェアを輸出する②小川商会が理蝶に委託しているライセンス生産分も従来通り販売を認める③高級品のイメージを守るため安売りはしない――など。これを受けて小川商会では各小売店に春物の供給を急ぐとともに、秋冬物の商品化も進めていく方針である。

小川商会は四十六年からライル社の日本総代理店となり、〝ライル&スコット〟を代表的な高級ゴルフウェアに育てあげた。ライル社が年間生産する二十五万着のカシミヤセーターのうち実に四〇%の十万着が日本で売られている。ライル社が経営の行き詰まった小川商会との取引を継続することにしたのは、こうした〝実績〟を考慮したためとみられる。

また、〝トム・ホーガン〟のクラブ、〝ヘッジ〟のテニス、スキー用品などで広範に提携しているAMFやゼネラルミルズも、従来通り小川商会に商品供給することになった。この結果、年間百五十億円のスポーツ・レジャー用品のうち約八割は取引が継続され、当面は市場の混乱は避けられそうだ。

ただ会社更生法が適用されるかどうかは六月ごろに決着する見込みで、まだ予断を許さない。適用されない場合は小川商会は破産となり、自動的に提携は解消される。このため新たに代理店権をねらう商社、メーカーなどは〝水面下〟で依然、活発な動きをみせているという。


読み終えたN新聞をテーブルに戻して、宮野は満ちたりた思いでコーヒーをすすった。ここ十日間のメトカーフや井口との激しいネゴの場面が思い出される。メトカーフと握手したときの感触がまだ掌《て》に残っていた。

とうとうライル&スコットのブランドを守り抜くことができた。必ず小川商会は再建できる——。いや、しなければならない、と宮野はわが胸に何度も言いきかせた。

第五章　去る人、来る人

1

　人事部長の平井直樹が緊張した面持ちで、小川商会本社ビル十二階の保全管理人室へ入って来たのは三月二十七日午後五時過ぎのことだ。

　保全管理人の宮野英一郎弁護士は、秘書から平井の来訪を聞いていたので、すぐにデスクを離れた。

　宮野は、保全管理人代理の今西、菊池両弁護士と打ち合わせを終え、雑談しているところだったが、もちろん秘書から平井が面会を求めてきていることは聞いていた。

　菊池は、平井と入れ替えに青山の法律事務所へ帰るため退室したが、今西は宮野と一緒に平井の話を聞くことになった。

「ご苦労さまです。大変だったでしょう」

　宮野がソファをすすめながらねぎらいの言葉をかけたのは、平井が新入社員の採用取り消し問題などで苦労していることを承知していたからだ。

　その件で報告に来たと察しはついている。

平井は四十九歳だから、宮野より一つ齢下だが、この三週間ほどの心労のせいか、年齢より老《ふ》けて見える。

小川商会は昭和五十九年度に五十二人（男子二十九人、女子二十三人）の採用を内定していた。

ところが東京地裁に会社更生法の適用を申請し、事実上、倒産したことによって、全員採用を取り消さざるを得なくなったのである。

小川商会は巨大総合商社ではないにしろ、創業九十四年の歴史をもつ名門商社だけに、学生の人気は高く、例年質の良い学生を採用し、それなりの実績もある。また、ご多分に洩れず一流大学については〝青田買い〟まがいのこともやってきたが、五十九年度のゼロ採用が不可避となったため、人事部門担当者の苦労はひととおりのものではなかった。

平井は、連日各大学の就職課長を訪問し、頭を下げ、他社への就職斡旋を頼む一方、自らも学生の就職先を探して回らなければならなかったから、文字どおり日夜を分たず善後策で駆けずり回ったことになる。

もちろん、学生の家にも頭を下げに出かけた。

考えようによっては、入社前の〝倒産〟だったから、まだ救いがあったとも言える。これが四月以降であったら、手の打ちようがなかったかもしれないのだ。いわば一ヵ月時間的余裕が生じたお陰で、学生たちの嵌め込み先を確保することができたと言っていい。

「採用取り消しの件はなんとかなりそうですか」

宮野が水を向けると、平井はかすかに眉宇《びう》をひそめた。

「五人が大学に留年することになりました。短大卒の女子も含めて四十五人はなんとか就職先が決まったのですが……」

「そうすると、あと二人ですね」

宮野は、平井が何故浮かぬ顔をしているのか怪しみながら返した。

「その二人が問題なんです」

平井は言いよどんでいる。

「あと二人ならなんとでもなるでしょう。及ばずながら、僕にも多少のコネはありますから口をきいてあげますよ」

「……」

「ほんとうにご苦労さまでした。四十五人もよくぞ嵌め込み先がありましたね」

宮野は快活に言った。

平井は一層言いにくそうに顔をしかめている。

「なにか問題があるんですか」

「最後に残った二人は、どうしても小川商会に入社させてほしいと言ってきかんのです」

「まさか」

宮野は、今西と顔を見合わせた。いつも冷静な今西も信じられないといった顔をしている。

「二人とも大学のスキー部の学生ですが、小川商会でヘッジのスキー用品を売るのが夢だったそうです」

「ふーん」

宮野は思わず唸り声を洩らした。

「事実上、倒産といっても、会社更生法の適用を受けて再建できる見通しがあるんでしたら、ぜひ入社させてください、と言ってます。一人の学生、青木利夫といいますが、かれは二十五日付のN新聞なども読んでいて、ライル&スコットのブランドを他社に取られなかったことは、再建の見通しがあるからこそではないのか、などと言ってました」

「ほーう」

宮野はふたたび唸り声を発したが、こんどはほとんど間投詞に近かった。

「それほど大きな扱いでもなかったのにN新聞の記事を読んでるとは、泣かせますねえ」

「はい。もう一人の学生は野原恵介という名前ですが、青木君も野原君もスキーの準指導員の資格を持っているそうです。万一、更生法の適用を受けられず、破産になったら、そのときは、いさぎよく諦めるから、とりあえず入社を認めるように、保全管理人に頼んでほしいと言うんです。宮野先生、どう致しましょうか」

「平井さんはどう思いますか」

宮野は、今西に眼を流しながら反問した。

「会社更生法の適用を受けて、再建計画を進めることができたとしても、いばらの道であることには変りはないから、とても入社をすすめることはできないと言ってやったのですが、破産と決まるまでは諦めがつかないと言われますと、どうにも返す言葉がありません」

平井は首筋をさすりながら、当惑顔でつづけた。

「しかも念願の小川商会に採用が内定して天にも昇る心地になっていた、ひと月でもふた月でもいいからせめてその夢をかなえさせてください、などと殊勝なことを言われますと、それでもノーとはちょっと……。仮りに、当社の再建が軌道に乗って、更生することができたら、同期入社はわずか二人に過ぎないわけですから、この二人はコンペティッターが非常に少ないということになります。なんで二人は小川商会に執着するのか考えてみたんですが、勘繰ればそう勘繰れないこともないと思うんです。つまりかれらなりに計算しているといいますか、リスキィではあるが賭けてみる価値はあると考えたかもしれません」

「なるほど。しかし、それは少し考え過ぎのような気がしますね」

宮野は微笑を浮かべて返した。

「はい。わたしも下種《げす》の勘繰りだろうと思います。それで、先生いかが致しましょうか」

平井は、真顔で宮野を見つめた。

「青木君と野原君の熱意を買おうじゃないですか。今西先生、どうでしょう」

「異議はありません。よろしいんじゃないですか」

一瞬、平井の表情がぱっと輝いたように、宮野の眼に映った。

「裁判所には、採用は見送ると報告してますから、説明しておく必要がありますが、正式に採用しましょう。奇特な学生といったら語弊があるが……。そうか、もう卒業しちゃってるから学生ということにはならないんですね。とにかく、ライル&スコットの一件に続く明るいニュースじゃないですか。社員にもいいインセンティブになると思います」

「ええ」

平井はうれしそうに大きくうなずいた。

「どんな青年ですか」

「二人とも見るからにスポーツマンという感じで、颯爽《さっそう》たるものです」

「それじゃいよいよ下種の勘繰りじゃないですか」

「まったくですね」

宮野も平井も破顔した。今西は静かに笑っている。

秘書が緑茶を運んできた。笑い声で三人ともノックの音が聞こえなかった。

宮野は声高らかに笑う。平井自身もスポーツマンで、豪快に笑う方であるが、宮野の笑顔に救われると思うことが多い。

社員が毎日のように辞表を持ってやってくる。逆に、こっちから肩を叩かなければならないこともある。債権者の陰鬱な顔も見なければならない。どこを見ても、どっちを見ても気持ちがふさがることばかりだが、そんな中で保全管理人の宮野の明るさは、ひときわ光彩を放っている。

なんともありがたいことだ、と平井は思う。

これが暗い人だったら、やりきれたものではない——。

「失礼します」

保全管理人付の秘書嬢は、山本佳子という二十六歳の女性だが、四週間ほど前までは役員付秘書であった。

なかなかの美形である。ふっくらした色白な頬のあたりに、真摯《しんし》さをただよわせている。

「先生、なにがそんなにうれしいんですか」

佳子は湯呑みをテーブルに並べながら、宮野を見上げた。

「そうなんです。近来になくうれしい日ですよ」

宮野は、さっそく湯呑みに手を伸ばし、緑茶をひと口すすってから説明した。

「新入社員を二人採用することにしたんです。どうしても小川商会に入社したいと希望してるので、採ることにしました」

「まあ」

佳子は二重瞼の大きな眼を見ひらいた。

「どう、山本さんもうれしいでしょう」

「はい」と答えてから、佳子はちょっと間を取って、小首をかしげながら言った。

「でも、なんだか信じられません。わたくしの周囲には会社を辞めたがっている人が大勢いますし、新聞や雑誌も厳しい記事ばかりです」

「ところが事実なんです。僕も初めは、いまどき小川商会を志願する学生などいるわけがないと思ってたんだが、そうでもないらしいんです」

宮野は、佳子から平井へ視線を流した。

平井がにこやかにこっくりした。

「山本さんは、この先何年も新入社員が入社しないようだと、老齢化が進んで会社が停滞してしまうという意味のことを僕に話したことがあるが、たとえ二人とはいえ、フレッシュマンが入社してくることの意義は小さくないでしょう」

「ええ」

佳子の顔に微笑が戻った。

「かつがれてるのかと思いましたが、ほんとうなんですねぇ」

宮野から、また白い歯がこぼれた。からから、と文字どおりの呵々大笑《かかたいしょう》である。

佳子が退室したあとで、平井が言った。

「宮野先生にもうひとつお願いがあります」

「なんですか」

「スポーツ用品事業部に高木修三という男がおります。入社後七年ですから、年齢はちょうど三十歳と思いますが、大変仕事のできる男です」

「高木君ねぇ」

宮野は考える顔になったが、一度も会ったことのない社員の顔が眼に浮かぶわけがない。

「もちろん先生はご存じないと思いますが、三月いっぱいで会社を辞めたいと辞表を出してきました」

「………」

「会社のために残ってもらいたいと思うような人は、逆に辞めてしまいます。つまりどこへ出しても恥ずかしくない仕事ができる人、意欲のある若い人は、やっぱりスカウトの対象になりがちです」

今西がぬるくなった茶をすすりながら答えた。

「それは、まあ、ある程度は仕方がないんじゃないですか。割り切らなければしょうがないでしょう」

「たしかにおっしゃるとおりなんですが、高木君はわが社のホープです。ライバル会社にスカウトされるのは、耐え難いですよ」

小川商会の社員数は、会社更生法の適用を申請した二月末日の時点で約千百人であったが、ほぼ一ヵ月経った現在、約八百人に減少していた。〝倒産〟の元凶であるカメラ部門に携わっていた社員を中心に、今後も退職者は増加すると予想されるが、宮野たちは、最終的には五百五十人〜六百人体制に人員を縮小することを目指している。

使用者は会社の都合によって労働者を解雇することができる、という労働基準法第二十条を適用し、給与一ヵ月分の予告手当を支給して、退職させるケースもあるが、平井が嘆くとおり、仕事のできる者ほど自発的に辞めてゆく者が多かった。

　宮野が訊いた。

「もちろん、高木君を慰留したんでしょう」

「ええ。橋田事業部長とわたしで、三度話し合ったのですが、翻意させることはできませんでした。当社より規模は小さいのですが、スポーツ用品専門の商社から、かなりの好条件を提示されてるようです」

「それで、僕になにか……」

「一度、高木君に会っていただけないでしょうか」

「それはかまいませんけど、あなたがた幹部が二人がかりで口説《くど》いて、翻意しないとなると、僕が会ってもどうでしょうか。ちょっと難しいんじゃないですか」

「そうかもしれませんが、先生に話していただいて駄目なら、それこそ諦めもつきます」

　平井はすがりつくようなまなざしで、宮野を見つめた。

「平井さんと橋田さんがそれほど惚れ込んでる人材なら、とにかくやるだけはやってみましょう。ただし駄目でもともとと思ってくださいよ」

「もちろんです。ありがとうございます」

平井は生え際が薄くなったひたいをテーブルにぶつけそうになるほど、低く頭を下げた。

「さっそく、高木君を呼んでよろしいでしょうか」

宮野は、腕時計に眼を落した。いま六時五分前である。今夜七時に、理蝶審査部法務課長の井口卓朗が自宅へ来ることになっていた。

「あまり時間はありませんが、けっこうですよ」

「ありがとうございます」

平井はもう一度低頭して、退室した。

2

今西も保全管理人室から出て行ったが、帰りしなに「宮野先生は、もう少し冷静というか、突き放したところがあってもよろしいんじゃないですか。小川商会の再建に使命感をもって取り組むのはけっこうですが、それでは体がいくつあっても足りないと思うんです」と、気づかわしそうに言った。

宮野は「体は至って丈夫にできてるからね」と、笑いにまぎらわした。このときは、さほど気にならなかったのである。

高木が宮野の前にあらわれたのは六時十分過ぎである。二、三分でやって来ると思ったのに、十五分ほど待たされて、宮野は多少いらいらしていた。

「高木です。人事部長から、先生に退職の挨拶だけでもするように言われたものですから……」

高木はドアの前で切り口上で挨拶した。いかにも、場違いなところへさまよい出て来たとでもいうのか、こんなところへ来るのは気がすすまない、といった風情である。

おそらく平井は、高木を保全管理人室へ差し向けるために骨を折ったに相違ない。そう思うと、宮野は微笑を誘われる。

「さあ、どうぞ坐ってください」

宮野がソファをすすめると、高木は困ったような顔をしたが、「失礼します」と、一揖して、宮野の前に腰をおろした。

初めて見る顔である。眉毛が濃く、眼にひかりがある。頰から顎への四角張った線に、意志の強さが感じられた。

「人事部長から、きみが退職を希望してることを聞いてますが、率直に言いますと、なんとか慰留したいので、僕に力を貸してくれということなんです。ですから退職の挨拶と言われると、ちょっと困るんですよ」

宮野は笑いかけたが、高木はにこりともしなかった。

「きみのことを碌《ろく》に知らない僕がしゃしゃり出てきて慰留するというのもなんだかちぐはぐですが、保全管理人の立場で、小川商会の再建計画に取り組んでいる者としても有為《ゆうい》な人材には会社にとどまってもらい、再建に協力してもらいたいと考えるのは当然だと思うんです。人事部長やスポーツ用品事業部長がなんとしてもきみを手放したくない、と大変なご執心です。気持ちを変えてもらうわけにはいきませんか」

「ええ。四月から勤務することで先方と約束してますので」

高木は乾いた声で答えた。

「きみのように仕事のできる人は、そういうことはないかもしれないが、これから行く会社で中途入社のハンディを克服するのは並み大抵のことではないようですよ。いまだに日本では生涯雇用が定着してますからね」

「承知してます。しかし、仕事をすることによって、必ず報いられると思うんです。少なくとも小川商会にいるよりは希望がもてると思います」

高木は、口の端をかすかに歪めた。

「小川商会には希望がもてませんか」

「もてというほうが無理ではないでしょうか。先生は、希望がもてるとお思いですか」

　ひたと鋭く見据えられて、宮野は思わず眼を伏せたが、すぐに高木をやさしく見返した。

「きみたちは知らないでしょうが、実はライル・アンド・スコット社との交渉は大変難航したんです。しかしメトカーフは小川商会は再建できるという僕の言葉を信じてくれました。ライル社が取り引きを継続してくれたことで逆に自信がついたという面はありますが、僕は小川商会の再建について懐疑的になったことはありません」

「先生がライル社との交渉にどんなに苦労したかもちろん存じてます。しかし、先生のご尽力で更生法にもとづいて再建をすすめることになったとしても、やはりわたしはこの会社に希望をもつことができません。これまでずいぶん一生懸命会社のために働いてきたつもりですが、こんなかたちで会社に裏切られるとは思いもよりませんでした」

「間違った経営をやってきたことについて、小川前社長以下の旧経営陣は断腸の思いでしょう。しかし、過去をふり返ったところで、得るものはありません。旧悪をあげつらったところで虚しくなるだけです。小川商会は一から出直さなければいけないんです。これからはきみたちの時代じゃないですか」

　宮野の言葉は、高木の胸に響いてはこなかった。会社に裏切られ、万斛《ばんこく》の涙を呑んで去って行こうとしている社員の胸の痛みが、サラリーマンをやったこともない苦労知らずのエリート弁護士にわかってたまるか、と高木は言えるものなら言いたかった。

「更生開始になれば、有力企業が再建で乗り込んで来ることになると思いますが、占領軍に踏みつけにされる惨めさを考えましたら、きみらの時代などと言われましても、ぴんときませんし到底残る気にはなれません。先生が小川商会の社長になってくださるということでしたら、話は別ですが……」

高木は皮肉っぽい眼で宮野をとらえた。

「裁判所が保全管理人を管財人に選任することはよくあることです。小川商会が裁判所の管理下におかれている間は、僕は何らかの形で協力する立場にあると思ってますし、将来、この会社の経営が軌道に乗って、リタイアすることになっても、いろいろな面で協力したいと思ってます」

宮野は真顔でつづけた。

「きみのようにプライドの高い人は、占領軍がくるのは耐えられないかもしれないが、強力なスポンサーなしに、自力で更生することは百パーセント困難でしょう。しかし会社を動かすのは少数の経営者だけではないはずです。それに、仮りにA社という会社がスポンサーとしてつくことになったとしても、経営陣は小川商会のプロパーが半分は占めるようにすべきだと僕は考えてます。きみたち生え抜きのやる気を阻害するようなことは断じてしてはならないと僕は思ってるんです。企業は人なりと言いますけれど、まさにそのとおりで、経営者にいちばん求められる資質は、社員のやる気をいかに引き出すか、社員の士気をいかに高められるか、という点だろうと思うんです」

宮野は、湯呑みの底にわずかに残っているぬる茶をすすって、つとソファを離れた。

「コーヒーでももらいましょう」

宮野はひとりごちてから、デスクの上のブザーを押した。

「すみませんがコーヒーを二つお願いします」

そしていったんソファへ戻りかけたが、ふと時計に眼をやった。六時四十分過ぎである。

「もうこんな時間か」

もう一度つぶやいて、宮野は立ったまま受話器を取って、プッシュホンを押した。

「沙織、お父さんだが、三十分ほど遅れそうだから、井口君が見えたら先に始めててください……。えっ、もう見えてるの。気が早い人だなあ。なるべく急いで帰ります」

宮野が自宅へ電話を入れて、デスクからソファに戻ると高木が起立して迎えた。

「わたしのために申し訳ありません。そろそろ失礼させていただきます」

「まあ、坐ってください」

「いいえ」

「それじゃ、あと五分」

宮野がソファに坐ったので、高木もやむなく腰をおろした。

「失礼ですが、井口さんって、理蝶の井口さんですか」

「ええ。知ってますか」

「はい。大変お世話になってます。ライルとの交渉でも、どれほど井口さんに助けてもらったかわからないと部長が話してました」

「実は、井口君は四月一日付で大阪本社に転勤するんです。ほんとうは、三月一日付で辞令が出てたんだが、小川商会の倒産騒ぎで、一ヵ月ずれたんですよ。それでね、今夜、わが家でささやかに歓送会をやろうということなんですが、よかったら、きみも一緒にどうですか」

「とんでもないです」

高木は強く手を振った。

「遠慮なら……」

「いや、先約があるんです」

「そう」

宮野が、ほかに話すことがあるだろうか、と考えているとき、佳子がコーヒーを運んできた。

「ありがとう。コーヒーを飲んだらすぐ帰りますから、車の手配をお願いします」

「かしこまりました」

佳子がセンターテーブルの上を片づけて退室した。

「さて、もう話すことはありませんが、僕は保全管理人として、いまスポンサーさがしに傾注しています。同時に何度も言いますけれど、誰がスポンサーになろうと、きみたちの言う占領軍として受取られないようにすることも私の仕事の一つだと思ってるんです」

「…………」

「高木君……」

宮野は思い入れを込めて、高木を凝視した。

「考え直してもらえませんか。なんなら先方の会社に僕が出向いて、お願いに行ってもいいですよ」

「とんでもない。先生にそんな……」

高木はさっきよりもっと激しく手と首を振った。

「いま、ここで結論を出さないで、ひと晩考えてもらいたいなぁ。小川商会にとって、きみは必要不可欠な人材なんだし、将来、この会社を背負って立つ人なんです。僕は小川商会の再建に燃えてます。さっきも今西先生から注意されたが、あんまり肩肘張って、気負うのもどうかと思いますけれど皆んな使命感をもって取り組んでいるはずです。きみは、七年も勤続してるんですから、古くさいと笑われるかもしれませんけれど、僕たちとは違って愛社精神といったものがあると思うんです。きみたちの手で、この会社を再建するんだ、という思いをもってもらえませんか」

「わたしがどういう選択をするにせよ、宮野先生から、こんなに親身になって心配していただいたことは生涯忘れません」

高木は湿った声で返し、うなじを垂れた。

3

その夜、宮野が自宅へ帰ったのは八時近かった。

井口は一時間以上、待たされたことになる。

「お客さまをこんなに待たせてなんですか」

「時間にルーズで、弁護士が勤まるの」

妻と娘から、激しく非難されたが、井口は「先生は忙しい人ですから、仕方がありませんよ」と、庇《かば》ってくれた。

「きょうは万難を排して六時に会社を出るつもりだったんだが、人事部長につかまっちゃってね……」

宮野は、二人の新入社員のことと、高木のことを食事をしながら、三人に話した。

「破産するかもしれない会社に就職する人の気がしれないわ」

沙織が言うと、志保子は「でも永い目で見たらわかりませんよ。先見の明があったということになるかもしれないじゃないの」と、穿《うが》ったことを言った。

「人事部長もそれに近いことを言ってたが、かれらなりに小川商会に対してロマンをもってるんだろうね。少なくとも計算ずくではない。というより計算ずくだったら、リスクのほうが大きいと考えるべきだろう」

「新入社員のことは朗報ですけど、高木さんはどういう選択をするんでしょうか、ちょっと気になりますねぇ」

井口は、ワイングラスを掌の中でもてあそびながら、つづけた。

「高木さんが先生の説得に応じて小川商会に残留することになったら、一時間や二時間待たされるぐらい安いものですよ」

「さあ、それはどうかしら。宮野保全管理人は自信満々のようですけれど、万一、更生開始にならなかったらどうするんですか。更生開始になっても、再建できるとは限らないでしょう。そんなことにでもなったら、高木さんという人は、せっかくのチャンスを棒に振ってしまうんですよ。お父さんの慰留は無責任ということにならないかしら」

沙織は法科の学生らしく、しかつめらしい顔で理屈をこねた。

宮野の頭の中を、今西のさめた顔がよぎった。

「沙織さんはきついことを言いますねぇ。万々一そういうことになると、わたしの将来は灰色、いや真っ黒ですよ。わが理蝶は小川商会に賭けてるんですから」

井口は隣りの沙織を軽く睨んだ。食卓を挟んで井口の向かい側に宮野が、沙織の前に志保子が坐っている。

「心配しだしたら際限《きり》がないよ。天が落ちてきたらどうしようかと心配するようなもので、そうなると高木君がいま転職しようとしている会社だって将来潰れないという保証はない、という言いかたもできる。不肖、宮野保全管理人を信じていただく以外にありませんな」

宮野が腕組みしておどけた口調で言うと、沙織は「たしかに杞憂かもしれないわね」と、素直に応じた。

志保子が取り皿をテーブルに並べながら言った。

「それにしても、あなたの自信の根拠はなんなんでしょう」

「一ヵ月足らずの調査で、会社の隅々までわかったようなことを言うのは僭越だが、一世紀近くにわたって積みあげてきた有形無形の財産は、それなりに重みがあるよ。心配した旧経営陣の背任行為は、まったくと言っていいほどないし、現実に収益部門も少なくないんだから、プラスの材料はいくらでもある」

宮野はワイングラスを乾して、話をつづけた。

「ライル&スコットの販売権が他社に移ってたら、ここまで強気になれたかどうかは疑問だが、メトカーフを屈服させたとき、ずしりとした手応えを感じたことはたしかだね」

「日本人のブランド志向はだんだん弱まっていくんじゃないかしら」

「そんなことはない。日本人に限らず、ブランドの威力はまだ根強いよ」

宮野は、井口がしきりにうなずいているのを眼の端でとらえながら、沙織に返した。

「ライル&スコットってそんなに強力なブランドなのかしら」

「そりゃあそうですよ。いまはね」

間髪を入れずに、井口が答えた。

「それと、ライル&スコットで穴をあけられたら、それこそ将棋倒しにされてしまう恐れがあったんです。小川商会さんが抱えている有名ブランドは、ライル&スコットだけではありませんからね。だからこそ宮野先生はライルで、しゃかりきになって頑張ったんですよ」

こんどは、宮野がうなずく番だった。

心配そうに井口が訊いた。

「それはそうと、スポンサーのほうの話は進んでるんですか」

「こればかりは、秘中の秘でいくら井口君でも話せないが、勝算われにありだよ。ひと月ほどのうちに、はっきり姿が浮かびあがってくると思うが、大阪で愉しみに待っててもらいたいな」

「巷間、西北流通グループとか、ダイコーとか、いろいろ噂されてますが……」

井口は、宮野の表情の変化を読み取ろうとするようにひとみを凝《こ》らした。

宮野はそれには答えずに、井口のグラスにワインボトルを傾けた。

「きょうは、きみの歓送会だから仕事の話はやめようよ」

「そうですね。せっかくのご馳走が不味《まず》くなりますから」

井口は、あっさり引きさがった。

「井口さん、たいしたおもてなしはできませんが、どんどん召しあがってください」

志保子に言われて井口は、しばらくの間、志保子と沙織が腕によりをかけた心づくしのテリーヌ、シーフードサラダ、ローストビーフなどに気持ちを傾斜させていたが、また話を蒸し返した。

「高木さんが、小川商会に残ってくれるとよろしいですねぇ。まんざら知らない仲でもないんだから、わたしからも話してみようかな」

「井口君にまで心配かけて申し訳ないなぁ。しかし、荒縄で縛りつけておくわけにもいかんしね。去る者は追わずで、割り切る以外にないと思うべきかもしれないよ」

「基本的にはそのとおりでしょうけれど、高木さんは人柄も立派ですし、仕事もできます。若手のエースじゃないですか。あの人をライバル会社に取られてしまうなんて、惜しいですよ」

「そこまで褒められたら、高木君も冥利に尽きるねぇ」

「先生も、そう思いませんか」

「うん。ちょっと話しただけだけれど、見どころはあると思った」

「そうでしょう。立ち入ったことを言うようですが、なにかポストを与えるとか、給料を少しはずむとか、ほかの人とのバランスは当然あるでしょうけれど、そういうことがあってもいいんじゃないですか」

「なるほど」

宮野は思案顔で、ワインを飲んでいる。

井口ほどの男がそこまで言ってくれるのだから、高木は人材中の人材なのかもしれぬ。

引き留める手だてを具体的に考えるべきかもしれない——。

そう思う反面、俺は熱くなり過ぎていないだろうか、今西が言ったように、もっと突き放してもいいのではないか、と考えぬでもなかった。

4

三月三十一日土曜日の夕刻、高木修三が青山の宮野・今西・菊池法律事務所に、宮野弁護士を訪ねて来た。

高木は、宮野がこの日午後四時から七時まで、法律事務所に在席していることを小川商会の秘書室で聞いていた。アポイントメントなしだが、たとえ一分か二分の立ち話でもよいから、宮野に直接挨拶したい、と高木は思ったのである。

宮野は、今西たちと打ち合わせ中だったが、事務員の太田典子からメモを入れられて高木を応接室へ通すように指示した。

典子が緑茶を運んで来てほどなく宮野が高木の前にあらわれた。

「やあ。先日はどうも」

「わたしのほうこそ失礼しました。きょうは突然恐縮です。ちょっとご挨拶に参上しました」

「やっぱり駄目ですか」

挨拶、と聞いて、宮野はそう思った。

しかし、言葉とは裏腹に笑顔は消えていない。高木のほうがこわばった顔である。

「いいえ。小川商会で頑張ってみたいと思います」

「えっ！」

宮野は絶句した。

てっきり退職の挨拶だとばかり思っていたのである。

三月三十一日付で小川商会を辞めたいという高木を慰留したのは四日前のことだ。人事部長の平井に、わが社のホープをライバル会社にスカウトされるのは忍び難いので保全管理人の宮野から一度慰留してほしい、と懇願されたのである。

宮野は、高木のことを失念していたわけではなかった。必要な人材なら、なんとしても慰留すべきだし、引き留めるための具体的なことを考えてもいいのではないか、と思わぬでもなかったが、平社員の高木を抜擢《ばってき》するにしても限度があるし、それによってライバル社員のやる気を阻害するマイナスの要素をもたらさないとも限らないので、どう対応すべきか迷っていた。

ともかく、意のあるところは伝えてあるのだから、それで翻意させられなかったら、仕方がない、と消極的な気持ちになっているところへ、高木は意外にも残留すると言って来たのである。

「よく決心してくれましたねぇ」

宮野は唸るように言ってから、

「ありがとう。ほんとうにありがとう」と、膝に手を突いて頭を下げた。

「先生、そんな、困ります」

高木はあわてて手を振った。

「人事部長が喜んだでしょう。正直なところきみに小川商会に残ってもらえるとは思っていなかったんじゃないですか。僕のところへ慰留して欲しいと言って来たのだって、どうせ駄目だろうが、やるだけはやってみよう、という程度の認識だったと思いますよ」

「…………」

「しかし、人事部長の熱意がきみの気持ちを動かしたとも言えるから、やっぱり殊勲甲かな」

宮野はうれしそうに、からからと声を立てて笑った。

「一度会社を辞めると決心した気持ちを変えるのは、勇気が要ります。先方の会社にも本当に迷惑をかけてしまいました。でも、先生に先方の会社に出向いてお願いしてもいい、と言われたときは、びっくりしました。まさか保全管理人の先生に、そんなにまで言っていただけるとは思いませんでしたから」

「僕でよかったら、いつでも頭を下げに行きますよ」

「いいえ。その点は大丈夫です」

高木は茶をひと口飲んでから、

「でも……」とつづけた。

「先方は、わたしが条件に不満を持ったと思ったらしく、仕度金とかなんとか、いろいろ言って来ました。わたしは駆け引きしていると見られたのが心外で、かえって気持ちがらくになりました。つまり気持ちの上で、断りやすくなったということです」

「なるほど。実は、あの夜、理蝶の井口君がなんとしてもきみを引き留めるように言うんです。ポストを与えるとか、給料をはずんでも引き留めるべきだって」

「小川商会の給料に満足してるってことはありませんけれど、そんなことより、小川商会に希望をもてるかどうかが問題なんです。それはわたし一人ではないと思いますが、正直に言って先生から慰留されたとき、気持ちが揺れなかったと言えば嘘になりますけれど、転職の決心を変えるつもりはありませんでした。でも、井口さんの話を聞いて小川商会に賭けてみる気持ちになりました。それに小川商会に未練を持ってることもわかったんです。理蝶も小川商会の再建に賭けているが、宮野先生が小川商会の再建に全身全霊を懸けているのに、敵前逃亡のようなことをするとはなにごとだ、と井口さんに叱られました」

高木は、宮野をまっすぐとらえてつづけた。

「わたしのような若い者のために人事部長やスポーツ用品部長だけでなく、先生や、取引先の井口さんにまで心配をおかけして、申し訳ありませんでした。ほんとうに、ありがとうございます。一生懸命頑張ります」

「お礼を言うのは僕のほうですよ」

宮野に笑いかけられて、高木は初めてきれいな笑顔を見せた。

「井口君とはいつ会ったの」

「昨日、昼食をご馳走になりました。転勤間際の忙しいときに、わざわざ時間を割いてくださったんです」

「そう」

宮野は感慨深げにうなずいて、遠くへ眼を投げた。

高木が帰ったあと、宮野は会議室に戻って、今西と菊池に高木が辞職を思いとどまってくれた旨を話すと、二人とも唖然とした顔で、口をつぐんでいる。

「今西先生も、菊池先生も、信じられないといいたげな顔ですねぇ。でも事実ですよ。たったいま本人から聞いたんですから」

「しかし、よく翻意してくれましたねぇ」

「宮野先生の説得力に、改めて脱帽します」

今西と菊池は、顔を見合わせながら、そんなことを言った。

「あなたがたは、翻意した高木君の気が知れない、と言いたそうですが、それは違いますよ。高木君は将来必ず小川商会にとどまってよかった、と思うはずです」

「気が知れないとは思いませんけれど……」

今西が苦笑しながら返すのをさえぎるように、宮野が言った。

「いや、僕だってそう思わないでもないんですよ。しかし、だからこそわれわれは頑張らなければならんのです。高木君が小川商会に残留したことを後悔するようなことがあってはならないと思います」

「高木さんて、若手のホープですってね。そういう優秀な人材が転職を思いとどまってくれたんですから、小川商会も、まんざら捨てたものでもないですね。胸ふくるる思いになりますよ」

「胸ふくるる思いですか。菊池先生、いいことを言いますねぇ。ただ、僕が高木君を翻意させたと言いたいところですが、ほんとうはそうじゃないんです。第一の功労者は、理蝶の井口君です。かれは、きのうの夜、大阪へ発ちましたが、多忙の中を時間をつくって、高木君に会ってくれたんです。高木君は、井口君の熱意と誠実さに、胸を打たれて、翻意する気になったんでしょう」

宮野にしては、しんみりした言いかたであった。

その夜、宮野は自宅の書斎で、井口に宛てて手紙を書いた。


今夕、高木君が思いがけず青山の事務所に顔を出してくれました。小川商会に残ってくれるそうです。あきらめていたのですが、こんなうれしいことはありません。

すべて貴兄のお陰です。ほんとうにありがとうございました。

過日、拙宅にいらした折り、高木君のことではいろいろアドバイスをいただいておきながら、考えが定まらなかったことと、忙しさにかまけて、つい放ったらかしにしてしまったのですが、それを貴兄が完璧にフォローしてくださったわけです。

人事を尽くす、最善を尽くす――ことの大切さを改めて教えられました。

さっき、今西先生、菊池先生とも話したのですが、高木君は、貴兄の熱意と誠実さに胸を打たれたんです。かれがベストの選択をしたことになるように、みんなで頑張りたいと思います。

ライル&スコットのことでも、すっかりお世話になりました。改めてお礼を申しあげます。

単身赴任で、なにかと大変だろうと思いますが、あんまり無理をなさらないで下さい。お元気で。

昭和五十九年三月三十一日

宮野英一郎

井口卓朗様

宮野が、井口から返書を受け取ったのは五日後のことだ。

拝復、お手紙ありがとうございました。大阪へ来て、まだ一週間足らずですが、こんなに心あたたまる思いをしたことはありません。

何度も何度も読み返しました。

転勤のご挨拶も、ご馳走になったお礼も致しませんうちに、先生に先を越されてしまいましたが、その節は過分なお心遣いを賜りまして、本当に有難うございました。

先生から戴きましたご本も、ライル＆スコットのベストも、そして、それよりも、ずっとずっと大きく重い、先生との数々の思い出を大切にしてまいりたいと存じます。

目下のところ専ら着任の挨拶廻りに明け暮れておりますが、部下の数も増え仕事の範囲も拡がりそうなので、それなりにやり甲斐があると思います。

ビジネスホテルまがいの単身赴任者用長屋の生活もおいおい馴れてくるでしょう。

ところで、高木さんのこと、多少お役に立てて嬉しく思いますが、小川商会の再建に取り組む先生の熱意こそが高木さんの気持ちを変えたのです。私はサポートしたに過ぎません。

出過ぎたことをしたのではないかと心配してたのですが、先生に喜んでいただけて、身に余る光栄に存じます。

先生のおっしゃるとおり、結果的に高木君がベストの選択をしたことになりますようにただただ祈るのみです。

相変らずお忙しいこととは思いますが、ご自愛専一のほど願い上げます。

奥さま、お嬢さまにくれぐれもよろしくお伝え下さい。

敬具

5

昭和五十九年四月三日

宮野英一郎先生

井口卓朗

小川商会の入社式は、例年四月一日正午から十階の大会議室で行なわれているが、今年は四月一日が日曜日だったため、二日になり、しかも十二階の役員会議室が会場に当てられた。

新入社員はたった二人である。それも、会社更生法の適用を東京地裁に申請した段階で五十二人予定していた採用を全員取り消すことになったが、どうしても小川商会に入社したいと希望する青木利夫と野原恵介の熱意に押し切られて、二人の採用が決まったのである。中止されるはずの入社式が急遽《きゅうきょ》行なわれることになったが、出席者は新入社員二人と宮野と平井の四人で、なんとも寂しい入社式であった。

ここ、二、三年は五十人前後に抑えているが、昭和四十五年のピーク時には百五十人の新入社員を採用したこともある。

往時を偲んでいささか感傷的になっている平井人事部長とは対照的に宮野の表情は

明るかった。

白いクロスをかけたテーブルの中央にカスミ草、ガーベラ、ユリ、カーネーションなどの切り花を生けた白磁の花瓶が据えられていることで入社式の面目を保っている。

窓側に宮野と平井が並び、テーブルをへだてて二人の新入社員が緊張した面持ちで坐っている。

青木も野原も、眼のまわりを除いて黒びかりしているのは、スキー焼けのせいだろう。青木はメタルフレームのしゃれた眼鏡をかけている。二人とも申し合わせたように紺地のスーツで身を包んでいた。

平井が咳払いを一つしてから、挨拶に立った。

「青木君、野原君、小川商会への入社、おめでとう。きみたちもご存じのとおり、会社は創業九十四年を経て、未曾有の困難に直面しております。本来なら、きみたちの仲間が五十人いるはずでした。五十二人の新入社員を迎えることになっていたのです。しかし、会社更生法の適用を申請し、多くの債権者にご迷惑をかけて、再建計画を模索している現在、本年は新入社員の採用を見送らざるを得なくなり、きみたちにも採用の取り消しをお願いしましたが、どうしても小川商会に入社したいというきみたちの熱意に負けて、お二人に入社してもらうことになりました。正直なところ会社としては大いに困りましたが、ここにおられる……」

平井は、右隣りの宮野のほうへ眼を遣って話をつづけた。

「保全管理人の宮野先生にお願いして、特別なはからいで採用を決めていただいた次第です」

平井は、言葉を探しているのか、五秒ほど天井を見上げていたが、「しかし……」とオクターブを上げた。

「わたしは、むしろきみたちの熱意に感謝したい気持ちでいっぱいです。きみたちの入社は、社員に刺激を与え、士気を高める結果をもたらしたからです。きみたちも相当な決意をもって入社を希望されたことと思いますが、一日も早く戦力になって、会社の再建に、そして小川商会の発展に尽くしていただきたいと思います。きみたちの手で小川商会の新しい歴史を作って……」

平井の声が感きわまって、途切れた。

宮野が平井を見上げた。

「人事部長、どうぞ坐ってください」

「はっ、どうも」

平井は眼尻のあたりを手の甲でこすって着席した。

「先生からもなにかお話ししていただけますか」

「食事の用意ができてるようですから、食べながら話しましょう。きみたちもお腹すいてるでしょう」

宮野が青木と野原に眼を遣って、くだけた口調でつづけた。

「きみたち二人が小川商会へ入社したことは、ニュースバリュウがあるみたいですねぇ。世の中の人は、突飛で変わったこととして見ているようだけど、それだけ平和なんでしょうか。寄らば大樹の陰という言葉があるが、いわばそういう生きかたに逆行するきみたちの選択は、大変素晴らしいことだと僕は思うんです。暖衣飽食の時代といわれ、少しでも楽をしようとする人が多い中で、きみたちは敢えて厳しい状況下にある小川商会への入社を志願したわけです。苦労することは人間をひとまわりもふたまわりも大きくすると思うなぁ」

食事を出すように秘書室に指示するため席を立っていた平井が戻って来た。

幕の内弁当と吸い物の椀がテーブルの上に並んだ。

食事をしながらの話になった。

「先日、ラバウルへ行って来たんですが、戦争でラバウルへ行かされた人は、九五パーセントが戦死してるんです。つるはし一本で道路や飛行場をつくるような苛酷な体験もしている。われわれより一世代上の人たちはみんな厳しい時代を耐え抜いて来た。こういう話をしても、きみたちにはぴんと来ないでしょうが、二度の大戦で、何百万人いや何千万人もの人々が死んでるんですねぇ」

宮野が吸い物をすすってから、二人に訊いた。

「戦争の話をしてて思い出したのですが、ヘミングウェイの〝陽はまた昇る〟は読んでませんか」

「ええ、読んでません」と、野原が答え、青木は眼鏡の奥で細い眼をしばたたかせながら、かぶりを振った。

「ヘミングウェイは、ロスト・ジェネレーションの代表的作家と言われてることは知ってるでしょう」

青木は自信なげにうなずいたが、野原は首をかしげた。

「失われた世代とでも言うんですかねぇ。第一次世界大戦後の希望を失った絶望的な時代に、パリで文学活動を続けていたガートルード・スタイン女史のサロンに、ヘミングウェイなどの若いアメリカの知識人が集まってきたらしいんですが、かれらを称してスタイン女史がロスト・ジェネレーションと呼んだのが、この言葉の由来と言われてます」

宮野の博覧強記ぶりに、二人の新入社員のみならず、平井まで呆気に取られている。

「〝陽はまた昇る〟は、ロスト・ジェネレーションの代表作といわれてますが、主人公のジェイク・バーンズは戦傷で性的不能になった作家志望の新聞記者です。イギリス貴族の夫人で離婚し、セックス狂みたいになっている美貌の女、ブレット・アシュレ、ブレットに熱をあげてる若い作家のロバート・コーン、スペインの若い闘牛士のペドロ・ロメロなどが脇役として出てくるが、パリのバーンズの下宿をブレットと自称伯爵のミピポポラスが訪ねて来て、三人でシャンペンをしたたかに飲む場面があるんです。あの場面が圧巻じゃないかなぁ」

宮野は、食事をそっちのけで小説の場面を眼に浮かべながら夢中で話している。

「たしか三人でシャンペンを三本あけちゃうんですが、伯爵が〝酔ってるときも、素面《しらふ》のときも魅力がある。こんな素敵な人は知らない〟と言って、ブレットをからうと、ブレットが〝あなた、それほど方々遊びまわってはいないでしょう〟と、やり返すんです。それに対して、伯爵は〝方々遊びまわってる。いたるところを歩きまわり、ずいぶんいろんな経験をしている。わたしは七つの戦争と四つの革命を経験してます〟と答えて、〝矢傷を見たことがあるか〟と言って、アンダーシャツをまくりあげて矢傷を見せると、肋骨の下の肉が二ヵ所も盛りあがってるのを見て、ブレットも、バーンズも度肝を抜かれるんです。伯爵は、バーンズが戦争で傷ついたことを知らないと思うんですが、皆んな痛みをもっている、きみの痛みなんかたいしたことではないんだ、と言いたかったんじゃないですかねぇ」

野原は、食事を取りながら宮野の話を聞いているが、青木は箸を置いて、うっとりした顔で聞き入っていた。

6

昼食のあとで、平井が硬い顔で「五分ほど時間をいただけませんか」と、宮野に言った。

「いいですよ。なんですか」

平井は、それには答えず、新入社員の二人を秘書室に連れて行き、秘書に人事部へ案内して、人事課長に研修の打ち合わせをするよう、言伝を頼んだ。

役員会議室の宮野の前に戻って来るなり平井は、背広の内ポケットから白い封書を取り出して、テーブルに置いた。

上書きには〝辞表〟と墨書されてあった。

宮野が呆気にとられた顔で平井を見上げた。

「三月三十一日に提出すべきでしたが、入社式が終ってからと思いまして、二日ほど遅れてしまいました」

「高木君を慰留したあなたが、会社を辞めるんですか」

「高木君は若手のホープです。小川商会にとって必要な人材ですから、先生にも説得方をお願いしましたが、取締役として経営陣の末席をけがしていたわたしが、辞任するのは当然です」

「もちろん、取締役は辞任してもらいましたが、現に人事部長として仕事をしてもらってるわけですし、採用の取り消しの件でも骨を折ってもらったんですから、これからも頑張ってくださいよ」

宮野の表情に笑顔が戻った。

「坐ってください」

「失礼します」

平井はこわばった顔で腰をおろした。

「大幅な給与カットでご不満もあろうかと思いますが、その点は辛抱していただくとして……」

「いや、そういうことではありません。けじめの問題なんです。旧経営陣の中で、わたし一人だけが会社に残るというのも気が引けます。それに先生ご自身、必ず経営者は交替する、と本に書いてるではありませんか」

宮野は苦笑しながら湯呑みを口へ運んだ。たしかに、平井が指摘したとおりである。

宮野は、友人の弁護士との共著『倒産処理の法律と税務』の中で、「更生法の場合、現在の運用では、必ず経営者は交替する。従って、経営者の資質に問題があり、それが収益力低下につながっているような会社は、却って更生に向いているといえる。また、従来の経営者では、会社の創業の目的・伝統などによって不況業種とわかりながら廃止できなかった部門などを、新しい経営者は新しい観点から思い切って転換できるので、このようになっている会社も更生に適しているといえよう」と書いている。

「平井さんが経営責任を感じるのはけっこうだと思います。しかし、役職役員に比べれば、その度合いは軽いというべきでしょう。大幅な給与カットとボーナスなしで、責任の一端は取っているともいえるわけですから、そこまで思い詰めなくてもよろしいんじゃないですか。転職先は決まってるんですか」

「ええ。友達の会社を手伝うことになると思います」

「そうですか。条件は、いまよりよくなるわけですね」

「必ずしもそうではありません」

「僕個人としては、平井さんには残ってもらいたいですねぇ。今西先生と菊池先生の意見も聞いてみますが、一応これはおあずかりします」

宮野は次の予定が迫っているせいか、事務的な口調で言って、席を立った。

午後五時に、宮野は今西と菊池を保全管理人室に呼んで、平井の辞表の取り扱いについて意見を聞いた。

「ずいぶんすっきりした人ですね。立派な心構えですよ」

菊池が、平井の出処進退のさわやかさを称揚した。

今西も、胸中深くうなずけるものがあるらしい。

「このひと月ほどの間、平井さんは採用取り消し問題で駆けずり回って、よく働いてくれましたね。立つ鳥、跡を濁さず、ですか」

「そう言えば、身体障害者を全員他企業に嵌め込めたのも平井さんの努力に負うところが大きいんじゃないですか。あれは、新規採用の見送りよりも、もっと骨を折ったと思います」

「そうですね……」と、菊池が宮野の話を引き取った。

「クリスチャンの平井さんらしい涙のこぼれるような話ですよ。平井さんが人事部長だったからこそ、小川商会は法律に定められた身体障害者の雇用義務の割り合い以上に雇用してたんでしょうね」

小川商会は、相模原にある子会社の部品工場で雇用していた十五人の身体障害者を〝倒産〟で解雇せざるを得なくなったが、平井は他企業の人事担当者を拝み倒して、三月中に全員の転職先を確保したのである。

宮野が二人にこもごも眼を遣った。

「僕は一応平井さんを慰留したんですが、どう思いますか」

「慰留できるものならすべきじゃないんですか。労務管理のオーソリティだし、残ってもらいたい人ですよ」

菊池は即座に賛成したが、今西は首をひねった。

「さあ、どうですかねぇ。転職先も決めて来たとなると、そう簡単にはいかんでしょう。それに、人心を一新することの意味はあると思います」

「平井さんは、一年前に役員になったばかりです。スポーツ用品部長の橋田さんは、今年役員に昇進する予定だったらしいですよ。一年の差が逆に明暗を分けるなんて皮肉ですねぇ」

菊池は吐息まじりにつづけた。

「旧経営陣は全員退陣しなければいけませんかねぇ」

「例外がまったく認められないということはないでしょう」

宮野が返すと、今西は「宮野先生に一任します」と、同意を求めるように菊池の顔を見ながら言った。

「賛成です」

「そう。それでは、もうちょっと話してみます」

宮野は、社内電話で平井を保全管理人室へ呼び出した。

ノックの音が聞こえた。今西と菊池がソファから起ちあがり、平井と入れ替りに退室した。

宮野が、ドアのほうに顎をしゃくって言った。

「二人とも、僕に一任してくれました。つまり慰留できるものなら、すべきではないかという意見です」

「ありがとうございます」

平井は上気した顔をあげて、つづけた。

「嘘でもそう言っていただければ嬉しいです」

「嘘っていうことはありませんよ。衷心から申しあげてるつもりですがねぇ」

宮野の笑顔に誘い込まれるように、平井も相好をくずした。

「これで、先生にあっさり辞表を受理されてましたら、やっぱり複雑な気持ちになっていたと思います。慰留していただいただけで本当に光栄です」

宮野は、先刻、平井からあずかった辞表をセンターテーブルに置いて、平井のほうへ押しやった。

「これはお返しします」

「困ります。どうか枉《ま》げてお受け取りください」

平井は、辞表を宮野の前へ押し返した。

「先生のご好意におすがりして、このまま会社に残れるものなら残りたいと考えぬでもなかったのですが、さっきも申しましたけれど旧役員の中で、わたし一人だけが残るというのは不公平です。夜も眠れないほど悩み、考え抜いた末の結論です」

「会社はあなたを必要としています。もっとドライに割り切ってよろしいんじゃないですか」

「旧役員の中に、仕事のできる人は、もっとたくさんいますよ」

「…………」

「社長の独走にブレーキをかけられなかった役員全員が責任を取るべきだと、わたしはこの事件後ずっと思ってました。それに、ささやかながら、採用取り消しの件など、最後の仕事をさせてもらいましたので、思い残すことはありません」

「平井さんは、小川商会の再建に疑問をお持ちなんですか。高木君じゃないが、会社の将来に希望が持てないということだと、お引き留めするのは難しいかもしれませんねぇ」

宮野の口調に皮肉なひびきが伴った。

すでに、辞職した旧役員の中に、小川商会の再建など夢のまた夢だ、と言って憚《はばか》らない者がいることは宮野も承知していた。転職が可能なら、それを選択したほうがリスクが少ないと言えないこともない。

しかし……と宮野は考える。

高木を慰留するために、あれほど情熱を傾けた平井が、小川商会の再建を疑問視しているということがあるだろうか。

自家撞着《どうちゃく》も甚しいということにならないか――。

果たして、平井は、宮野の胸中を読んでいるかのように、シニカルな笑いを口辺に浮かべた。

「小川商会の再建に希望が持てなかったら、高木君を慰留したりしませんよ。それに二人の新入社員についても、先生にお願いするわけがないじゃないですか。もっとも、初めは絶望的な気持ちでした。先生のお陰で、ライル・アンド・スコットとの難交渉が片づいたあたりから、希望がもてるようになりました。いまは、会社の再建を信じて疑いません」

「………」

「なんとか有力なスポンサーが見つかればよろしいですね」

平井は宮野にまっすぐに眼を向けた。

宮野はあいまいな笑いを浮かべているきりだ。

「先生、わたしが会社を去る気持ちになれたのは、逆に再建の見通しが出て来たからこそだと思います」

「後顧の憂いがないというわけですね」

「はい。わずか二人とはいえ、先生に無理を聞いていただいて、フレッシュマンを迎えることができた点も、いい思い出になります」

平井が明るい顔でつづけた。

「あの二人が将来どういう社員に成長していくのか、たのしみですね」

「わかりました。辞表は受理させていただきましょう」

宮野が白い歯を見せた。

平井の引き際は、あざやかというべきかも知れない、と宮野は思った。

第六章　取締役の責任

1

宮野が、小川商会の非常勤役員および監査役と接触し始めたのは三月中旬のことである。

小川商会の非常勤役員は白井太郎、長岡登志夫、厚田健一、大屋治雄の四人、非常勤監査役は高石寿男である。

白井はテレビ会社の非常勤監査役として名を連ねているが、すでに八十二歳の高齢でもあり、悠々自適の毎日である。しかし、その昔、吉田茂元首相の側近として仕え、貿易庁長官、終戦連絡事務局長などの要職を務めただけに、政財界の一線から退いたとはいえ、白井の交友関係は広く、各方面に隠然たる影響力を行使している。

長岡、厚田が小川商会の取締役に名を連ねたのも白井の依頼によるものだ。昭興石油社長の長岡は七十二歳、加島建設取締役相談役の厚田は六十五歳だが、両人にとって白井は親分格ということになる。

大屋も八十三歳と高齢だが、老舗酒造会社の会長職にある。

監査役の高石は六十二歳。生命保険業界トップの大日生命の代表取締役副社長である。関西経済同友会の代表幹事だ。錚々《そうそう》たる顔ぶれである。いわば小川商会はこれら一流財界人を取締役に連ねることによって、その知名度を実力以上に高めていたともいえる。

宮野、今西、菊池の保全管理人団は、当初から小川商会の再建に際して、これら実力者である非常勤役員の協力を取りつけることができるのではないか、と考えていた。というより白井や長岡たちの協力は不可欠であり、さらにいえば、かれらにそれなりの経営責任はあるのだから、協力せざるを得ないのではないか、と読んでいた。

三人で打ち合わせをしているとき、菊池が大日生命にスポンサーになってもらえないだろうか、と発言したことがあった。

「大日生命は株の四・九パーセントを取得していた大口株主ですし、小川商会に二十億円の融資も行なっていました。世界的にも屈指の生保会社で、その資金量は十兆円を超えると言われてるほどで、単なる生保会社というより総合金融会社と見られています。大日生命が本気になったら小川商会の再建ぐらい、簡単にできるような気がしますけどねえ」

「簡単かどうかはともかく、当たってみる価値はありますね」

今西も乗り気であった。

宮野はさっそく秘書の山本佳子に高石と電話連絡をとるように指示した。

「宮野保全管理人が至急ご相談したいことがあると申しております……」

山本佳子から秘書を通じて連絡を受けた高石は二日後の三月十六日に上京して来た。

十二階の保全管理人室のソファで、宮野と今西が高石と応対した。

初対面の挨拶のあとで高石が言った。

「わたしは個人の資格で小川商会の監査役をやっていたわけではありません。大日生命は小川商会の株主でもあり、融資もしている。つまり職務上、やむなく出ていたわけで、わたしは大日生命から派遣された監査役の二代目です。こういう不幸な結果になって、大日生命としては大変な損失を被ったが、それは仕方がないとして、ここではっきりしておきたいのは、わが社にも、わたし個人にも経営責任はないし、また経営責任を問われる立場にもないということです」

高石はいかにも迷惑そうな様子である。

宮野が微笑を消さずに言い返した。

「監査役として当然やるべきことをしていなかったということはありませんか」

「そんなことはありません」

高石はいくらかむっとした口調でつづけた。

「五十八年八月から大日生命の監査部を動員して、監査しました。二ヵ月後の十月に、監査結果が出たので、何項目もの改善すべき点をまとめて、常任監査役の川瀬さんと二人で、小川社長に進言したんだが、受け入れてもらえなかった。わたしも川瀬さんも調査後、相当な危機感をもったことはたしかです」

「それにしては、六月の中間決算で、九月に四分配当してるのは矛盾してませんか。九月の中間配当はありうべからざることです。監査役として責任がないとは言えないと思いますが……」

今西は、宮野とは対照的に厳しく表情をひきしめている。

高石は、今西を強く見返した。

「小川社長がゼロにはどうしてもできないとおっしゃるから、二円五十銭の当初案を二円に減らすように進言して、容れられました。わたしは監査役としてうしろ指を差されることはない、やるべきことはやった、と自負してるんですがねぇ」

今西が皮肉っぽく返した。

「見解の相違ですか」

「法的な責任うんぬんということになると、わたし個人としてはこれ以上は発言を慎まなければいけませんな。会社の顧問弁護士と相談したうえでなければ、お答えしようがありません」

高石は、しかめっつらでミルクティをすすっている。

宮野がにこやかに話し始めた。

「いかがでしょう。小川商会を再建するために大日生命さんに協力していただくわけにはいきませんか。商社の更生は難しいとみられてますが、わたしは更生は可能だと思ってます。しかし、自力で更生することは不可能でしょう。強力なスポンサーがあって、初めて不可能が可能になるんじゃないでしょうか。ご存じのとおりスポーツ用品などの採算部門は健全なんですから、不採算部門を切り捨てることによって、再建できるはずですね。大日生命さんにスポンサーになっていただければ、更生できると思いますが、ご検討いただけませんか」

高石は考えをまとめているのか、ゆっくりとミルクティをすすっていたが、緩慢な動作でティカップをセンターテーブルに戻した。

「わたしの一存ではなんとも申しあげられません。いちど顧問弁護士を差し向けますから、話してみてくれませんか」

高石が帰ったあとで、今西は吐息まじりに言った。

「顧問弁護士と話し合ってくれなどというところをみると、初めから逃げ腰なことがわかりますね。どうやら脈はなさそうですねぇ」

休みあけの十九日の朝、大日生命の顧問弁護士の村川が宮野を訪ねて来た。

村川は、司法研修所で宮野より二年先輩である。

「宮野先生、監査役には経営責任はありませんでしょう。ま、強いて言えば道義的責任がないとまではあえて申しませんけどね」

くだけた口調だが、商法の大家だけあって、めり張りは効いており、ツボを押えている。

「さっそく一本とられましたねぇ」

宮野は白い歯を見せて、つづけた。

「しかし、道義的であれ、やはり身に沁みたところで責任を感じていただきたいですね。それに、監査役を出していたこととは別になんと言っても、大日生命さんは大口株主なんです。その大日生命さんに見捨てられたら小川商会はおしまいですよ」

「先生、生保会社は都銀にくらべると場数をふんでないというか、こういう場合の対応能力が落ちますからねぇ。小川商会の再建にのり出すなんて、とっても無理ですよ」

村川は、大仰に顔をしかめて手と首を振った。

「そうでしょうか。大日生命さんの実力は、都銀以上だと聞いてますよ」

「なにをおっしゃる……」

村川は思い入れたっぷりに声をひそめた。

「だいたい宮野先生が大日生命と交渉なさるなら高石さんを相手にしても始まりません。広岡会長に直接話さなければらちがあきませんよ」

「お願いに参上してもけっこうですよ」

「いや、色よい回答を引き出せるとは思えませんなあ。早い話が先生は猫の手も借りたいくらいに忙しいのと違いますか。大阪と東京を行ったり来たりなんてわけにはいかんでしょう。保険会社が商社の更生に乗り出すなんて茶番ですよ。現実的じゃないですよ」

宮野は、今西が言ったとおり脈はないな、と思わざるを得なかった。


宮野と今西が大屋と会ったのは、村川が訪ねて来た日の午後二時過ぎのことだ。

「遠路わざわざお運びいただいて恐縮です」

「おおきに。もっと早《はよ》う出て来なければいかんと思うとりました」

大屋はおだやかな態度で終始した。

「亡くなった善雄君のお父さんとは古いつきあいで、どうしても取締役やってくれ頼まれまして、引き受けたのですが、善雄君は事業に手をひろげ過ぎましたなあ。わたしどものところは決して背伸びをしないことをモットーにしとるんです。大屋一家と従業員が食べられればええと思ってます。ですから焼酎ブームだから、焼酎をやった

らどうや言われましても、ようせんのです。これからも日本酒一本で地道にやってい
こう思うてるんですわ」
じれったいほどおっとりした口調である。
だが、大屋の経営哲学は傾聴に価すると、宮野は思った。
「善雄君がワインに手を出す言うたとき、わたしはそれだけはやめなはれ、と反対し
ました。ヨーロッパでカメラ売ってるその片手間にワインの輸入をやる言うて、そん
ないい加減な考えで、あんじょういくわけがおますかいな。フランス、ドイツからワ
イン輸入するならするで、よう吟味して買いつけないけませんのや。わたしがあれだ
け反対したのに、善雄君は聞く耳もたんかった」
大屋はいかにも残念でならないというように首を大きくかしげた。
「しかし為替レートの変動でフランス・フランが大幅に下落したため、カメラの輸出
が厳しくなり、ワインの輸入で活路を開こうとした考え方は理解できないでもありま
せん」
宮野は小川を庇った。
「小川商会の取締役の一人として、経営責任というものをどうお考えですか」
今西が質問を発した。
「責任はおますでしょうな。責任をとるにやぶさかではないつもりです。わたしに協

力できることがあれば言うてくださらんか」

大屋は気持ちがいいほど率直であった。

しかし、いくらオーナー会長とはいえ資本力の乏しい酒造会社が小川商会のスポンサーたりうるわけはない。大屋が大日生命のオーナー社長だったら、どうだったろう、などと詮ないことを考えながら、宮野が言った。

「ありがとうございます。協力していただけることがありましたら、改めてご相談させていただきます」

2

三月十六日の朝十時過ぎに、小川商会秘書室の山本佳子から自宅に電話がかかったとき、白井は来たな、と思った。

小川商会が東京地裁に対して会社更生法の適用を申請した二月二十九日の時点では、取締役相談役に退いていたとはいえ、その二ヵ月前まで取締役会長職に在ったのだから、経営責任を追及されたら、逃れようがない、と白井は肚《はら》をくっていた。

しかし、長岡と厚田を巻き込む結果になってしまったことは千載の痛恨事である。二人に申し訳ないことをした、という思いで、白井は胸を痛めていた。

「宮野保全管理人が白井さまにお目にかかりたいと申しております。折り入ってご相談したいことがあるそうですが、お時間いただけますでしょうか」

　山本佳子は、役員付の秘書だったから、白井はよく知っていたが、気のせいかよそよそしく思えてならない。

「僕も宮野先生にぜひお会いしたいと思ってたんだ。長岡君や厚田君とも諮《はか》って、なるべく早くお邪魔するようにしたいな」

「後日、こちらからお電話致しましょうか」

「いや、僕のほうから電話する」

　白井はぶっきら棒な言いかたになっている。

「それではよろしくお願いします。ご連絡お待ち申しあげております」

「わかった」

　受話器を切って、白井はすぐに長岡と厚田に電話を入れようかどうか迷ったが、外出の時間が迫っていたので、あと回しになった。

　その日の夕方、長岡から白井に電話がかかった。

「小川商会から連絡ありましたか」

「あったよ。けさ秘書から電話をもらった。きみに連絡しようと思ってたところなんだ」

「わたしにもありました。さっき厚田君が電話をかけて来ましたが、かれにも呼び出しがかかったそうです」

「きみたちに迷惑をかけて申し訳ないと思ってるよ。新聞には名前を書かれるし、とんだことになってしまった」

「いや、ご心配なく。それほど気にしてるわけではありませんから」

「弁護士には、責任があるとすればわたし一人で、きみや厚田君に責任はないと話すつもりだよ」

「白井さん一人に責任を押しつけるつもりはありません。非常勤役員の責任がどの程度のものかわかりませんが、われわれにも責任の一半はあると思ってます。とにかく保全管理人の弁護士に至急会う必要がありそうですね」

「忙しいのに済まないねぇ。いちばん忙しいのは長岡君だから、日どりはきみに合わせるよ。厚田君と連絡して、決めてくれないか」

「弁護士の都合もあるでしょうが、調整してみます」

白井と長岡の間でそんな電話のやりとりがあったあと、厚田の意向も聞き、宮野の都合も確認したうえで、三月二十一日の午後二時に三人連れだって小川商会へ出かけることになった。

例によって、宮野と今西が応対した。

挨拶もそこそこに、白井が切り出した。

「長岡君も厚田君も並び大名で、なんら責任はないんだ。わたしが頼んで取締役に入ってもらったんでね。責任はすべてわたしにある。わたしも会長とはいえ名ばかりの会長だったが、責任逃れするつもりはない。出し遅れの証文みたいなことを言っても始まらんが、これでも善雄君にはずいぶん注意してきたんだが……」

白井は、先代社長で小川善雄の祖父である善一郎に乞われて、十数年前小川商会の会長に就任した。善一郎が鬼籍入りしてからは、善雄の後見人としての役割りを担ってきたが、会長とはいえ一週間に一日出勤するだけの非常勤でもあったから、経営には関与せず、善雄から相談をもちかけられれば意見を述べる程度にとどめてきた。

昨年、五十八年六月期の中間決算時に小川商会は四分配当を実施したが、このとき白井は善雄から相談を受けた。

「無理をすることはない。見送ったらどうかね」と白井はアドバイスした。

事実、小川商会は海外カメラ部門の不振によって経営が悪化し、中間配当どころではなかった。

「しかし、ここで中間配当を見送りますと、銀行が一斉に融資を引き上げるかも知れません。ですから無理をしてもやらざるを得ないんです」

「無い袖は振れないのではないかね」

「いや。六千三百万円ぐらいの配当金はなんとでもなります。連結決算では赤字転落をまぬがれませんが、小川商会本体は黒字ですし、海外部門もいまが底ですから間もなく上昇に転じると思います」

小川善雄とのそんなやりとりを思い出しながら白井は話をつづけた。

「もっと強く進言すべきだった。中間配当にも反対したんだけどねぇ」

宮野が一同を見回して、やわらかい口調で話し始めた。

「われわれ保全管理人団としましては、なんとしても更生開始決定に持ち込みたいと願っております。実はまだ発表しておりませんが、ライル・アンド・スコットのメトカーフ社長が先ごろ来日しまして、ライル社のカシミヤ製品の販売権を小川商会から他社へ移したいと申し入れて来まして、ハードネゴを続けた結果、われわれの熱意を買ってくれまして、従来どおり小川商会は販売権をキープすることができました……」

ほーう、といった顔を白井と長岡が見合わせている。

厚田が質問した。

「理蝶との関係はどうなりました」

「理蝶も含めて三者三すくみの状態でしたからよけい大変だったのですが、理蝶も折れてくれました」

「しかし、小川商会が破産したらどうなるんですか。変な言いかただが、理蝶がそれでよく納得してくれましたねぇ」

こんどは長岡が質問した。長岡はゴルフ焼けして黒びかりしているほど顔の色つやがよく、どう見ても七十二歳とは見えなかった。五十歳代で充分通りそうだ。

「理蝶がライル・アンド・スコットから取りつけた条件は、わずかに、万一小川商会が倒産したときは、ファースト・プライオリティ・オブ・ネゴシエーションつまり第一交渉権を与えられたに過ぎません。理蝶がそんな条件を呑んだのは、小川商会の更生に賭けてくれたからです。メトカーフにしても然りです。好条件をぶつけてきた商社もあったようですが、小川商会の永年の企業努力を多としてくれたわけです。ライル&スコットのブランドを守り抜いたお陰で、トム・ホーガン、ヘッジ、ゼネラルミルズなどのブランドもすべて小川商会に従来どおり商品を提供してくれることになると思います。われわれがライル&スコットのブランドを死守したのは、小川商会の再建を確信しているからです」

白井が感慨深げに宮野を凝視した。

「知らなかった。よくぞ頑張ってくれたねぇ」

「そこで皆さんにお願いがあります」

今西が居ずまいを正して話をつづけた。

「宮野先生がライル・アンド・スコットおよび理蝶との交渉に心血を注いだのは、小川商会の再建を使命と考えているからです。是が非でも更生開始決定に持ち込まなければならないと思います。万一、破産に終わるようなことになりますと、皆さん一人一人が債権者から責任を追及される可能性もあります。名目上の取締役に過ぎないから経営責任はない、というわけにはまいらんと思います。開始決定の途を選択するか、破産の途を選択するかは、いつにかかって、皆さん次第だとわれわれは考えております。すなわち、皆さんから再建のために力を貸していただけるかどうかにかかっていると思うんです」

「われわれはもとより協力するにやぶさかではないつもりだが、具体的になにをすればいいのかね」

白井がしみの浮き出た頰をさすりながらつづけた。

「たいした財産があるわけではないが、財産を投げ出せと言われれば考えんでもない」

「そんなことは申しません。たとえば長岡さんの会社で、小川商会の余剰人員を引き取っていただくわけにはいきませんか」

宮野に冗談ともつかず言われて、長岡は眼鏡の奥で眼をしばたたかせた。

「それは無理です。わたしのところはちょっと事情がありまして、逆に減らしたいくらいなんです」

「くどいようですが、開始決定にならなければ破産です。そうなれば皆さんに迷惑をかけることになりかねません。そんなことはしたくないですからねえ」

表情を変えないだけに、かえって今西の言葉は白井たちの胸に響いた。

宮野がやわらかい語調で今西の話を引き取った。

「いま、われわれがいちばんお願いしたいことは再建のために強力なスポンサーを見つけていただくことです。あなたがたにはそれだけの力があると思うんです。その力を貸してください」

「開始決定になれば、われわれ非常勤取締役の責任は免除されるんですか」

長岡はじっと宮野を見つめた。

宮野はやわらかく見返した。

「当然のことながら、債権者からの追及は大いに軽減すると思います。それにスポンサーを見つけていただければ、保全管理人としても、あるいは管財人としても、そのことを多としてそれなりに考えますよ」

「そうなると、われわれとしても張り切らざるを得ませんなぁ」

長岡が白井に相槌を求めた。

「筒井精一君に頼みたいが、いちどケチがついてるからなぁ」

白井は溜息まじりに言って、遠くへ眼を投げた。

筒井精一は西北流通グループの総帥で、白井や長岡とは昵懇《じっこん》の間柄である。

白井のほうへ怪訝そうな眼を向ける宮野に厚田が説明した。

「去年の七月でしたか、白井さんのサジェッションで小川社長が筒井君に支援を求めたことがあるんですよ。そのとき筒井君は担当部門にかなりつっこんだ調査をさせた上で、赤字の元凶であるサンライト製のカメラ輸出から手を引かなければ小川商会は立ち直れんぞと言ったらしいが、小川君はそれはできないとカメラ部門の切り捨てを拒否した。筒井君としては小川商会のスポーツ用品には食指が動いていたからまんざらでもなかったと思うが、協力するにはするなりの条件があるからねぇ。結局、断らざるを得なかったんじゃないですか。小川商会がこんなことになって、筒井君はさぞ複雑な心境だと思いますよ」

「お話はわかりましたが、いちどケチがついたから西北流通グループの支援が得られないということになるんでしょうか。むしろ、筒井さんが昨年七月の時点で指摘されたことは、実現しつつあるわけです。状況が変化してるんですから、その変化に対応することは可能なんじゃないでしょうか」

宮野は眼をひからせて話をつづけた。

「人員の削減も進んでますし、小川商会には労働組合もありません。西北流通グループプさんにスポンサーになってもらえれば再建も早まると思います。筒井さんにぜひ乗り出していただきたいですねぇ」

「ほかにスポンサーとして考えてるところはないの」

白井がセンターテーブルのティカップに手を伸ばしながら訊いた。

「いいえ。もちろん西北さんだけをあてにしているわけではありませんが、最も有力な候補と受けとめたいところですね」

「ただ……」と今西が宮野の話を補足した。

「スポンサー探しはスピードが要求されます。裁判所が開始決定の判断を下すためにも急がなければなりません。西北さんとの話を大急ぎで進めていただけませんか」

長岡と厚田の視線が白井に集まった。

白井は考える顔で、ミルクティを飲んでいたが、ティカップをセンターテーブルへ戻して、ゆっくりと一同を見回した。

「少し考えさせてもらおう。先生がたの意向はよくわかりました」

「よろしくお願いします」と宮野は低頭したが、今西は「なんとしても開始決定に持ち込みたいですね」とつぶやくように言った。

3

白井、長岡、厚田の三人は、一時間半ほどで帰ったが、その足で丸の内のTビルにある昭興石油の社長応接室に集合した。

長岡が「一服していきませんか」と二人を誘ったのである。三人とも宮野と今西の話を深刻に受けとめていた。とくに長岡は、西北流通グループの筒井精一をスポンサーとして引っ張り出せるものならそうしたいと考えぬでもなかったから、この機会に白井、厚田とのコンセンサスをとりつけておきたいと思ったのである。

昭興石油の社長応接室でコーヒーを飲みながらの話になった。

「白井さん、筒井君に大至急会ってくださいませんか」

「そうですな。白井さんに動いていただくのがいちばんいいでしょうね」

厚田が長岡の意見に賛成した。

「われわれ三人の意向として白井さんから筒井君に伝えていただければ、あとの根回しというか、保全管理人につなげることはわたしがやります。白井さんに頭を下げられたら筒井君も厭とは言えんでしょう」

白井がじろっとした眼を長岡にくれて、おもむろに話し始めた。

「長岡君と厚田君に頭を下げられても、筒井君は受けるよ。ただし問題はソロバンだ。事業だから、ソロバンを弾いて、見通しがあるということにならなければ筒井君は出て来ないよ」

「もちろんそのとおりです。ですから、筒井君にそのための調査をやってもらうということです」

長岡はがぶりとコーヒーを飲んで話をつづけた。

「一般に商社の再建は難しいと言われているが、小川商会の場合は、不採算部門を切り捨てることによって、再建は可能なんじゃないですか。ライル・アンド・スコットと理蝶をつなぎとめただけでもたいしたものですよ。あの宮野という弁護士、なかなか見どころがあるじゃないですか。穏やかそうでいて、めっぽう交渉力が強いですね。理蝶やライルの社長じゃないが、わたしも小川商会の再建に賭けてみたい気持ちですよ」

「それに、小川商会が破産になって、債権者から責任を追及されるなんて、みっともないことはご免こうむりたいからな」

白井がまぜっかえすように言ったが、厚田は真剣な眼差しを白井に向けながら、うなずいている。

「保全管理人におどかされたから言うわけではありませんが、非常勤であれ取締役の責任はやっぱりあるんでしょうな。責任を追及されるようなことは断じて避けたいですね」

長岡が真顔で言うと、白井は唇をへの字に曲げて返した。

「失うものがあるとすれば名誉だが、名誉を失うのは耐えられんな」

ややあってから、白井がいった。

「筒井精一君には三人一緒で会ったらどうかな。三人雁首そろえて頭を下げればそれこそ厭とは言えんだろう」

「けっこうですよ」

長岡が応じ、厚田は黙ってうなずいた。

「知らない仲じゃないから、わたしがアレンジしましょう」

「いや、それは俺がやる。今夜にでもさっそく電話を入れておくよ」

白井は、長岡を手で制してから言葉をつないだ。

「三人で会いたいと言えば、用件は察しがつくだろう。筒井君のことだから、すでに調査を始めてるかもしれないし、軽率なことは言えないが、なんとなく脈がありそうな気がするねぇ」

「そうだといいんですがねぇ」

長岡の表情にいくらかほっとした思いが出ている。

三日後の三月二十四日の午後、白井、長岡、厚田の三人は、池袋の西北流通グループの本部に筒井を訪ねた。

筒井は愛想よく三人を迎えた。

「わたしのほうからお伺いしなければいけませんのに、お呼び立てするようなことになってしまいまして、申し訳ありません」

「三人で頭を下げに来たのに、お呼び立てもくそもないよ」

白井が真顔で頭を下げると、長岡も厚田もそれにならった。

「すでにお察しでしょうが、小川商会の再建にお力添えいただけませんか」

長岡がソファに腰をおろすなり切り出した。

「日ごろお世話になっている大先輩のお三人に頭を下げられて悪い気はしませんよ」

筒井は眼に微笑をにじませている。

「いまこの場でOKというわけにもまいらんだろうが、検討してもらえるとありがたいんだが……」

「昨年の七月でしたか、小川さんがわたしを訪ねて来たことがあります……」

「その話は聞いてるし、小川君の対応の悪さは重々承知してるんだ」

白井は強引に話をつづけた。

「たしかにあのとき、きみの忠告に従ってれば、こんなみじめな結果にはならなかったに違いない。三日前に保全管理人の宮野弁護士に会ったときも言ったんだが、いちどケチのついた話はなかなか元へ戻すのが大変だ。しかし、西北に協力してもらわないと、小川商会は助からんのだよ」

「名門商社になんとかよみがえってもらいたいと思いますが、あのとき小川さんとお会いして、もう縁がないと思ってました」

筒井は相変らず静かに微笑を浮かべている。

「そんなつれないことを言いなさんな」

「ともかく検討するだけでもお願いしますよ」

白井と厚田がほとんど同時に発言した。

長岡がソファの位置をずらして筒井のほうへ躰を寄せて、訊いた。

「小川商会の保全管理人に任命された宮野弁護士を知ってますか」

「ええ、名前だけは」

「ライル&スコットのブランドを死守したそうですが、熱心ないい弁護士に当たりましたねぇ」

「ライル&スコットのことも聞いてます」

「さすが早耳ですねぇ」

長岡が呆れ顔で返した。

厚田もまばたきをしている。

「まだ新聞に出てないが、どこで取材したんですか」

「それはちょっと……」

筒井は言葉をにごした。N新聞の記者から聞いていたが、ニュースソースを特定するのは憚《はばか》られた。

「商社の更生は大変難しいと聞いてますが、白井さん、長岡さん、厚田さんからこうしてお話を聞いてますと、なんとかできることならしなければいけないという気持ちになります。不思議ですねぇ」

「恐れ入ります」

長岡が感じ入ったように返した。

白井の表情がほぐれ、厚田も眼もとをほころばせた。

「皆さんに免じて前向きに、真剣に検討させていただきます」

筒井の表情がぐっとひきしまった。

第七章　巨大外資の接近

1

三月二十一日午後三時半過ぎ、白井、長岡、厚田の三人が引き取った直後に、東京地裁民事八部部長の千葉判事から宮野に電話がかかった。

「さっそくですが、宮野先生はシアーズ・ローバックというアメリカの会社をご存じですか」

挨拶のあとで千葉が訊いた。

「はい。世界一の小売り業という程度ですが……」

「シアーズ・ローバックの子会社にシアーズ・ワールド・トレードという商社機能を持った会社があるそうですが、そこの法務部長をしているウィリアムズという人が昨日、裁判所を訪ねて来ました。用件は、小川商会の再建に協力したいということなんです」

宮野は、思いもかけぬ千葉の話に息を吞んだ。

「ウィリアムズという男に会ってみませんか。わたしは裁判所へ来る前に保全管理人の宮野先生と会うのが筋だと言っておきましたから、いずれ連絡があると思います」

「承知しました。しかし、驚きましたね。まさかシアーズが小川商会に関心を持っているとは思いませんでした」

「小川商会について、いろいろ研究してるような口ぶりでしたよ」

「ただ、まだご報告してませんが、西北流通グループとの話が進みそうなんです」

宮野は、受話器を右手から左手に持ち替えながら、かすかに眉をひそめた。

最前、白井たちに協力を求めたばかりで、まだどうなるか見当がつかない。話が進みそうだ、というのは明らかに言い過ぎである。希望的観測に過ぎないではないか――。しかし、白井たちが事態を深刻に受けとめ、真摯《しんし》に対応してくれれば、西北流通グループの協力を引き出すことは不可能ではないはずだ。

宮野は瞬時のうちに胸の中で自問自答し、多少咎めるものを感じながらも明るい声でつづけた。

「小川商会の非常勤役員をされていた白井太郎さん、長岡登志夫さん、厚田健一さんなど有力な財界人の口添えといいますか、斡旋も期待できそうなんです。わたしとしてはなんとか西北流通グループにスポンサーになってもらいたいと思ってるんですが……」

「そんな話があるんですか。それはけっこうです。しかし、スポンサーの候補は複数あってもよろしいでしょう」

「そうですね」

「ま、シアーズの話も聞いて、検討されたらどうですか」

「わかりました」

宮野は、断れる筋あいの話ではないので千葉判事の申し出を受けたが、相手が外資となると気持ちのうえでいまひとつ積極的になれなかった。

その日の夕刻、松尾・大杉法律事務所の大杉弁護士から宮野に電話がかかった。大杉は宮野より十年ほど後輩である。数年前、判事から弁護士に転じた。二人は旧知の間柄である。

秘書の山本佳子から、大杉からの電話が入っていると知らされたとき、宮野は直感的にシアーズの件ではないか、と思った。

「宮野先生の八面六臂《ろっぴ》のご活躍ぶりには感服してますが、小川商会のことで先生にお目にかかることになるとは思いませんでした」

大杉は、事前に千葉判事から宮野に連絡のあったことを承知しているのか、そんなふうに切り出した。

千葉は、電話で大杉のことは話さなかったが、大杉もウィリアムズに同行して東京地裁に千葉を訪問したとも考えられる。

「やっぱりシアーズのことですか。松尾先生がコロンビア大学の客員教授をされてると聞いていたので、松尾先生とシアーズの関係者がワシントンかニューヨークで接触するチャンスはあると思ったんです」

「おっしゃるとおりです。ニューヨークに滞在中の松尾をシアーズのヒルズ会長が訪ねて来たそうです」

ヒルズの名前は、宮野も聞いた記憶がある。たしか、証券取引委員会（ＳＥＣ）の委員長職を経験したことのある大物財界人で、弁護士の資格を持っている――。ヒルズ会長がじきじきに松尾弁護士に会ったとすれば、小川商会に対する関心の度合いは、なみなみならぬものがあるといわなければならない。

「千葉判事から聞いていただきましたか」

「ええ。二時間ほど前に電話をもらったばかりです。ウィリアムズという人が日本へ来てるそうですね」

「そうなんです。お忙しいこととは思いますが、時間をとっていただけませんか」

「いいですよ。千葉判事の紹介ですし、小川商会にとって悪い話ではなさそうですから」

「善は急げです。あしたはいかがでしょう」

「ちょっと待ってください……」

宮野は手帳をひろげてスケジュールを確認したが、二十二日はどうにもやりくりがつきそうもなかった。

「申し訳ありません。あしたは時間が取れそうもありません。あさって二十三日でしたら朝九時から一時間ほど取れますが……」

「けっこうです。それではあさっての朝九時に小川商会にお邪魔させていただきます」

「お待ちしてます」

電話が切れた。時計を見ると五時十五分過ぎである。宮野は五時半に来客の予定があったが、ブザーを押して秘書を呼んだ。

「今西先生と菊池先生は席にいますか」

「はい。たったいま外出先からお戻りになりました」

「ここへ呼んでください」

「かしこまりました」

山本佳子が退室して、ほどなく今西と菊池が保全管理人室へやって来た。

宮野は、パートナーの二人の弁護士には重要なことはすべて報告して意見を聞くようにしていたが、スポンサーの件は最重要なことだからシアーズの件を耳に入れておこうと思ったのである。

「たしかに悪い話ではありませんね。ワンノブゼムとして、検討したらいいんじゃないですか」

「しかし、外資のスポンサーに従業員が馴染みますかねぇ」

今西は懐疑的であったが、菊池は眼を輝かせている。

「結果的にどうあれ、シアーズに関心を持たれたことは朗報ですよ。西北流通グループを本命と考えていいんでしょうが、西北が乗ってくれるかどうか、いまの段階ではなんともいえないわけですから」

「シアーズはどこまで本気なんでしょうか。ちょっと打診してきた程度の話じゃないんですか」

「ヒルズ会長が直接、ニューヨークの松尾弁護士にアプローチして来たそうだから、相当意欲的と言えるんじゃないですか」

宮野は、今西に返してから、視線を菊池へ向けた。

「あさっての朝九時に大杉弁護士がウィリアムズというシアーズ・ワールド・トレードの法務部長を連れてここへ来ますから、菊池先生も一緒に話を聞きますか」

「九時ですか……」

菊池はワイシャツの胸のポケットから小型の手帳を取り出して、日程をたしかめてから答えた。

「いいですよ」

「今西先生はどうですか」

「わたしはあさっての朝事務所に顔を出さなければいけないので、失礼させてもらいます」

今西が素気ない返事をしたとき、ノックの音がして、山本佳子の顔がのぞいた。

宮野は手をあげて合図した。

「すぐ行きます」

「第一応接室にお通ししました」

「それじゃあ……」

宮野はもう中腰になっている。

2

二日後の二十三日の朝九時五分前に、大杉弁護士とウィリアムズが小川商会に宮野を訪ねて来た。

「おはようございます。シアーズ・ワールド・トレードのウィリアムズです。よろしくお願いします」

流暢とは言いかねるが、ウィリアムズは日本語で挨拶した。

ウィリアムズが出した名刺の肩書にはバイスプレジデント（副社長）とゼネラル・カウンセル（法務部長）とある。身長は百七十センチ前後で、アメリカ人にしては小柄なほうだ。年齢は三十七、八歳というところだろうか。

名刺を交換して、ソファに腰をおろしてから宮野が言った。

「ウィリアムズさんは日本語がお上手ですね」

「少しです」

ウィリアムズはにこやかに返した。

「この人は大の日本びいきなんですよ。奥さんが大和撫子だからでしょうね」

大杉の説明をウィリアムズは、眼を細めて聞いている。

大杉が改まった口調で切り出した。

「さて、時間が勿体《もったい》ないので本題に入りますが、シアーズは小川商会の倒産直後に、相当大がかりなプロジェクトチームを編成して、小川商会について情報蒐集、調査を開始したということです」

ウィリアムズが英語で、大杉になにかささやいている。

大杉がうなずいて、宮野をまっすぐとらえた。

「シアーズ・ワールド・トレードについて、若干説明させてもらいたいと言ってますので、聞いてやってください」

ウィリアムズは、英語でしゃべり始めた。

「九十年の歴史を有するシアーズ・ローバックは全世界に三万社の取り引き先を持つ世界一の小売り業で、年間売り上げ高は六十兆円に及びます。日本の国家予算に匹敵する規模だと思いますが、海外事業を積極的に展開するため、一九八一年にシアーズ・ワールド・トレードを設立しました。シアーズ・ローバックの本部はシカゴにありますが、シアーズ・ワールド・トレードはワシントンに本部を置いています。シアーズ・ワールド・トレードは日本の商社と同じような機能をもち、優秀な日本人のスタッフも抱えています」

格別つまらなそうに聞いてるつもりはなかったが、大杉の眼にはそう映ったとみえる。

「宮野先生は、この程度のことはご存じでしょう」

大杉はウィリアムズがなおも話しつづけるのをさえぎるように訊いた。

「そんなことはありません」

宮野はあわててかぶりを振った。もちろん先刻承知だが、そうは言えない。

ウィリアムズはきまじめな顔で、ヒルズ会長の経歴などを話している。

宮野はヒアリングには自信があるので、通訳を待たなくても聞き取れるが、大杉の通訳にも耳を傾けた。

「千葉判事は、われわれの面会の申し入れを承諾してくれ、しかも、シアーズが小川商会の再建に協力することについても、好意的な感触を得ています。保全管理人に会うようにアドバイスがあったので、われわれはこうして訪ねて来たのです」

やっと本題に入った。

しかし、千葉判事が好意的であった、というのはウィリアムズの早とちりのように思える。理解を示した程度ではあるまいか——。

「小川商会に関心を示していただいたことは大変ありがたいのですが、その動機はなんですか」

菊池が直截な質問を発した。

「小川商会のことはシカゴに現地法人の〝シカゴ小川〟が存在してたので、よく知っています。カメラの輸出で失敗したが、シアーズと同じように九十年の歴史をもつ名門商社であり、有能な社員も大勢いると聞いています。スポーツ用品部をはじめ採算部門も多いので、会社更生法の適用によって再建できる可能性は大きいとわれわれは判断しています。一方、シアーズは、日本のマーケットの成長性にかねがね注目してきたが、日本上陸の拠点を持ちたいと考えていたわけです。シアーズと小川商会の再建について利害を一致させることは可能であり、相互補完作用も働くと思います」

ウィリアムズは、大杉が通訳している間、ミルクティを飲んでいたが、一段落するとティカップをセンターテーブルに戻して、熱っぽくつづけた。

「われわれは過去三週間の間に、あらゆる角度から、小川商会との提携について研究したが、その結果、この成功にいよいよ確信を深めるに至りました。日本の会社更生法がどのようなものであるかについても熟知しているつもりです。近日中にヒルズ会長も来日しますが、会長も小川商会をシアーズの一員として育成、強化したいと念願しており、そのためにシアーズは相当な投資をするつもりです」

ウィリアムズは、大杉の通訳に耳を澄ましていたが、満足そうにひとうなずきしてから、居ずまいを正した。

「ところでミスター宮野は、われわれが本日小川商会を訪問したことについてどうお考えですか。どう評価しているのか、お訊きしたい」

宮野は数秒ほど思案顔になったが、組んでいた腕をほどいて、ウィリアムズを見つめた。

「小川商会に関心を示していただいて感謝しています。当方から協力をお願いしているところもありますし、小川商会に関心を示している企業もあるようですが、積極的にアプローチしてきたところはシアーズが初めてです」

「商社の再建は不可能とみる向きもあると聞いてるが、小川商会の再建に協力する有力企業が日本にはないんじゃありませんか」

菊池がむっとした顔をウィリアムズに向けた。

「そんなことはありません。小川商会は、総合商社だった安宅産業とは違います。複数の有力企業が関心を示してますよ」

宮野は思わず下を見て、無理に表情をひきしめた。

「さしつかえなければ、有力企業の名前を教えていただきたい」

「それは言えません。宮野先生が言われたとおり裁判所の監督が厳しく、裁判所の許可がなければオープンにできないし、交渉中の話を出せるわけがないじゃないですか」

「ですから、シアーズからアプローチを受けたということも、われわれは秘匿しなければならないんです」

宮野が微笑を浮かべて、菊池に加勢した。

「資料の開示はしてもらえますか」

「まだ調査中で、開示できる段階ではありません」

宮野はミルクティをひと口すすって話をつづけた。

「しかし、相互信頼関係が強まり、シアーズに小川商会の再建で協力をお願いすることになれば、当然開示することになります。公認会計士を含めて保全管理人団は目下鋭意、調査を進めてますが、四月上旬まで時間がかかると思います」

「秘密性の強いものまで、いま直ちに開示してほしいとは言わないが、いまの段階で開示できる資料はありませんか」

「ありません。裁判所にさえ提出できない状態なんですから」

ウィリアムズは顔をしかめて、お手あげだと言わんばかりに、大杉に両手をひろげて見せている。

宮野たち保全管理人団がシアーズのアプローチに対して飛びついてくるとでも思っていたのかもしれないが、その冷静な対応ぶりにウィリアムズはいささか拍子抜けしたようであった。

3

数日後、宮野は大日銀行の青山副頭取と都心のホテルで面会した。大日銀行の秘書室から小川商会に宮野のアポイントメントを求めてきたのである。

青山も宮野も、新聞、テレビで顔を知られているので、どちらが訪問するにしてもマスコミに嗅ぎつけられる恐れがあったため、大日銀行側でホテルの特別室を用意したわけだ。

約束の午後二時に、宮野がホテルの特別室に出向くと、青山はすでに先に来て待っていた。取締役企業情報部長の金子が同席したが、初対面の挨拶をし、名刺を交換しただけで、一切発言しなかった。宮野は、青山とも初対面である。

大日銀行は、西北流通グループのメイン・バンクだから、おそらく西北流通グループがらみの話ではないか、と見当をつけて来たのだが、青山の口をついて出た企業名はシアーズであった。

「実は、愛忠商事がシアーズと取引き関係にありますが、いろいろな問題がありおもてに出るわけにはいかんのです。それで、われわれの銀行に協力を求めてきたという次第です」

愛忠商事は、わが国有数の総合商社だが大日銀行系の中核企業でもある。

「わたしはシアーズ・ワールド・トレードのヒルズからも直接協力を求められました。少々強引だが、仕事に熱心な男なんですよ」

「松尾・大杉法律事務所のことはご存じですか」

「存じてます。ルートが二つになるのはどんなものかと思ったのですが、それだけヒルズは小川商会さんにご執心なんです」

「シアーズが強い関心を示してくれたことには感謝してますが、外資という点にちょっとひっかかるんです。外資に支配されるとなると、従業員が必要以上に反発するのではないか。従業員にとって不幸なことにならないか――。考え過ぎかもしれませんが……」

「開放経済の世の中で、昔ほど外資を意識することもなくなってるように思いますよ。とくに商社マンは国際感覚を身につけてますからねぇ」

青山は柔和な顔にふさわしく、ゆったりした口調で話す。

「わが大日銀行としても、できる範囲で協力させてもらいたいと思ってます」

「ありがとうございます。ほかにも話がありますので、ベストの選択をするよう慎重に検討したいと思ってます」

宮野は、西北流通グループの名前を出したら、青山はどんな顔をするだろうか、と思ったが、もちろん出すわけにはいかない。

「宮野先生はライル・アンド・スコットとの難交渉をよくおまとめになりましたね。感服しました」

「いや、ついてたんです」

「そんなことはありません。先生の渉外力が優れてるんです。あの新聞記事を読んだとき、これで小川商会は立ち直れるんじゃないかと思いました。いかがです。先生もその点は自信がおありなんでしょう」

青山に微笑みかけられて、宮野はくすぐったそうな顔をした。

「最大の問題は有力で良質なスポンサーに恵まれるかどうかです」

「シアーズは有力で良質なスポンサーたり得ませんか」

「さあ、どうでしょうか」

「これは私見ですが、経営は日本人にまかせるということも考えられます。たとえば愛忠商事出身の人物に経営をやらせるというようなことですねぇ」

「ただ、どうでしょうか、とかくシカゴやワシントンＤＣのほうばかり向いて仕事をするということになりがちで、従業員の気持ちをつかんでくれない。外資企業のそうした点は、わたしも見てますが……」

「多少のことはあるかもしれませんが、そうナーバスにならなくても……。先生は、シアーズにネガティブのようですね」

「少しアクセントをつけた言いかたになっているかもしれません。しかし、シアーズが有力な候補であることは間違いないと思います」

　リップサービスが過ぎるかな、と宮野は思わないでもなかったが、青山もそう取ったのか皮肉っぽく笑った。

4

その夜、十時過ぎに宮野を乗せたシルバーグレーのベンツが首都高速道路の四号線を霞が関から新宿方面へ向かっているとき、自動車電話が鳴った。

宮野が受話器を取ると、妻の志保子の声が聞こえた。

「どうしたの」

「N新聞の記者さんがもう一時間も待ってますよ」

宮野はどきっとした。ホテルで青山と会ったが、注意して別々に出たのに――。それとも西北流通グループのことをキャッチしたのだろうか。

「外は寒いから、家にあげてよろしいですか」

「寒いって、車の中で待ってるんじゃないのかい」

「それが困るんです。ヒーターをつけてるためエンジンの音がうるさくて、ご近所に迷惑じゃないかと気が気ではないわ」

「なるほど、待ってるのはN新聞だけ」

「ええ」

「わかった。もう二十分ほどで帰れると思うが、応接間で待ってもらいなさい」

宮野は受話器を戻し、シートに背を凭《もた》せて考える顔になった。

シアーズか、西北流通グループか、それともその両方かわからぬが、なにかをつかんでるとしたら、油断もすきもない大変な敏腕記者といえる。どっちにしても、いま書かれたらまとまる話もこわれてしまう。なんとしてもおさえなければならない――。

宮野は、上体を起こした。電話に伸びた手が受話器をつかんだが、そのまま手を離した。

ウィスキーの水割りぐらい出すように、志保子に指示しようかと考えたのだが、それもわざとらしいと思い直したのである。

宮野に夜討ちをかけたのは、N新聞の関本記者だった。三十前の若い記者だが、ねばっこくくらいついてくる。

関本は、ブランデーのお湯割りを飲んでいた。

以心伝心ではないが、志保子のやつ、やるなと宮野はにやりとした。

「三月下旬だっていうのに、やけに冷えますねぇ。奥さんになにがいいかと訊かれたので、厚かましくこれを所望しました」

関本は、グラスを目の高さにあげた。

「わたしも、それをいただこうかな」

宮野は、ソファに腰をおろした。背広をカーディガンに着替えたが、ネクタイはつけたままだ。

「ところで、今夜はなんですか。夜討ちをかけられるような憶《おぼ》えはないんですけどねぇ」

「そろそろ、スポンサーの話が出てもいいころじゃないですか」

宮野は、きたな、と思った。

関本に食い入るように見つめられたが、宮野は表情を変えなかった。

「関本さんに会ったのはいつでしたかねぇ。たしかまだ一週間も経ってないんじゃないかな」

「…………」

「あのとき、あなたは会社更生法の適用に懐疑的だと言いませんでしたか。有力なスポンサーがつくとは思えないとも言いましたね」

宮野はにやにやしながらブランデーを口に含んだ。関本はしれっとした顔で返した。

「たしかにそう言いました。しかし、あのときとは時点がズレてるし、情勢も変化してますからね」

関本はグラスを手の中でもてあそびながらつづけた。

「ライル・アンド・スコットと理蝶のことを書かしてもらいましたが、ライルに限らず有名ブランドを手放さなくて済んだために小川商会の株が上がったんじゃないですか。というより宮野保全管理人の株が上がったんですかね」

「そんなお世辞を言っても、駄目ですよ」

「いや、あのあと理蝶からも取材したんですが、ほんとの話宮野さんを見直しました。もちろん、まだ小川商会の再建を百パーセント信じてるわけじゃないし、半信半疑ですけど、小川商会に対するわたしの見方がかなり変わったことはたしかです」

「………………」

「スポンサーの話、聞かせてくださいよ」

「有力で良質なスポンサーがあったら、ぜひ紹介してもらいたいなぁ」

「西北流通グループの筒井さんには会いましたか」

関本は、ずかっと核心に触れた。

「会ってません。いや、会ってくれないんじゃないかな。去年の夏、小川社長が筒井さんに協力を求めて断られたことがあるんですよ。覆水盆に返らず、って言うじゃないですか」

「そうかなぁ。赤字の元凶だったカメラ部門から撤退して、身軽になれば、考えも変わるんじゃないですか。ライルにしてもフット・ボーイにしても、トム・ホーガンにしても、高級ブランドはやっぱり魅力がありますよ。いま、ウチが西北流通グループを小川商会のスポンサーの有力候補として書いたらどうなりますかねぇ」

「恥を掻くだけでしょう。世紀の大誤報になるわけですからね」

関本がグラスをセンターテーブルに戻した。

「ウチの大阪の担当記者が、サンバードが食指を動かしてるんじゃないかって言ってるんですけどねぇ」

関本は掬《すく》いあげるように宮野をとらえた。

サンバードは、日本一の洋酒メーカーである。ビール部門も黒字に転じたが、焼酎ブームで、主力のウィスキー部門がふるわないため、経営の多角化に積極的で、スポーツ用品部門への進出にも意欲的だと宮野は新聞で読んだ記憶があった。

「それは初耳です。しかし、それが事実だとしたら悪い話じゃないですね」

「サンバードと小川商会の組み合わせでは、あんまりぴんと来ませんねぇ。それなら、四国の大将のほうが説得力がありますよ」

「造船王の坪川さんのことですか」

「ええ。あの人は毀誉《きよ》褒貶《ほうへん》いろいろありますけど、企業の再建については赫々《かっかく》たる実績がありますからね」

「たしかに思い切った合理化を断行する人だから、裁判所の評価は高いけれど、ヘタをすると有能な人材が皆んな辞めちゃうんじゃないですか」

「そんなことはないでしょう。世間から誤解されてる面が多いが、会ってみると、魅力的な人ですよ。いちど紹介しましょうか」

「ありがとう。しかし、商社とメーカーは違いますからねぇ。合理化のきく労働集約型産業の造船会社を再建するようなわけにはいかないでしょう」

「そうなると、やっぱり西北流通グループしかないですかねぇ」

関本は、西北流通グループに固執してるようだ。

しかし、きょうのところは自信があるわけではなく、さぐりを入れに来たに過ぎないようだ、と宮野は思った。

「関本さん、スポンサーの話は最後まで話せません。新聞にスクープされたら、それでまとまる話もこわれてしまうことになりかねないわけですからね。もちろん、目下のところは白紙ですが、たとえ話が進んで来たとしてもこればかりは勘弁してもらうしかありません」

宮野に真顔で言われて、関本は下唇を突き出して渋面をつくった。

「うーん。仕方がないかなぁ」

「そう。仕方がありません。あきらめてください。小川商会が更生できるかどうかの瀬戸際なんですから」

「でも、よそに抜かれたら、こっちはクビですよ」

「少なくとも、わたしから洩らすことはないし、裁判所からも厳重に箝口令《かんこうれい》が敷かれてますから、そういうことにはならないと思いますよ」

「でも、保全管理人に対するマークは段々きつくなると思うなぁ。各社とも抜けるものなら抜きたいと思ってるはずですからね」

「夜討ち朝駆けですか。そんな無駄なことはやめようって、ほかの記者諸君に言ってくださいよ」

宮野は冗談めかして言ったが、それは本音であった。

あくる朝、宮野が関本記者の夜討ちの話をすると、菊池はわが意を得たりという顔をした。

「シアーズのウィリアムズに、複数の企業からアプローチがあると言ったことが事実になりましたね。瓢箪から駒ですか」

「サンバードのことをあてにしてるみたいな口ぶりですね」

「どっちにしても、スポンサーの候補が多ければ多いほど安心なわけだから、小川商会にとってハッピーですよ」

シアーズが強く攻勢に出たのは四月に入ってからだった。

5

松尾・大杉法律事務所の大杉弁護士は四月十日の午後四時過ぎに東京地方裁判所に石井判事を訪問した。

石井判事は、四月一日付で東京地裁民事八部の部長に着任したばかりである。前任者の千葉判事は転任した。

大杉は、東京地裁十三階民事八部の書記官室で、石井と会った。右陪席の海野判事と左陪席の藤原判事も同席し、四人が四方からセンターテーブルを囲んだ。

「さっそくですが……」と、大杉が切り出した。

「シアーズ・ワールド・トレードのヒルズ会長が十一日に来日しますが、その折、石井裁判長にお目にかかりたいと申しております。ご都合いかがでしょうか」

石井は、メタルフレームの眼鏡に手をやりながら、左手の海野にちらっと眼をやった。

石井は、シアーズが小川商会の再建に関心を示していることは海野から聞いていたが、表情にとまどいがみられるのは、どう対応していいか判断しかねたからだ。

大杉は向かい側の石井をまっすぐとらえて、返事を待ったが、しびれを切らして言った。

「法務部長のウィリアムズが先日、千葉裁判長にお会いしたものですから、ヒルズとしてもご挨拶したいということだと思うんです」

「保全管理人の宮野先生とは話し合われましたか」

「はい。先月二十三日にお会いしました。ウィリアムズから小川商会に関する情報の開示をお願いしたのですが、まだ調査中で、そういう段階ではないということでした。しかし、宮野先生はシアーズの積極的なアプローチに対して一定の評価をされたように思います」

「シアーズの会長さんにお会いするのはけっこうですが、保全管理人を差し置いて、裁判所が会うのもなんですねぇ。ま、異例のことですが、宮野先生に立ち会っていただけるんでしたら、お会いするということでいかがでしょう」

「承知しました。宮野先生のご都合をお聞きしますが、十二日の午後の時間を取っていただけますか」

石井は、海野のほうへ身を寄せて小声で打ち合わせてから答えた。

「それでは午後五時ということでいかがでしょう。もちろん宮野先生のご都合がよければの話ですが……」

「さっそく宮野先生と連絡をとります」

大杉は、石井たちと別れて、東京地裁の一階の赤電話から小川商会へ電話をかけた。

宮野は不在だったので、秘書に言伝を頼んだ。

宮野は、夕刻六時に外出先から小川商会に戻って、秘書の山本佳子から、大杉からの連絡を聞いた。

手帳をみると十二日の夕刻は、公認会計士の田代から中間報告をうけるための約束があった。これも急ぐ用事である。

しかし、石井判事とヒルズ会長のアポイントメントが取れているとすれば、やりくりしてそれに合わせるべきだろうと思い、東都監査法人に電話を入れた。

田代は在席していた。

「例のシアーズの会長が来日するらしいんですが、石井判事とわたしに面会を求めてきました。それが先生から報告をうけることになっている十二日の夕刻を指定してきたんです。断りましょうか」

「いや、そちらを優先してください。わたしのほうは、あさってでなければいかんということはありませんから」

「それでは十三日の午後六時はいかがでしょう」

宮野が手帳を見ながら都合を訊くと、田代はスケジュールを確認しているらしく、五秒ほど待たされたが、「けっこうです」という答えが返ってきた。

「シアーズは莫迦に積極的ですねぇ。宮野先生、うれしい悲鳴をあげてるんじゃありませんか。西北流通グループもうかうかできませんね」

「ありがたいことですよ。しかし外資というのはどうもぴんときません」

「しかし、西北流通グループも、もうひとつ煮え切らないような気がしますねぇ」

「遠からず色よい返事がもらえるんじゃないかと期待しているんですが……」

宮野は、田代との電話が切れたあと、すぐに松尾・大杉法律事務所のダイヤルを回した。

大杉が直接電話口に出てきた。

「宮野です。お電話をいただきまして」

「先日は失礼しました。どうも、勝手ばかり申しまして恐縮です。石井裁判長に、保全管理人の宮野先生を差し置いて、シアーズの会長に会うことはできないと叱られました。宮野先生のご都合をお聞きするのが先ですのに、あと先が逆になりまして、ほんとうに申し訳ございません」

「…………」

「それで、十二日の午後五時はご都合いかがでしょう」

「けっこうです。お受けします」

「それでは地裁の民事八部でお待ちします」

「その前にヒルズ会長を紹介していただきましょうか。五時十分前に裁判所一階の弁護士控室でお会いしましょう」

「わかりました。よろしくお願いします」

宮野は、シアーズ・ワールド・トレードの会長がこのためにわざわざ来日するとは、なみなみならぬ執心だと思いながら、受話器を戻した。

6

ノックの音が聞こえ、山本佳子が保全管理人室へ入って来た。

「先生、そろそろお出かけの時間ですが……」

「もう四時二十分過ぎか」

宮野は、書類から腕時計に眼を移して、ひとりごちてから、顔をあげた。

「車を玄関へ回してください」

「それが、玄関の前で新聞記者のかたが三、四人うろうろしてます。四時前に、先生に面会したいと言ってきましたので、すぐに外出しますからきょうは時間がありませんとお断りしたのですが……」

「まずいな」

宮野は顔をしかめた。

敵は玄関で俺をつかまえて、スポンサーのことや更生開始の見通しなどについて取材したい魂胆だろうが、いま話せることはなにもない――。

玄関で記者連中を振り切っても、車で後をつけられたら、裁判所でシアーズのヒルズ会長に会うことを知られてしまう。

宮野は背広の袖に腕を通しながら、「困ったなあ」とつぶやいた。

「先生、倉庫の前にお車お回しするようにしますから、中二階から倉庫へお出になってください」

「なるほど。その手があったねぇ」

宮野はうれしそうに白い歯を見せた。小川商会の本社ビルは、中二階で倉庫と廊下でつながっている。いいことに気付いてくれた、と宮野は思った。

宮野は、山本佳子の案内でエレベーターを中二階で降り、倉庫を通って、外へ出た。

待機しているシルバーグレーのベンツに宮野が乗車するとき、佳子がいたずらっぽく笑った。

「記者連中を撒《ま》くなんて、いい気分だね」

宮野はウインドーをあけてそう言ったが、実際、してやったりといった気分である。

しかし、走り出した車の中で、宮野はちょっと気になった。

新聞記者たちはいつまで玄関で待っているつもりだろうか。山本佳子のことだから、気を利かせて、俺が外出したことを告げるだろうが、真《ま》に受けない記者がいるかもしれない。

宮野は自動車電話で、小川商会に電話を入れ、守衛を呼び出した。

「宮野です。記者さんたちはまだいるの」

「ええ。いま秘書のかたが見えて、先生が外出したことをお知らせしたんですが、皆さん疑ってるようです」

「そう。誰でもいいから、記者のかたに代ってください。僕から説明します」

「少々お待ちください」

声が変った。

「N新聞の関本です」

「宮野です。野暮用で外出することになりました。きょうはプライベートな用事で、帰りが遅くなります。あしからず」

「ちょっと待ってください。いま、どちらですか」

「自動車の中です」

「ほんとうですか」

「自動車の騒音が聞こえませんか」

「そういえば聞こえますねぇ」

「まだ、あなたがたにお話しできることはありません。当分、そっとしておいてもらえるとありがたいんですがねぇ」

「…………」

「それじゃあ」

宮野は電話を切った。

7

東京地裁一階の弁護士控室に宮野が駆け込んだのは約束の四時五十分に二分ほど過ぎていた。

大杉はドアのほうを気にしていたとみえ、すぐに近づいて来た。

「やあ、ちょっと遅刻しちゃって、失礼しました」

「ご足労おかけして申し訳ありません」

大杉は宮野を奥の部屋に案内した。ウィリアムズがソファから立って、宮野を迎えた。

「ハウ・アー・ユー」

「アイム・ファイン、サンキュウ」

宮野は、ウィリアムズと握手を交わしたあと、大杉の紹介で、ヒルズ会長と名刺を交換した。

デリック・M・ヒルズは雲をつくような大男である。赭《あか》ら顔で精力的な印象を与える。

秘書とおぼしき金髪の中年女性が背後に控えていたが、目礼を交わしただけで、大杉から紹介はなかった。

「ミスター宮野に会えてうれしく思ってます」

「わたしのほうこそヒルズ会長にお会いできて光栄です」

時間がなかったので、挨拶しただけで五人は民事八部へ上っていった。

書記官室で、今度は宮野がヒルズとウィリアムズを石井判事に引き合わせた。

大杉の通訳で話し合いに入ったが、もっぱらヒルズがひとりでしゃべり、裁判所側は聞きおくという態度に終始した。

ヒルズは、シアーズ・ローバックの歴史的背景、シアーズ・ワールド・トレード設立の経緯、これまでに買収した企業のこと、自身の経営理念などについて、ひとくさりぶったあとで、シアーズが何故、小川商会に着目したかを思い入れたっぷりに話して聞かせた。

「倒産した商社を再建することはすこぶる難しいが、一世紀近い歴史を誇る小川商会をこのままつぶしてしまうのはしのびないと思います。われわれが力を貸せば、再建は可能です。われわれは日本にシアーズの拠点づくりをするために、二百四十もの提携企業の候補をリストアップし、検討を加えましたが、その中から小川商会をピックアップしました。われわれはベストの選択をしたと確信してます」

ヒルズは機関銃のようにまくしたてる。

宮野は、大杉の通訳を待たずに、ヒルズの言わんとしていることを理解したが、下を向いてそっと苦笑を洩らした。

ヒルズは相当な自信家と思えるが「ベストの選択」をしたかどうかは、小川商会がシアーズを選択するかどうかにかかっていることで、一方的には決められないはずなのだ。

大杉がヒルズの話を薄めて通訳しているのは賢明だが、それでも石井判事は呆気《あっけ》にとられている。

「訪日する直前、ホールドリッチ商務長官と会見して意見を交換したが、商務長官はシアーズのビヘイビアを高く買ってくれました。アメリカの企業が日本の企業を助けるのは素晴らしいことだと称賛してもらえたので、われわれは一層勇気づけられた次第です」

ヒルズは、大杉の通訳が終り切らないうちにまた話し始める。

「最近、わたしは通産省高官の意見も聞きましたが、通産省もわれわれの行動を歓迎してくれました。これは新しい形の日米企業の提携の在り方を示すものだと考えます」

ヒルズに話させておくと時間がいくらあっても足りないと思ったのか、次の予定が迫っていたのかわからないが、石井が大杉の顔を見ながら言った。

「ヒルズ会長のお話はわかりましたが、保全管理人の宮野先生とよく話し合ってください。宮野先生にもお考えがあろうかと思いますし、裁判所としては現段階ではコメントをさし控えさせていただきます」

「ごもっともです。失礼の段おゆるしください」

大杉は、まだなにか話したがっているヒルズを制して、石井に向かって一揖した。

ヒルズは、大杉の説明になにやら納得しかねている様子だったが、石井が腰をあげたので、しぶしぶ退席した。

ヒルズにしてみれば、俺ほどの男が訪ねて来たのに、しかも小川商会に救いの手を差し延べようとしているにしては、裁判所の対応はひややか過ぎると言いたかったのかもしれない。

五人は民事八部から一階の弁護士控室に戻った。そして、大杉を通訳に一時間ほどヒルズと宮野で話し合った。

「われわれは、いろいろな角度から研究しましたが、商社の再建は大変困難です。再建できたとしても時間がかかるし、犠牲も大きいのではありませんか。われわれが考えている小川商会再建の方策は日本に別会社をつくり、小川商会は清算会社にして、小川商会の商権、債権、債務の一切を別会社に移し、純資産プラス・アルファをキャッシュでシアーズが買い取る方法です」

どうだ、これなら文句はあるまい、と言いたげに、ヒルズは鼻をうごめかした。

宮野は反論した。

「更生会社は手形も発行できないなど困難な点はあるが、最初からそんなドラスティックなやり方は日本では通用しないと思います。商社の物理的な資産などたかが知れており、むしろ商社の場合は有能な人材こそが資産なんです。社員が別会社への移籍を拒否しないとも限りませんよ」

ヒルズは、大杉が通訳している間、終始微笑を浮かべて耳を傾けている。

「どうして社員が移籍を拒否するのか理解しかねるが、そういうことならわれわれは誠意をもって説得もしようし、有能な社員はそれなりに遇すればよろしいのではありませんか。それに、経営は日本人にまかせてもいいと思います」

ヒルズはにこやかに話をつづけた。

「日本の諺《ことわざ》に〝郷に入ったら郷に従え〟とありますからね」

宮野は、大杉の通訳を待たずに言い返した。

「先日、ある銀行の副頭取と話したときにも言ったことですが、とかく日本人の経営者がシカゴやワシントンＤＣのほうばかり向いて仕事をするということになりがちで、従業員の気持ちを理解しようとしません。そうなると従業員は不幸になりますよ」

「従業員の気持ちを理解しないような者を経営者にするつもりはありません。もちろんシアーズの基本方針はきちっと踏まえてもらいますが、有能な日本人経営者はたくさんいるから心配はないと思います」

「英語が堪能な一部の社員はハッピーかもしれませんが、大多数の社員はアン・ハッピーだということでは困ります。別会社方式は、総合商社ならいざ知らず、小川商会のような専門商社では大変リスキィだと思います」

宮野は、ヒルズがなにか言おうとするのをさえぎるように、つづけた。

「シアーズが日本で別会社をつくったとしても、日本ではシアーズの知名度はさほど高くはないから、今後の商売がスムーズにいかないことも考えられますよ」

ヒルズの表情がこわばったが、すぐに微笑が戻った。

「シアーズは全世界に三万軒の企業と取り引き関係をもっています。日本に世界一の小売り業であるシアーズの名前を知らない者がいるとは思えませんが」

「東京や大阪などの大都市では、知られているかもしれませんが、北海道や九州の田舎ではどうでしょうかね。小川商会のほうがはるかに知名度は高いと思いますよ」

「それは小川商会が会社更生法を申請して、事実上、倒産したからではないんですか」

ヒルズは皮肉っぽく返して、宮野と大杉にこもごも眼をやりながら、つづけた。

「ミスター宮野はネガティブなことばかり言いますが、シアーズに含むところでもあるんですか」

宮野は手を振って、ヒルズに笑いかけた。

「そんなものはありませんよ。ただ、再建の方法が日本とアメリカでは違うような気がしますねぇ。更生途上の企業に対して裁判所の監督がいかに厳しいか、その点で認識にギャップはないでしょうか。わたしどもは目下のところは別会社方式は考えておりません。名門の小川商会の名前をそのまま残したかたちで、よみがえらせたいと念じてます」

ヒルズは、ウィリアムズのほうにちらっと眼を走らせた。

「法務部長の話ではシアーズ以外に小川商会にアプローチしてきている企業があるらしいが、それは事実ですか」

「事実です」

「にわかには信じられませんが……」

「ご心配なく。まだ公表できないのが残念ですが、有力企業との話がすすんでます」

「アメリカの政府も、日本の政府もシアーズが小川商会をバックアップすることを願ってるということを忘れないでください」

「せっかくのお話ですから、慎重に検討させていただきます」

「シアーズと提携することは小川商会のためになると思います。再建の方法論については、これから詰めるとして、ぜひとも前向きに考えてもらいたいですね」

「繰り返しますが、別会社方式は日本ではなじまないと思いますよ」

「同感です。その点は宮野先生のおっしゃるとおりだと思います」

大杉が初めて自分の意見を述べた。そして通訳の中でも、自分も宮野弁護士の意見に与《くみ》する旨をつけ加えた。

8

ヒルズたちと別れ、青山の法律事務所で七時から今西、菊池と打ち合わせをして、その夜、宮野が帰宅したのは十時近かった。

このところ新聞記者につきまとわれることが多いが、この夜は社旗を立てたハイヤーの影はなく、宮野をほっとさせた。

宮野は食事の前に、昭興石油社長の長岡の自宅に電話をかけた。長岡はまだ帰宅していなかったが、十分経つか経たないかのうちに折り返し電話をかけてきた。帰宅途中の自動車の中かららしい。自動車のエンジン音が聞こえる。

「電話をいただいたそうですが……」

「さっそく恐縮です。実は、きょうの夕方、シアーズのヒルズ会長と東京地裁で会いました。シアーズが小川商会に食指を動かしてることは以前お話ししましたが、ヒルズの話では、通産省がシアーズと小川商会の提携を歓迎しているということなんです。おそらくヒルズは事務次官か産業政策局長か高官と会ったのではないかと思いますが、事実関係だけでも把握しておきたいと思いまして」

「なるほど。すぐ調べてみましょう。シアーズはいやに熱心ですねぇ」

「ええ。会長自ら乗り込んで来るとは思いませんでした。わたしとしては、外資は気がすすまないのですが、西北さんに振られたら否も応もありませんので、今のところ、話は打ち切らずにつないでます」

「筒井君からなにか言ってきませんか」

「筒井さんの部下のかたとは度々接触してますが、筒井さんにはまだお目にかかってません」

「いま外国へ行ってるのかなぁ。なるべく早く宮野先生にお会いするように言っておきますよ」

「よろしくお願いします」

「わたしの直感だが、筒井君は小川商会の再建に乗り出してくれると思うんですがねえ」

「そうだとよろしいんですが……」

「わたしは二度ならず三度も筒井君に、小川商会への支援方を頼んでるんだが……。ま、遠からず色よい返事をもらえるでしょう」

白井、長岡、厚田の旧非常勤取締役の中では、長岡の行動力はきわだっていた。

宮野が西北流通グループをスポンサーに見たてて、白井、長岡、厚田の三人に仲介を要請したのは三月二十一日だから、もう三週間も経っているのに、同グループの総帥である筒井精一と宮野はまだ直接会っていなかった。そのことは気になっている。

もっとも、筒井が最高のブレーン・スタッフを小川商会へ差し向けて来ているところをみると、脈がないとは言えないし、長岡の直感ではないけれど、宮野もその確率は高いような気がしないでもない。しかし、はっきり言質《げんち》を取ったわけではないから、不安がないと言えば嘘になる。

シアーズについては、西北流通グループが受けてくれなかったときのことを考えると、つなぎとめておかなければならない。それにしては、ヒルズに対する対応は少しつれなかったかもしれないな、と宮野は思った。

あくる日の午後一番で、長岡から宮野に電話が入った。長岡がその昔、通産省の官房長として辣腕をふるったことは、いまだに語りぐさになっている。通産省に顔が利くのはそのためだが、さすがに打てば響くような素早い反応が返ってくる。

「通産省の高官が最近シアーズ・ワールド・トレードのヒルズ会長に会った事実はありませんよ。ヒルズは最近と言ってましたか」

「ええ。たしかにそう言ってました。おかしいですねぇ」

「ただ、去年の秋にヒルズが来日した折に審議官を訪ねて来たそうです」

「去年の秋ですか」

「まだ小川商会の倒産騒ぎは起きてないから、小川商会の話が出るわけはないが、シアーズが日本に資本進出したいということはヒルズの口から出たらしいですよ。審議官はごく一般論しか話さなかったと言ってました」

「よくわかりました。ヒルズは通産省の審議官に会ったことを拡大して話したわけですね」

「ずいぶん乱暴な話だなぁ」

「お手数をおかけしました」

「それから、筒井君のことですが、やはり海外出張中でした。ヨーロッパから香港に回って、来週帰国するそうです。帰国し次第、宮野先生にお会いするようによく言っておきますよ」

「かさねがさねありがとうございます」

宮野は電話機に向かってお辞儀をした。長岡の厚意には感謝してもし切れるものではない、と宮野は思う。

それにしても、日米両国の政府は、シアーズが小川商会をバックアップすることを願っている――とは言いも言ったりである。

宮野はヒルズの赭ら顔を眼に浮かべながら白けた気持ちになっていた。

9

シアーズ・ローバックのアジアにおけるアドバイザー・グループのミーティングが香港で開催されたのは四月十四日のことだ。

西北流通グループは、アドバイザー・グループの有力な一員であるが、筒井精一もミーティングに参加した。ヒルズが主催者を代表して出席したのは当然だが、ヒルズの来日は、香港のついでに立ち寄ったということかもしれない。

筒井は当日十時過ぎに会場のFホテルのロビーでヒルズに会った。両人は旧知の間柄である。

ヒルズのほうが筒井を見つけて近づいて来た。

握手をしたあとで、ヒルズは筒井をティ・ラウンジに誘った。筒井は、英会話には自信のあるほうだ。

時計を見ながら、筒井が応じた。会議が始まるまで二十分ほど時間があった。

コーヒーをオーダーしてからヒルズが言った。

「香港へ来る前に東京に三日間滞在してひと仕事してきましたよ」

「相変らず精力的ですね」

「実は小川商会を買収したんです」

筒井は思わず息を呑んだ。なにか言わねばと言葉を探したが出てこない。筒井は黙ってコーヒーを喫んでいた。

「裁判所の許可も取りつけました。保全管理人の弁護士が愚図愚図言ってたが、問題にならないと思います。どうせ、小川商会を支援できるような企業が日本に存在するとは思えませんからね」

「…………」

「ミスター筒井はどう思いますか。シアーズの選択は賢明でしょう」

ヒルズにまじまじと見つめられて、筒井は当惑したようにあいまいな笑いを顔に浮かべた。

「さあ、どうでしょうか。商社の再建は難しいですからねぇ。シアーズといえども、そう簡単にはいかないかもしれませんよ」

「シアーズならできますよ。愛忠商事や大日銀行からもいろいろサジェッションをもらってますが、われわれには自信があります」

「シアーズの手に負えますかねぇ。大変でしょう」

「ミスター筒井も小川商会に関心があるんじゃないんですか」

筒井はあいまいに笑っていたが、内心むかむかしていた。

白井、長岡、厚田の三人がそろって小川商会の再建に手を貸してほしいと頭を下げに来たからこそ、前向きに検討しているのである。

ところが、シアーズが買収することに決め、裁判所の了承も得ているとまでヒルズは言っているのだ。

西北流通グループはだしにされたということなのだろうか。

「通産省にも行って来たが、大いによろこんでくれました。アメリカの商務省も然りです」

ヒルズは得意満面である。

「ミスター筒井が小川商会に関心を持っているかいないかわからないが、われわれにまかせてもらいたいですね」

「お手並拝見させてもらいましょう」

筒井はにこやかに返して、席を立ち、いったんベッドルームへ戻り、東京へ電話をかけた。

香港と東京の時差は一時間だから、東京は午前十一時を過ぎたところだ。

筒井は、小川商会の件を取締役企画本部長の野沢に担当させていた。野沢は、小川商会の保全管理人団と接触し、この三週間ほどの間に相当つっこんだ実態調査も行なっているはずだ。

野沢は席を外していたらしく二分ほど待たされたが、電話口に出てきた。

「たったいまFホテルのロビーで、シアーズ・ワールド・トレードのヒルズ会長に会って話をしたんですが、シアーズは小川商会を買収したと言ってます。どういうことですか」

「買収したい、の間違いではないんですか」

「裁判所の許可を取ったとまで言ってるが……」

「そんなはずはありません」

「うちとシアーズと両方に話が行ってるんでしょうか」

「さっそく宮野保全管理人と連絡を取りますが、ヒルズの話は腑に落ちませんねぇ」

「ヒルズが保全管理人に会ったことを知ってますか」

「ええ。聞いてますよ。会長にはまだご報告してませんが、たしかおとといでしたかねぇ。きのう宮野先生から電話がありました」

「そうですか。聞いてるんですか」

筒井は受話器を右手から左手に持ち替えながら思案顔になっている。

宮野がそのことを野沢に秘匿していないとすれば、両人の信頼関係は損われていないように思える。

「そろそろ会長に宮野先生と会っていただいたほうがよろしいかもしれませんね。ヒルズが会長にそんなふうに話してるとすれば、シアーズの攻勢は強くなるかもしれませんし……」

「そうですね。あさって日本へ帰りますから、来週早々にでも、保全管理人に会いましょうか」

「そのほうがよろしいと思います」

筒井はいくらか胸のつかえがとれたが、自信たっぷりなヒルズに接しているだけに、まだすっきりしなかった。

第八章　支援流通グループ

1

筒井との電話が切れたあとで、野沢はしばらく自席から動かず、デスクに頰杖を突いて、考え込んでいた。

野沢の年齢は五十七歳。西北流通グループの総帥、筒井精一の懐刀《ふところがたな》的存在で、二人は大学時代のクラスメートだ。

香港からわざわざ電話をかけてきたことから判断して、筒井が小川商会の再建に乗り出す肚を固めたことは間違いないように思える。

小川商会の保全管理人である宮野弁護士にそろそろ会ってもらいたい、と水を向けたとき、来週早々にも会おう、と言った点にも、筒井の気持ちが汲みとれる。

それにしてもシアーズ・ワールド・トレードのヒルズ会長の言動をどう解釈したらいいのだろうか――。ヒルズは、筒井に対して、「小川商会を買収した」と言い切ったという。しかも、裁判所の許可まで取りつけた、とも。

筒井は、西北流通グループとシアーズの両方に話が行ってるのか、と心配していたが、ヒルズの攻勢に、宮野が屈して、言質を与えてしまったと考えて考えられないこともない。

野沢は、宮野、今西、菊池の三弁護士、それに公認会計士の田代、中川など保全管理人団と接触し始めてから一ヵ月近くになるが、情報の開示の仕方をみる限り、宮野が西北流通グループに期待しているととるのは、ごく自然のように思える。

それともこの二、三日のうちに、事情が急変したのだろうか——。しかし、そうだとしたら、事前に連絡があって然るべきだ。その程度の相互信頼関係は確立されているはずである。現にシアーズが熱心にアプローチしてきてる、と宮野から聞いたのは昨日のことだ。宮野から電話で連絡してきたのである。

「西北さんはシアーズ・アドバイザー・グループの一員ですから、すでにご存じかと思いますが、シアーズ・ワールド・トレードのヒルズ会長がいま日本に来ておりますが……」

「いいえ、聞いてません」

「来日の目的の一つは、小川商会のことなんです。実は、昨日の夕方、裁判所でヒルズに会いました。ヒルズのほうからわたしにアプローチしてきたんです。つまり、小川商会を買収したいというわけですね。大変熱心で、シアーズが小川商会の再建に手を貸すことのメリットを力説してました」

宮野の話を聞いたとき、野沢は西北流通グループの気を引くために、誇張してるのではないか、と勘ぐらないでもなかった。

しかし、いまにして思うと、誇張どころか逆に、トーンダウンして、シアーズのことを伝えてきた可能性もある。

野沢は、宮野から聞いたヒルズの話を、外遊中の筒井の耳に国際電話で入れておこうか、と考えないでもなかったが、それほどの緊急性はないと判断して、そうしなかった。

逆に、香港のFホテルに滞在中の筒井から東京へ電話が入り、「シアーズが小川商会を買収したとヒルズが話してる」と聞かされたのである。筒井を国際電話で呼び出すべきだった、と野沢は少しく後悔していた。

なにはともあれ、宮野に事実関係を確認する必要がある。

来週、水曜日の午後三時から、品川のホテルパシフィックで、西北流通グループと保全管理人団との間でミーティングがもたれることになっていたが、それまでは待てない。二日後の月曜日には筒井が帰国する予定であった。

それまでには、はっきりさせておかなければならない。

野沢の手がデスクの電話機に伸びた。受話器を握って、ダイヤルを回す前に、ちょっと考える顔になったのは、土曜日だから、宮野が小川商会に出社してるかどうかわからんぞと思ったからだ。

だが、宮野は出社していた。

初め、秘書嬢が電話口に出てきたが、一分ほどで宮野の声にかわった。

「お待たせしました。宮野です」

「きのうは、わざわざお電話をいただきまして、ありがとうございました」

「どういたしまして」

「さっそくですが、たったいま、香港の筒井会長から電話がありまして、シアーズ・ワールド・トレードのヒルズ会長が小川商会を買収した、と言ってるがどうなっているのか、と確認を求めてきたんです」

「シアーズが小川商会を買収した、とヒルズは言ってるんですか」

「ええ。筒井はそう申してました」

「買収したい、の間違いじゃないんですか」

宮野が笑いながら訊いた。

野沢も笑い返した。

「実はわたしも、そう思ったんですが、ヒルズはたしかに〝買収した〟と言ったそうです。裁判所の許可を取りつけてるとまで……」

「そんな莫迦なことがあるわけないですよ。わたしは、ヒルズと一緒に石井判事と会ってるんですから。しかも、保全管理人のわたしの知らないところで、裁判所がシアーズの買収を許可するなんてことは考えられません。ヒルズの思い違いか、筒井さんの聞き違いかのどっちかだと思いますがねぇ」

「先生がヒルズに言質を与えたんじゃないかと心配したんですが……」

「とんでもない。当然のことですが、ヒルズには西北流通グループの名前は出してません。商社の再建は大変だとか言ってましたから、自分のところ以外に小川商会に関心をもつところなどあり得ない、と思い込んでるのかもしれませんよ」

「先生から、そうおっしゃっていただいて安心しました」

「それで、筒井さんは少しは気持ちを動かしてくれたんですか。まだ一度もお会いしてませんが」

宮野の口調にやや皮肉なものが感じられた。

「申し訳ありません。外遊がかさなったり、なんやかやありまして。筒井も、来週早々に先生にお目にかかりたいと申しておりました」

「それは朗報ですねぇ。筒井さんはお忙しいかたですから、筒井さんの日程に合わせるようにします」

宮野の声がげんきんに弾んでいる。

「先生がお忙しいことは重々承知しております。なるべく先生のスケジュールに筒井のほうを合わせるようにします」

野沢は低姿勢だった。ホッとした思いが出ていたのかもしれない。万一、シアーズと小川商会の提携が実現したら、筒井の手前も立つ瀬がない。

ホッとしたのは、宮野も同じである。

香港から電話をかけてきたところに、筒井はいよいよ本気になり始めた、という手応えが感じられる。

ヒルズの出現で、筒井の気持ちが促進されたとすれば、ヒルズに感謝しなければならない、と宮野は思った。

「来週、先生のあいてる時間を二、三お聞かせ願えますか」

「いや、わたしのほうが筒井さんに合わせるようにしますよ。お願いしてるのはわたしのほうですから」

「そうおっしゃらずに、どうぞ」

「ちょっとお待ちください」

宮野は、手帳を繰ったが、びっしり日程が詰まっていた。

「なんとでもやりくりしますから、筒井さんに時間を決めていただきましょう。強いて言えば、十八日の三時に野沢さんとお約束をしてますが、それを当てていただいてもよろしいんじゃないですか」

「わかりました。筒井はあさって月曜の午後、帰国しますので、さっそく相談してご返事をさしあげます」

2

宮野は保全管理人室から、同じ十二階の役員会議室に戻った。会議中を野沢の電話で呼び出されたのだ。

スポーツ用品事業部の橋田部長ら五人から最近の業績を聞いていたのだが、その中に高木修三の姿も見える。高木は、小川商会を辞めるつもりだったが、宮野に慰留されて、辞表を撤回した。宮野は、高木を四月十日付で係長に抜擢したが、それがほどよい刺激になったのか以前にも増して仕事に情熱を燃やして取組んでいる。

会社が休みの土曜日に宮野に時間を取ってくれるよう求めてきたのは高木であった。

宮野は明るい顔で、中央の席に戻った。

「失礼しました。皆さんから深刻な話を聞いて、わたしも危機感をもってますが、いまわたしにかかってきた電話は朗報です。まだ、具体的にお話しできないのが残念です」

橋田や高木が、口々に宮野に訴えた話は、スポーツ用品事業部の業績不振であった。とくに高級ブランド品にその傾向が強いという。

「ライル&スコットのカシミヤセーターの販売権を死守したことで、流れを変えられたと思ったんですがねぇ」

宮野が吐息まじりに言うと、橋田はさらに大きな溜息を洩らした。

「落ち込みの歯止めにはなったと思うんです。ライルに逃げられてたら、いまごろ首をくくってなければなりません」

橋田は自分の話に息苦しさを覚え、顔をしかめて思わずネクタイをゆるめていた。

「ライルをつなぎ止めたことの意味が、一般消費者にはよく理解されてないんじゃないでしょうか。そのことをN新聞が書いてくれましたが、扱いも小さかったし、記事を書いた記者さん自身、小川商会の再建に半信半疑で、迫力を欠いてたと思うんです……」

高木は、宮野が何度もうなずくのを横眼でたしかめながら話をつづけた。

「ほとんどの消費者は、会社破産に進むという新聞記事のほうを信じてるんじゃないでしょうか。小川商会の再建を信じろというほうが無理なほど、新聞や雑誌に書きまくられましたからねぇ。消費者の買い控えの圧力をはね返すためには相当な仕掛けが必要だと思うんです」

宮野が苦笑いを浮かべたのを眼の端でとらえたが、高木はかまわず先へ進んだ。

「とにかく流れを変えるために思い切った手を打たないことにはジリ貧です。スポーツ用品店に何度も足を運んで、やっと店頭のウィンドウに貼り紙することを認めてもらえても、消費者のほうはてんから信じてくれません。それでも、貼り紙をしないよりは、したほうがましでしょうから、われわれはあきらめずにスポーツ用品店にお百度を踏んでますが、ここらでどかんとなにか出てこないことには頽勢を挽回することは難しいと思うんです」

貼り紙には〝ご安心ください。小川商会スポーツ用品事業部は健在です。倍旧のご愛顧をお願い申しあげます〟と書かれてあるが、スポーツ用品店は小川商会の再建の可能性を理解しても、一般消費者にいちいち説明するわけにはいかないから、麗々《れいれい》しい貼り紙のうたい文句を信じる者は少なかった。

むしろ、在庫になっている高級ブランド品の安値放出は時間の問題、ぐらいに受けとめる向きが多かったのではあるまいか。

橋田や高木が危機感を増幅させているのは、無理からぬことと言えた。

「有力なスポンサー候補の存在を消費者に知らしめることはやっぱり裁判所の手前、無理でしょうかねぇ」

高木の発言に、みんなしーんとなった。高木も、固唾《かたず》を呑んで、宮野の返事を待った。

「皆さんの気持ちはよくわかりますが、保全管理人として、高木君の意見に与《くみ》するわけにはいきません。遠からず発表できると期待してますがいまはできません、裁判所もさることながら、まとまる話もこわれてしまいかねないじゃないですか」

宮野は、表情をゆるめて、高木のほうへやさしい眼を投げた。

「高木君、ここは踏ん張りどころじゃないかな。胸突き八丁にさしかかって一番苦しいところだが、歯をくいしばって頑張ろうよ」

誘い込まれたように、高木の眼もとから微笑がこぼれた。

「差し出がましいことを申しました。おゆるしください」

「いや、そんなことはない。いまの段階で支援企業を特定するわけにはいかないが、それに替わる有効な手がないかどうか考えさせてもらいますよ」

宮野は、そう返しながら、なんとしても西北流通グループの筒井精一を説得しなければ、と考えていた。

3

四月十六日月曜日の朝、宮野は、保全管理人室で今西、菊池両弁護士と小川商会の関連会社の処分について打ち合わせを行なったあとで、さりげなく切り出した。

「先週の土曜日に、スポーツ用品事業部の人たちから最近の状況を聞いたんですが、消費者の買い控えは想像以上に長びいていて厳しいらしいんです。つまり、小川商会は破産するはずだから、そのうち在庫品を安値で放出するに決まっていると消費者は思い込んでいるんでしょうね。当初、新聞に再建は困難だと派手に書かれたから、それも仕方がないが、なんとかそのイメージを払拭《ふっしょく》できないものか、と相談をもちかけられたわけです」

「ライル＆スコットや、トム・ホーガンなどの有名ブランド品の販売権をキープするのに、ずいぶん頑張りましたが、それだけでは流れを変えられなかったんですかねぇ」

菊池が憮然とした顔で言うと、今西が眉間にたてじわを刻んで応じた。

「一般消費者には〝倒産〟のイメージのほうが強いんでしょうか。ヒルズ会長じゃないが、安宅産業の例もあるし、商社の再建は困難という先入観念は相当根強いんでしょうねぇ」

ソファに腰を深く沈めていた宮野はセンターテーブルに身を乗り出した。

「高木君に至っては、スポンサー候補の存在をオープンにできないか、とまでわたしに迫ってきました」

「それはひどい。論外です。問題になりませんよ」

今西がすかさず首を振った。

菊池は黙って天井を見上げている。

「しかし、営業の第一線で苦労しているかれらの気持ちもわからんじゃないからねえ」

「宮野先生は、スポンサー候補の名前をマスコミに出すつもりなんですか」

今西があきれ顔で、宮野の顔をのぞき込んだ。

「まさかそこまでは考えてません。ただ、裁判所とも相談しなければならないが、スポンサーの問題も含めて更生開始は近いと新聞に出れば、一般消費者に及ぼす波及効果は少なくないと思うんです。実は、西北流通グループの筒井会長と、今週中に会うことになりそうなんです……」

宮野は、野沢からの電話の内容を詳しく話した。

「なるほど。大変な朗報ですね」

「筒井会長もやっと腰をあげてくれましたか」

菊池は眼を輝かせたが、今西はクールだった。

「われわれが野沢さんたちから得ている感触も決してネガティブではないわけだし、むしろ西北流通グループが小川商会を傘下に入れたいと思っていることは間違いないんじゃないですか」

「宮野先生は楽観的過ぎるような気がしますねぇ。まだまだわかりませんよ」

今西は慎重だった。

「菊池先生はどう思いますか」

宮野に訊かれて、菊池は思案顔で、また天井を仰いだが、ゆっくりと頭をおろして、宮野をとらえた。

「スポンサーのことはもう少し、煮詰まってからのほうがいいかもしれませんね。ただ、保全管理人の宮野先生が更生開始について、記者会見して見通しを明らかにするくらいはよろしいんじゃないですか」

今西はそれさえも首をかしげた。

「記者会見まではどうですかね」

「そうねぇ」

宮野は腕組みして、考える顔になった。

今西が菊池のほうへ顔を向けた。

「記者会見ともなれば、スポンサーの件について質問が出ることは間違いないと思うんです」

「そんなものですかねぇ」

菊池が否定的なニュアンスで答えたとき、宮野がセンターテーブルの湯呑みに手を伸ばしながら言った。

「わたしにまかせてください。裁判所の意見を聞いて、対応します」


夕方、野沢から宮野に電話がかかった。

「筒井にお会いいいただく件で、当人に話しましたら、十八日の午後三時に、時間をあけるということなんですが、いかがでしょう」

「けっこうです。例のミーティングの時間をそれにあてるわけですね」

「そういうことになります」

「わかりました。場所はどこにしましょう。品川のホテルパシフィックでよろしいですか」

「いや、ホテルのミーティングルームは広過ぎますから、変えたほうがよろしいと思います。わたしどもにおまかせいただいてよろしいですか」

「ええ」

「それでは後日、連絡させていただきます」

「メンバーは……」

「わたしどもは筒井とわたし、それにもう一人、江藤という西北百貨店の常務を出席させていただきます」

「江藤さん、初めて聞きますが……」

「筒井がとくに指名したんです。筒井になにか考えがあってのことと思いますが、当日、お会いくだされば、筒井の意図もおわかりいただけると思います」

「わかりました。今西とわたしがうかがいます。それでは場所が決まり次第ご連絡ください」

宮野は、受話器を戻しながら、頬をゆるめていた。西北流通グループがスポンサーについていてくれれば、小川商会の再建計画は軌道に乗る。


十六日の夜、九時を過ぎたころ宮野は自宅の前で車から降りたところをN新聞の関本記者につかまった。

「そろそろスポンサーの件が固まってきたんじゃないですか」

暗がりの中で、関本はにやっと笑いかけてきた。

夕方、野沢と電話で話したばかりだったから、宮野はぎくっとした。勘のいい記者だ、と舌を巻かざるを得ない。

しかし、宮野はそらっとぼけた。

「まだまだそんな段階じゃありませんよ。いいスポンサーがあったら紹介してもらいたいですね。わたしも、ちょっとあせってるんです」

「いい加減なことばっかり言って……」

関本はなれなれしく宮野の肩を叩いた。

「少し話していきますか」

「ありがたいなぁ」

宮野が、関本を家の中に上げる気になったのは、多少魂胆があったからだ。

リビングルームのソファで二人は向かい合った。

「スポンサーの件、やっと話してくれる気になったんですか」

「いや、それはまだ言えません。しかしなんとか五月中に、更生法の適用を受けられるんじゃないかと思ってるんですがね」

「ということは、スポンサーというか支援企業の目鼻がついたわけでしょう」

「複数の企業と話はしてますが、スポンサーのことはまだ話せる段階にありませんよ」

「更生法が適用される目鼻がついたという話と矛盾しませんか」

失望の色を突き出した下唇にあらわにして、関本はつづけた。

「特定しないまでも、匂いぐらいかがせてくださいよ」

「スポンサーの名前を出さなければ、記事にはなりませんか」

「そんなこともないですけど、記事の扱いがぜんぜん違いますからねぇ。スポンサーが特定できれば、一面トップで派手にやれるんですけど……」

関本は、さぐるような眼で宮野をとらえた。

志保子がコーヒーを運んで来たが、関本はそれどころではないらしく、「どうも」とおざなりに会釈して、宮野に拝むように手を合わせた。

「宮野先生、お願いします。書かしてくださいよ。最初にM新聞に抜かれてますから、抜き返さないことには、めしも喉を通りません」

「ま、とにかく、わたしの話を聞いてください」

宮野はコーヒーをすすりながら話をつづけた。

「五月中に更生開始になることは多分間違いないと思います。スポンサーがはっきりするまでには、詰めるべき点もたくさんありますから、もう少し時間がかかるでしょうが、来年は収支も好転するはずです」

「まさか、そんなに早く」

「いや、そう思います」

「今年の売上高はどの程度になりますか。相当落ち込むんでしょうね」

関本はやっとメモを取る気になったらしく、ズボンの尻のポケットから取材用の細長いノートを取り出した。

「三月一日から十二月末までで、約百七十五億円、通年ベースでは約二百億円というところでしょうか」

「五十八年がたしか五百二十億円でしたから……」

関本は、暗算でもしているのか、あらぬほうへ顔を向けた。

「ええっ！　四割を切るんですか」

「そんなにびっくりすることはないですよ。カメラ、写真機材などの不採算部門を切り捨てますし、各事業部門とも全面的に洗い直して、粗利益の少ない商品はドロップすれば、そんなことになるんです。スポーツ用品や自動車関連商品などはこれからも伸びると思いますよ」

「…………」

「それと、関連会社を整理することによって、ずいぶん身軽になれると思います」

「整理するって、具体的にどういうことですか」

「産興という会社をご存じですか」

「ええ。中堅不動産会社ですねぇ」

「産興から取材してもらったほうがいいと思いますが、OA（オフィス・オートメーション）、情報機器分野を担当している小川ビジネスサービスと小川フォトロン、それに両社の子会社が三社ありますが、五社を一括して産興に売却します。小川商会が保有しているビジネスサービスとフォトロンの全株式を産興に譲渡することになるわけです」

「五社の売上高はどのくらいありますか」

メモを取る関本の手の動きが忙しくなった。

「年間約二十五億円といったところかな」

「従業員は？」

「約百五十人です。経営権を産興に譲渡するわけですが、詳しいことは産興から聞いてください」

関本は、ノートをポケットにしまって、思い出したようにコーヒーカップに手を伸ばした。

「それにしても、産興との取り合わせは、なんだかぴんときませんねぇ。マンションとかホテル、ゴルフ場などを経営してる会社ですからねぇ。サービス、レジャー産業と情報機器とどう結びつくんですか」

「なかなか意欲的な会社ですから、ハイテク、つまり先端技術分野に進出するチャンスと判断したんじゃないですか。小川商会の側からしますと、若い技術者を更生申し立て中の会社に引きとめることが賃金などの関係で難しいという事情があります。ですからまとめて他社に移ってもらって、その企業とソフトサービスなどの協力関係を保ちたいと考えてるわけです」

「…………」

「必ず産興にサウンドしてくださいよ」

「もちろんです。ところで、スポンサーの件はやっぱり駄目ですか」

「それは勘弁してください。しかし、更生開始の見込みでもニュースバリューはあるんじゃないかなぁ。マスコミの人たちは、みんな破産に進むと予想してたんですから」

「ええ、まあ……」

関本は顔をしかめた。

「関本さんは、ライル・アンド・スコットの販売権の問題でも懐疑的だったんじゃなかったかな」

宮野はニヤニヤしている。

関本が頭を掻きながら返した。

「そう皮肉を言わんでください。宮野先生の布石の打ちかたには感服してます」

「いま話したことも、特ダネですよ。関本さんは熱心に夜回りしてくれますからね」

「まいったなぁ。それより従業員のほうは、どうなってます」

「六月末までに希望退職者や嘱託社員の雇用打ち切りによって五百六十一人になりま

す。二月末時点では約千百人いたんですよ。人件費の圧縮と、金利負担の凍結、給与カットもそうですが、経費の削減が収支面に大きく寄与するはずです」

関本は再びメモを取り出した。

帰りがけに、スポンサーの件でくいさがられたが、宮野はもちろん話さなかった。

4

N新聞は、四月十七日付朝刊の産業欄で、〝来月中にも更生開始〟〝小川商会　保全管理人見通し〟の四段見出しで、次のような記事を掲載した。

二月末に会社更生法適用を申請した小川商会の宮野英一郎保全管理人は十六日、「五月中に更生法が適用されるメドがついた。近く東京地裁に調査報告書を提出する」ことを明らかにした。宮野管理人によると、倒産による取引先の減少や多くの不採算部門の切り捨てなどで、小川商会の五十九年の年商は前年の約四割にも縮小するが、従業員約五百人の退職、給与カットによる人件費の圧縮、金利負担の凍結などによる経費削減で六十年には収支がプラスに転じる見通しだ。宮野管理人はすでに更生開始決定後に裁判所から選任される事業管財人の推薦準備を進めており、早ければ来年五月にも更生計画案の提出に持ち込みたい意向である。

収支見通しによると、今年三月一日から十二月末までの売上高は約百七十五億円(通年ベースでは約二百億円)で、五十八年(十二月期決算)の五百二十億円の四割弱と大幅に減少する。これは各事業部門とも粗利益が少ない商品や、国内のカメラ、写真機材販売部門など不採算部門を切り離していくため。今後の営業はスポーツ用品や自動車関連製品、宝石、情報機器が主力になるとしている。

一方、支出面では人件費と金利負担の大幅な圧縮を見込んでいる。会社更生法適用を申請した二月末時点に約千百人いた社員は退職や嘱託社員の雇用打ち切りなどによって六月末には五百六十一人、今年末には五百人まで減る見通し。また四月から管理職を中心とする給与の一部カット(カット率は二—一〇%)、残業手当ての制限(一ヵ月二十時間以内)なども実施、人件費を圧縮する。

N新聞の記事は少なからぬ反響を呼び、スポーツ用品部に限らず、問屋などの取引先から各事業部に荷動きが出始めたことを知らせる電話連絡が相次いだ。

流れを変える突破口になれば、と宮野は思ったが、停滞していた社内のムードに活気が出てきただけでも、めっけものである。

夕方、宮野は、筒井との会見にそなえて今西、菊池と綿密に意見を調整した。

「駆け引きするような態度で臨むべきではないと思うんです。西北流通グループ以外に支援を求める考えはないとはっきり言います」

この宮野のひと言が結論になった。

5

四月十八日の午後二時三十分に、宮野と今西は十二階の保全管理人室からエレベーターで中二階へ降り、倉庫を通って外へ出た。二人は倉庫の前からベンツに乗り込んだ。

「倉庫の前から車に乗るのはこれで二度目ですが、新聞記者の取材攻勢に当分悩まされそうですね。流れを変えたい一心で、あえてN新聞の記者にリークしたんですが、荷動きが出始めたということだし、社員の士気の向上ももたらしたようなので、よろこんでいたんですが……」

「仕方がありませんよ。更生開始となれば、今度はスポンサーはどこか、ということになりますからね。N新聞の記事に刺激されて、ほかの新聞社もハッスルしますから」

今西は、宮野に返して、腕時計に眼を落としながらつづけた。

「N新聞の記事の効果はてきめんで、プラス面のほうがはるかに多かったと思います。そういう意味では宮野先生の読み勝ちです」

「僕もずいぶん迷ったんだが、営業の人たちが苦労してるのは忍びないし、社内の停滞ムードは気になってましたからねえ」

「ただ、宮野先生を補佐するわれわれが取材攻勢に巻き込まれることはありませんが、先生は大変ですね。さぞご家族のかたも迷惑されてるでしょう」

「昨夜はとくにひどかったですよ。深夜まで五社も六社も、自宅に押しかけてくるんですから。家内がいちばん心配してるのは、近所に迷惑が及ぶことなんです。家内も娘もいささかノイローゼ気味ですよ」

宮野は笑いながら話しているので、切実感はさほど伴わない。むしろ今西のほうが深刻な顔をしていた。

「この騒ぎを一日も早く終息させたいですねぇ。そのために、西北流通グループの筒井さんが早いところ決断してくれるといいんですが、きょう結論を出してもらうわけにはいきませんかねぇ」

「それはちょっと虫がよすぎるでしょう。しかし、筒井さんがわれわれに会うこと自体一つの方向が示されていることを意味してるんじゃないですか」

宮野が苦笑しながら返すと、今西は小さくうなずいた。

車は日比谷通りから内幸町の交差点を左折して、霞が関方面へ向かって間もなく、目指すCビルに着いた。地下一階に西北流通グループが経営するクラブがある。メンバーシップのレストランだが、そこの個室が予約されてあった。時刻は三時五分前だが、筒井、野沢、江藤の三人は先に来て、宮野たちを待っていた。

野沢の紹介で、四人の名刺が交わされた。

「初めまして、筒井精一でございます。本日はお忙しい中をお呼び立てしまして申し訳ありません」

「小川商会の保全管理人をしている宮野です。よろしくお願いします」

筒井は、今西にも丁寧に挨拶して、名刺を差し出した。年齢は五十七歳だが、童顔のせいかかなり若く見える。筒井と野沢は大学時代のクラスメートだが、そうは見えなかった。江藤は、筒井より五歳下だが、その江藤よりも筒井は若々しく宮野の眼に映った。

ゆったりしたソファに、三人と二人が向かい合うかたちで腰をおろし、コーヒーと紅茶を喫みながらの話になった。

「シアーズ・ワールド・トレードのヒルズ会長は、わたくしにはっきりと小川商会を買収したと言いました。野沢が宮野先生からそういう事実はないと聞いているようですが、ヒルズの自信に満ちた態度からみましてもわたくしにはどうにも腑に落ちません。その点をまず宮野先生に直接確認したいと思いまして……」

筒井がコーヒーカップをセンターテーブルに戻して切り出した。微笑を絶やさないが、はっきりしたもの言いである。

「野沢さんにも申しあげましたが、ヒルズ会長が小川商会の買収に積極的なことは事実です。つまり買収した、と言ったとすれば、それはヒルズ会長の一方的な思い込みないし願望によるものだと思います。当方が言質を与えた事実はまったくないのです」

「裁判所がシアーズを小川商会のスポンサーとして想定していることはありませんか」

「はい、ありません。石井判事が、ヒルズに対して保全管理人とよく話し合うように指示した旨を判事自身から聞いております。それ以上のことはないでしょう」

宮野は、レモンティをひと口すすって、やわらかく筒井を見返した。

「われわれが白井さん、長岡さん、厚田さんのお三人を介して、西北流通グループさんに協力を求めたことに思いを致していただければおわかりいただけると思いますが……」

「ですから、ヒルズの話にびっくりしたんです。心外でした」

筒井は、わずかに頰をふくらませた。西北とシアーズを天秤にかけている、ととれないこともなかったから、宮野に対して、不信感が芽生えていたのであろうか。

今西が初めて口を挟んだ。

「わたくしども、保全管理人団は、公認会計士の先生がたも含めまして、西北さん以外のスポンサーを考えたことはありません」

「なんとしても、西北さんにお願いしたいと思っております。このことはすでに裁判所の了解も得て来ております」

「わかりました。それでは、ヒルズに対して、はっきり断っていただけますか」

筒井は、宮野をまっすぐとらえた。

筒井を見返す宮野の眼がひかりを帯びる。

「しかし、それがわたしにとりましてリスキィであることをわかっていただけますね」

「ええ」

「わかりました。きょうにも断ります」

気魄のこもった声で、宮野はつづけた。

「筒井さんにお願いすることが、小川商会にとって、いちばんハッピーなんです。こういう言いかたはどうかと思いますが、西北さんにとりましても、小川商会をグループに組み入れることのメリットはあると確信します。ただ、裁判所の関係もありますから、当分の間、西北さんの名前は秘匿しなければなりませんので、おもて向きは複数の企業と折衝中ということにさせてください」

「けっこうです。小川商会の再建に懸ける宮野先生の熱意のほどについては野沢からよく聞いております。わたくしは、宮野先生の熱意にほだされました」

筒井がにこやかに答え、宮野から白い歯がこぼれた。

張り詰めていた部屋の空気が動き、和やかな雰囲気がただよった。

「きのうのN新聞の記事は、小川商会にとってプラスになるでしょうね」

野沢に訊かれて、宮野は今西と顔を見合わせた。

「営業サイドから、頼まれまして、仕掛けてみたのですが、それなりの効果はあったようです。しかし、ここへ来ます車の中で今西先生とも話したのですが、新聞記者のマークが厳しくなりまして、筒井さんにもご迷惑をかけることになりはしないかと心配です。さっきもわたしをつかまえようと、会社の玄関の前に新聞記者がたむろしてるものですから、倉庫の前に車を回して、脱出して来ました。本社ビルと倉庫が中二階で接続してるんですが、そのからくりに気づいている記者はいないようです。万一、新聞記者に尾行されて、きょう筒井さんにお目にかかってることが知られたら、大騒ぎになります」

「わたくしは、新聞記者の夜討ち朝駆けは慣れてますが、お互い用心しなければいけませんね。新聞記者の立場ならスポンサーがどこになるのかスクープしたいでしょうからねぇ」

「裁判所の許可をもらいまして、更生開始の見通しをN新聞に流しましたが、ほんとうは静かにしていたかったんです。寝ていた子を起こすようなもので、新聞記者を刺激して、いいことはありません」

「しかし、営業面のバックアップになったわけでしょう」

「そのとおりです。社内のムードも一挙に明るくなりました」

今西が答えた。今西は、マスコミとの接触に否定的だったはずだが、いまは、プラス面を評価する気になっているらしい。

「そうそう、忘れるところでした。きょう江藤さんに出席してもらったのは、小川商会さんと大変縁が深い人だからなんです」

筒井が左手の江藤のほうへ首をねじって、発言を促した。

「実は、小川善雄君は、わたしの親友なんです、かれのお父さんには、子供のころ可愛がってもらいました」

「江藤さんは、西北流通グループの中で、小川商会通として知られてます」

江藤は苦味走った顔を照れくさそうに歪めた。

「更生開始決定の際には筒井会長ご自身が管財人になっていただくことをぜひお願い

致します」

　別れぎわに宮野が言った。

　宮野と今西が筒井たちと別れたのは四時十分過ぎである。

　車の中で宮野が言った。

「大きな山を越えましたね」

「ええ。さすが筒井さんです。シアーズの件が氷解したとなったら、すぐに結論を出してくれましたね」

　今西は、先刻の宮野と筒井のやりとりを反芻《はんすう》しながら返した。手に汗を握るほど緊張したのに、いまは快くほぐれている。

「善は急げです。さっそく大杉弁護士に電話をかけましょう」

　宮野は車内電話に手を伸ばした。

　松尾・大杉法律事務所に、大杉は在席していた。

「シアーズ・ワールド・トレードのヒルズ会長にお伝え願いたいのですが、小川商会にいち早く関心を示していただいて心から感謝してますけれど、再建方法が日本の更生法と合わないこともありますし、正式にお断りしたいのです」

「申し伝えます。ヒルズは小川商会にご執心でしたから残念がるでしょうが、仕方がないと思います。シアーズ以外に、小川商会を再建できる企業はないと思い込んでるようでしたが、いいスポンサーが見つかりましたか」

「いま詰めている段階で、なんとも申しようがありませんが、近日中にはっきりすると思います」

「スポンサーの候補を教えていただくわけにはいきませんか。ヒルズを納得させるためにも、お聞かせいただけるとありがたいのですが……」

「それは勘弁してください。まだ特定できるところまでいってないんです。現時点では、シアーズはドロップさせていただくとしか申しあげられません」

「わかりました。宮野先生のご健闘を祈ります」

大杉は冷静な受け答えに終始した。先日、ヒルズと宮野のやりとりを聞いていて、これではいささか無理だな、という予感があったし、「宮野は小川商会を高く売りつけたいために、強がりを言っている」というヒルズの思い込みに懐疑的だったから、否定的な見解を述べておいたが、結果はまさしくそのとおりになった。

6

四月二十六日の午後一時から宮野は小川商会の本社会議室で記者会見した。更生開始が決定的なことを世間にひろくアピールしたい、という営業部門の要請に応えたかたちだが、記者クラブからも会見を求められていたので、裁判所の了解を得て受け入れることにしたのである。

冒頭、宮野は次のように挨拶した。

「小川商会の再建は順調に進んでおります。五月初めに調査報告書を東京地裁に提出する予定ですが、再建を支援するスポンサーのメドもほぼつきましたので、五月下旬には九九・九パーセント会社更生法適用の開始決定を受けられると確信しています」

スポンサーを明かしてもらえないか、という要求が記者たちから出されたが、宮野は「有力な二グループと折衝中です」としか答えなかった。

流通グループと考えていいですか——という記者の質問に宮野はしばし言葉に詰まった。

「いまは有力グループとしか申しあげられません。いずれか一方のグループに再建をお願いすることになると思います」

——管財人はそのグループから選任されることになりますか。

「裁判所が選任することになりますが、常識的にはそういうことになると思います」

——商社は倒産すると信用力を失うので、再建は困難というのが定説ですが……。

「小川商会はいわゆる総合商社ではありませんから、赤字部門を切り捨てることによって更生できる見通しは当初からあったと思います。ライル・アンド・スコットをはじめ多くの取引先が取引きの継続を約束してくれたことと、有力企業の支援が得られる見通しがついたことによって、再建のメドが立ったわけです」

――関連会社を思い切って整理し、スリム化したようですが、新生小川商会の主力部門はなんですか。

「倒産の引き金となったカメラの輸出、国内販売を切り捨てたほか、小川ビジネスサービス、小川フォトロンなど関連五社の経営権を中堅不動産会社の産興に売却し、本社のインテリア用品部も資産、人員ごと軸受メーカー、ミネチュア・ベアリング社の関連会社に譲渡しました。また、二十三社あった国内の全額出資会社を整理して九社に縮小しました。おっしゃるとおりスリム化に成功したと言えますが、今後はスポーツ用品、時計・宝石、自動車部品の三部門が主力になると思います」

――減員計画も順調にすすんでいるようですが、具体的な数字はどうなってますか。

「倒産時の従業員は千百人でしたが、自己都合退職などによって四月二十五日現在七百四十人に減っております。インテリア部門などの切り離しなどによって六月末には五百五、六十人になりますが、さらに来年は四百五十人から五百人になる見通しです」

――収支見通しはどうですか。

「売上高は五十九年度、これは三月から十二月までですが百七十五億円、六十年度は二百二十億円と想定してます。五百人体制を前提とすれば六十年度は一億四千七百万円の赤字が想定されますが、六十一年度は黒字になると思います」

この日の記者会見には二局がテレビ・カメラを持ち込み、夜七時のニュースで記者会見の模様が放映された。翌日は、各紙が一斉に〝小川商会再建にメド、来月にも更生開始か、保全管理人会見〟（M新聞）、〝「小川」の更生決定確実、管理人が会見、支援企業名乗り出る〟（Y新聞）、〝小川商会の再建は可能、保全管理人語る〟（A新聞）などと書き立てた。

宮野は、早起きして全国紙五紙に眼を通したが、Y新聞を読んでいて、思わず「うーん」と唸って、眼を剝いた。

小川商会は商社の性格が薄いとはいえ、輸入商権が散って再建は困難とみられていたが、前途がきわめて明るい見通しとなったのは、商権の維持にほぼ成功する一方、従業員の削減を達成したこと、さらには支援グループが現れたことからである。

宮野保全管理人は、支援の名乗りをあげた企業グループ名は伏せたが、流通業界の有力二グループと現在折衝中であることを明らかにしたうえ、うち一グループに再建を依頼、管財人も同グループから選任する段取りになるとしている。

宮野は、流通業界の二グループ——などと発言した憶えはないが、Y新聞に書かれたことで、西北流通グループが新聞記者たちにマークされるのは当然予想され、まずいことになったと思った。流通グループとなれば、いやでも西北流通グループの名前が連想できる。流通業界を担当している記者なら、ぴんとくるはずであった。

7

二十七日の夕刻六時に、宮野は再びCビルのクラブに筒井を訪問した。六時半に筒井と東京地裁に石井判事を訪ねることになっていたので、打ち合わせをしておく必要が生じたのだ。江藤が同席し、三人で話した。

「Y新聞に先走ったことを書かれて、まいりました。わたしは流通業界の有力グループなどとは話してないんですが……」

宮野は気を回したが、筒井は意に介しなかった。

「そう言えば流通業界の有力二グループと書いたのはY新聞だけですねぇ。西北と特定したわけではなし、気にすることはありませんよ」

「しかし、筒井さんが新聞記者につきまとわれることになるのではないかと心配です」

「あしたからパリに行きます。しばらく東京を留守にしますから、大丈夫ですよ。西北百貨店の渋谷店で、フランス展を開催するんです。いろいろ準備がありまして」

「…………」

「それより先生の記者会見は営業面に相当寄与してるんじゃありませんか」

筒井に誘われるように、宮野は微笑み返した。

「そのことが気になりまして、先刻、営業関係の者から話を聞いたのですが、お陰さまで反響は大きいそうです。消費者の買い控え傾向に歯止めをかけ、流れを変えることができればよろしいんですが」

「更生開始は決定的と保全管理人が太鼓判を押したんですから、流れが変わらなければおかしいですよ」

江藤が、筒井の横顔を見ながらつづけた。

「いまも代表と話してたんですが、宮野先生がもし経営者だったら、きっと一流の経営者になっていたんじゃないでしょうか。変な褒めかたになりますが、弁護士にしておくのは惜しいと代表が言ってましたよ」

「恐れ入ります」

宮野はからからと声を立てて笑った。

「実感ですよ。野沢から、ライル・アンド・スコットと理蝶の複雑な関係をほぐして行ったプロセスを聞いてますが、並の経営者ではできない芸当です」

「筒井さんのような一流の経営者に褒めていただいて光栄です。しかし、ラッキーというかすべてはついていたとしか言いようがありません」

「つきも実力のうちと言いますが、つきを呼び込む手腕には頭が下がります」

そこまで持ちあげられると、くすぐったくなる。

「記者会見については裁判所の許可を得てますが、数字については少ししゃべり過ぎたかもしれません。叱られるかもしれませんよ」

「少しぐらい叱られたってよろしいじゃないですか」

筒井は、微笑を消さずに返した。

「代表、あまり時間がありませんが……」

江藤に促されて、筒井が居ずまいを正した。

「実は、江藤さんに同席してもらったのは、わたくしが小川商会の管財人になるのはお引受けしますが、実務面はわたくしの身代りに江藤さんにお願いしたいと考えているからです。そのようなことでよろしいでしょうか。もちろん、裁判所の許可が前提の話ですが……」

「裁判所が拒む理由はないと思います。わたしにも異存はありません」

「ありがとうございます」

筒井が低頭したので、江藤も宮野に向かって頭を下げた。

「お願いしてるのは、わたしのほうなんです。ほんとうにありがとうございます」

宮野は明るい顔で礼を言った。

「それから、申すまでもないと思いますが、宮野先生には管財人として残っていただけるわけですね」

「…………」

「管財人の一人ということで、江藤さんと二人で小川商会の再建に取り組んでいただきたいのです。小川商会の再建が軌道に乗るまで、小川商会にとどまっていただきたいと思います」

「よろこんでお受けします」

Cビルから東京地裁のある裁判所ビルまで歩いて五分の距離だが、宮野はひと足先に保全管理人の専用車で裁判所ビルへ向かった。守衛所の五十メートル手前で車から降り、四周に眼を配りながら守衛所に近づいた。

新聞社の社旗を立てたハイヤーが四、五台止まっていた。

筒井の裁判所訪問を夜にしたのは、新聞記者の眼をおそれたからにほかならない。

西北流通グループのことが新聞に書かれたら、どんな妨害が入らないとも限らないから、宮野たちが警戒するのも無理はなかった。宮野と筒井が一緒にいるところを記者に見られてしまったら、それまでだ。

守衛所から誰何《すいか》されないように、工作しておく必要があった。

「小川商会の保全管理人の宮野ですが、東京地裁民事八部から連絡がありましたでしょうか」

「ええ、ありましたよ」

中年の守衛が答えた。

「いまから五分後に入りますからよろしくお願いします」

「黒のセドリックですね。ナンバーは……」

守衛所は、事前に車のナンバーまで民事八部から連絡を受けていた。

「助手席にわたしが乗ってます。乗車してるのは運転手を含めて四人です」

「それも聞いてます」

宮野は、守衛所から離れ、西側の正面玄関のほうへ歩いていった。正面玄関から三十メートルほど離れた路上に、筒井と江藤を乗せたセドリックが待機している。筒井の専用車はスウェーデン製のサーブだが、江藤の専用車にしたのは、サーブでは目立つからだ。

宮野は、助手席に躰をすべり込ませた。

「大丈夫です。まいりましょう」

「なんだか大物政治家になったみたいですね」

助手席のうしろから筒井が返した。バックミラーに江藤の緊張した顔が映る。

裁判所ビルは四方に玄関があるが、夜は南口を除いて閉ざされる。夜間の守衛所は東口と南口の角にあるが、セドリックは守衛所を通過して、日比谷公園側の東口へ回った。

手はずどおり書記官が三人を出迎え、裁判所内の郵便局を通って、地下一階からエレベーターで十三階へ上がった。

民事八部の書記官室で、宮野が石井判事に筒井と江藤を紹介した。

「本日はご苦労さまです。よろしくお願いします」

石井は、筒井に丁寧に挨拶を返した。

石井と筒井の顔合わせの儀式は十五分で終わった。

「小川商会の再建のこと、ひとつよろしくお願いします」

「全力を尽くします」

これだけのことだが、別れしなに石井が宮野に言った。

「けさの新聞、拝見しましたよ。にぎやかに書いてましたね」

石井判事にそのつもりがあったかどうかはわからぬが、宮野は多少咎めるものがあったせいか、皮肉なニュアンスを感じた。

「しゃべり過ぎた点があったのではないかと気にしてます。おゆるしください」

宮野が先回りして頭を下げたので、石井は微苦笑を浮かべて返した。

「宮野先生はいろいろ考えがおありなんでしょう」

筒井が話題を変えた。

「あすから一週間ほど日本を留守にしますが、なにかございましたら、秘書に電話をいただければ、わたしのほうから連絡をとらせていただきます」

「連休あけに、宮野先生から調査報告書を出していただきますが、裁判所が開始決定をするのは月末ですから、とくに問題はないと思います」

石井判事と別れて、三人が書記官の案内で裏口へ出たのは六時五十分過ぎである。

8

ヒルズ解任の衝撃的なニュースが宮野にもたらされたのは、四月二十七日の夜、遅い時間である。

西北流通グループのシカゴ駐在員から、西北本社にファックスが入り、江藤から宮野に電話連絡してきたのだ。

「ヒルズは、シアーズ・ローバックのテリング会長の親友と聞いてますし、証券取引委員会の委員長だった大物を三顧の礼で迎えたはずですが、そんなドラスティックなことができるんでしょうか」

「筒井代表も気にしてます……」

ヒルズが小川商会買収に失敗したことの責任を問われたとすれば、宮野としてもあと味が悪い。それ以上に西北流通グループはシアーズ・ローバックのアドバイザー・グループの有力な一員であり、十年来取引関係を続けている。筒井が、ヒルズの解任劇によって、西北流通グループとシアーズ・ローバックとの友好関係にひびが入ることを懸念するのは当然と言えた。

「裁判所が管財人の決定をくだす前に、西北が小川商会の支援に乗り出すことをシアーズに説明して、了解を取りつけるべきではないか、というのが代表の意見ですが、宮野先生はいかが思われますか」

「ヒルズの解任はそれほど重大に受けとめなければいけませんか」

「そう思います。仮に買収に失敗したことの責任を取らされたとしたら、シカゴの本社が小川商会に執着してたことを意味しますからねぇ。西北の立場は微妙です。しかし、西北が小川商会を支援するに至った経緯を説明すれば、変なしこりは残らないんじゃないでしょうか。日本人流に言えば挨拶をしに、シカゴへ行ってくるということですね」

「よろしくお願いします」

宮野は不安になった。せっかくここまで積み上げて来たのに、万一、西北グループからスポンサーになることを断られたら、いままでの努力が水の泡になりかねない。

シカゴの江藤から宮野の自宅に国際電話が入ったのは、五月二日の朝六時過ぎのことだ。

「パリにいる筒井代表と、いま電話で話したところですが、宮野先生にすぐ連絡するように代表から言われました。東京は朝の早い時間で申し訳ないとは思ったのですが……」

「いいえ。そろそろ起きなければならない時間です」

通常、宮野の起床時間は七時である。電話に出たのは志保子で、宮野は揺り起こされたが、シカゴからと聞いていっぺんに眼が覚めた。宮野はパジャマ姿で受話器を耳に押しあてた。

あとから、志保子がガウンを羽織ってくれたが、五月初旬にしては寒い朝だった。

「テリング会長以下、シアーズ・ローバックの首脳と二時間前に会うことができました。小川商会を支援するに至った経緯を懇切に説明しましたが、結論を言いますと快く了承するということなんです。むしろ、そのためにわたしがシカゴに飛んで来たことに恐縮してたくらいです。西北が受身の立場で、小川商会を支援することになったことを丁寧に説明すれば、疑念は氷解すると思ってはいたのですが、初めから疑念などなかったような気がします」

「ヒルズの解任は、小川商会の買収失敗とは無関係だったんですか」

「まったく無関係かどうかはわかりませんが、シカゴとワシントンの対立、つまり親会社のシアーズ・ローバックと、子会社のシアーズ・ワールド・トレードの路線の違いに起因しているんじゃないでしょうか。ヒルズの急激なソフト化志向に、テリングが懸念を表明した結果、ヒルズが辞任に追い込まれたということのようですよ」

「小川商会の買収計画も、ヒルズの独走だったんでしょうか」

「よくわかりませんが、その可能性はあると思います。もっとも、テリングはヒルズから報告を受けてたようですし、それについては必ずしもネガティブではなかったかもしれませんね。いずれにしても、ヒルズの解任をシカゴのほうは冷静に受けとめてます。ヒルズは法律事務所へ戻って、弁護士として活動するそうです」

「ご連絡、ありがとうございました。ホッとしました。小川商会の再建をめぐって、西北さんとシアーズの関係が妙なことにならなければいいがと願ってたのですが、これで、ヤマ場を越した感じがします」

宮野は、江藤に東京へ国際電話を入れるように指示した筒井の気配りに感謝した。

第九章　スクープ

1

「先生、けさのN産業新聞ご覧になりましたか」

橋田が、保全管理人室のソファに腰をおろしながら訊いた。

宮野は首を振った。N産業新聞は自宅で購読していなかったし、きょうは一日会議続きで、新聞を読む暇もなかった。

「また、なにか書かれましたか」

「痛し痒《かゆ》しみたいな記事なんですが……」

橋田は、背広のポケットから、新聞記事のコピーを取り出して、センターテーブルにひろげた。

宮野は、腕時計にちらっと眼を遣ってから、コピーを手に取った。

五月一日午後八時を過ぎたところだ。公認会計士なども含めた保全管理人団の会議が五時に始まったが、たったいま、終了したところである。

「もう、遅いですから、あとでお読みください」

橋田は、時間を気にした宮野に遠慮して、腰を浮かした。

「かまいませんよ。橋田さんさえよろしければ、どうぞ……」

宮野は笑顔で返した。

橋田がなにか話したがっていることは察しがつく。そうでなければ、八時過ぎまで宮野を待っているわけはなかった。新聞記事のコピーを見せたいだけなら、昼間のうちに秘書に届ければ済むはずである。

もっとも、スポーツ用品事業部長は、最も忙しいポストだから、橋田が残業していたことは間違いなかった。

「それでは十分ほど失礼します」

橋田はソファに座り直した。

N産業新聞の記事は、当然のことながら、小川商会に関するもので、二百行ほどの大きな囲み記事である。

〝失墜ブランドの将来は？〟の凸版大見出しと、〝小川商会　再建の命綱託す〟の四段見出しに、宮野は眼を剝いた。

「〝失墜ブランド〟にはまいりましたねぇ」

宮野から笑顔が消えた。

凸版見出しのあとにつづくリード（前文）には〝「ノーブランドの時代だ」「いやノ

ーブランドもブランドのひとつだ」――。こんな議論がかまびすしいのも、ブランド商法が「売れない時代」を迎えて混迷しているからだろう。それだけに、ひとたびブランドの威信にヒビが入ると、「復活の道」は険しい。上場以来初の赤字決算が必至となったウェストの「エニシングウェア」、会社更生法適用申請に陥った小川商会の「トム・ホーガン」など落ちたブランドが、かつての栄光を取り戻す日は?〟とある。リードを読む限り、痛し痒しとは言い難い。痛しはあっても痒しはないように思える。

宮野は、〝提携先見放さず〟の小見出しに続く本文を読みすすんだ。

四月二十日、小川商会は東京・芝浦の本社でスポーツ用品の展示会を開いた。この展示会、本来なら四月上旬に五反田の東京卸売センターで開催するはずだった。しかし、二月二十九日に会社更生法の申請を余儀なくされたことから、展示会を取りやめることにし、会場もキャンセルした。

ただその後、「トム・ホーガン」(ゴルフクラブ)、「ライル&スコット」(ゴルフウェア)、「ヘッジ」(スキー用品)など主力ブランドの輸入販売を当分継続できる見通しとなったため、急きょ、展示会を設営し直した。

更生法申請中の展示会だけに、さすがに活気があふれているとは言いにくい。しかし、「五月下旬に更生法の適用が認められるのは間違いない」と言い切る宮野英一郎保全管理人は、スポーツ用品を再建の主柱に位置付けている。

それにしても、提携先企業のイメージ、プレステージ（威信）に極度に神経をとがらせる海外有力ブランドメーカー各社が、小川商会を見放さなかったのはなぜか。倒産直後から、ブランドによっては国内の十数社が小川商会の「後任代理店権」をめぐって動いたと言われるのに、である。

業界関係者は「トム・ホーガン社やライル・アンド・スコット社の経営陣にしても苦しい選択だったはず」とみる。つまり、小川商会との契約を継続した場合のマイナスと、代理店を変更した場合のマイナスを天びんにかけた結果、小川との継続を選んだというわけだ。仮に、トム・ホーガン社が代理店を変えた場合「八〜十ヵ月分あるといわれる流通在庫がバーゲンに回されるのは目に見えている」（流通関係者）。小川商会の倒産以上にブランドイメージが崩れてしまう危険性があるのだ。

それが証拠に、三月に急ぎ来日したトム・ホーガン社のヘンリー・ロハス副社長は、数千万円相当の過剰流通在庫を買い上げたほか、流通関係者に手紙を出して「秩序ある販売」を訴えた。宮野保全管理人も換金のための在庫処分を避け、むしろ電話や文書で流通段階にブランド保護の協力を要請している。

小川商会の橋田和夫スポーツ用品事業部長は「海外メーカーの理解と、ブランドの何たるかを理解している保全管理人に恵まれた」と胸をなでおろす。ブランドに頼り過ぎた経営を続けたあげく、倒産に追い込まれた小川商会が、今度は、ブランドに再建の命綱を託すわけだ。

宮野がコピーから顔をあげた。照れくさそうに表情を崩した。

「ずいぶん、褒めてもらいましたね」

「いやぁ、そんなつもりはございません。率直に所感を述べたにすぎません。ライル・アンド・スコットのことはあまり書いてませんが、あのときの先生のご奮闘ぶりには、ほんとうに頭が下がりました」

「どうも……」

なるほど、たしかに痛し痒しという思いがしないでもない。

宮野は、コピーに眼を戻した。

後半は、ウェストに関する記事が中心で、〝ウェスト　初歩の在庫管理からイメージ復権に全力〟と見出しにある。

ウェストがバーゲンセールスによってエニシングブランドへの信頼を一気に崩してしまったことに触れているが、宮野は、ウェストの失敗を他山の石と考えないでもなかったから、高級ブランドを死守するために、それなりの対応ができたからこそ、更生開始の目途《めど》がつくところまで漕ぎつけられたのだと思う。

「よく調べて書いてますね」

「はい。ただ、展示会の開催時期をもっと延ばせばよかった、と悔まれます。先生の記者会見のあとに開催してたら、もっと盛りあがって、新聞に、〝活気があふれているとは言いにくい〟などと書かれなくて済んだのですが……」

「そこまでは欲張り過ぎですよ。記者会見でしゃべり過ぎてしまい、裁判所から注意され、わたしも反省してるんです」

宮野は口もとに苦笑をにじませた。

「それより、荷動きのほうはどうなんですか」

「お陰さまで、目立ってよくなってます。あとは支援グループが一日も早く決まってくれればいいのですが……」

橋田は、上眼遣いに宮野をとらえながらつづけた。

「N新聞の記者から、西北流通グループに決定的だね、とさぐりを入れられましたが、わたしにはコメントしようがありません。ユーザーからも、連日問い合わせがたくさん寄せられてますが……」

さぐりを入れているのは橋田のほうであった。

宮野は、部長クラスの幹部社員にさえも、西北流通グループはもとより、スポンサー候補の名前を口に出したことは一度としてなかった。

社員から水臭いと思われていることは百も承知だが、裁判所が更生開始を決定するまでは慎重であるべきだと考えていた。

「連夜、新聞記者に夜討ちをかけられて往生してます。いま新聞に書かれたら、どんな妨害が入らないとも限りませんからね」

宮野は、婉曲にコメントすることを差しひかえさせてもらいたいと伝えたつもりだった。

せめて、スポーツ用品事業部長の俺ぐらいに教えてくれてもよいではないか、と橋田の顔に書いてあるが、仕方がない。

「ダイコーよりは西北流通グループのほうがベターですねぇ。どっちにしても、一度倒産した会社の社員には、発言権はありません」

橋田は皮肉っぽく言ったが、気を取り直したのか、すぐ微笑を浮かべて言葉をつなげた。

「忘れるところでした。あしたのN産業新聞に野原君が登場するそうです」

「そうですか。たしか、〝この人と五分間〟とかいうコラムでしたね。インタビューを受けたことは総務部長から聞いてます」

野原恵介は、四月一日付で入社した新入社員である。野原と青木利夫の二人は、会社の採用取り消し通告を押し返して、会社更生法適用申請中の小川商会に入社して、マスコミでちょっとした話題を提供した。

「小川商会にとって多少のPRにはなるかもしれませんね」

「先生、わたしもそう思うんです。この記事にしても、PRになっていると、とれないことはありませんよ」

橋田はにこやかに言った。

N産業新聞にコメントしている手前もあろうが、もともと明るい性格の男である。

宮野は、西北流通グループの名前が口まで出かかったが、ぐっとこらえて、時計に眼を落した。

十分のはずが、三十分も経っていた。

2

パリ発アンカレッジ経由の日航機が成田空港に到着したのは、ほぼ定刻どおりの午後五時十分過ぎである。

西北流通グループの筒井代表と、西北百貨店の江藤常務がターンテーブルから荷物を取って、国際線到着ロビーに出て来たとき、出迎えの男性の秘書を押しのけるようにして、眼鏡をかけた若い男が筒井に近づいた。

江藤は、シカゴからパリへ回り、筒井と落ち合って、同じフライトで帰国したのであるが、若い男は初めて見る顔だった。

しかし、筒井は見覚えがあるとみえ、にこやかに挨拶を返している。

「どなたかお出迎えですか」

「筒井さんをお待ちしてたんです」

若い男は、A新聞経済部で流通業界を担当している高岡記者だった。入社十年の中堅記者である。

新聞記者に違いない、と江藤にもぴんときた。まずいことになったが逃げ出すわけにもいかない。

「A新聞に書いていただくようなことはありませんけどねぇ」

顔色を変えている江藤とは対照的に、筒井は、悠揚迫らぬ態度である。

「わたしがパリからきょう帰ることをご存じだったんですか」

「ええ」

「誰に聞きました」

「いや、そんな予感がしたんです。連休中は、日本におられないと聞いてましたから、五月七日月曜日のこの飛行機でお帰りになると思ったんです。われながらいい勘してました」

高岡はにやっと笑った。

「それで、わたくしになにか……」

筒井の表情が心なしかこわばった。

「小川商会の再建に乗り出すことに決まったそうですね」

筒井も江藤も、内心ぎくりとしたが、肯定するわけにもいかず、あいまいに笑っているほかなかった。

「宮野保全管理人があれだけはっきり更生開始は確実だと言ってますし、支援グループの存在も匂わせてるんですから、誰だってスポンサーが西北流通グループだと察しはつきますよ」

「小川商会さんとは、多少の因縁がありますから、少なからず関心はありますが、まだなんにも決まってませんよ」

筒井が当惑ぎみに返すと、高岡は自信ありげに言った。

「小川商会が流通グループに支援を求めるとなれば、流通グループなんてそうたくさんあるわけじゃありませんからねぇ。消去法でつぶしていくと、西北さんしか残らないんです」

「新聞には二グループと書いてありませんでしたか」

「保全管理人は、たしかに記者会見で、二グループと折衝中だと発言しましたが、カモフラージュだと思います」

「保全管理人に訊いていただくのがよろしいと思います」

筒井は辛抱強く笑顔をつくっているが、うんざりした声になっている。

「代表はお疲れですから……」

秘書の男が強引に、筒井と高岡の間に割って入ったが、高岡はくいさがった。

「もちろん、そうしますが、筒井さんのコメントをいただきたいんです。筒井さんが管財人に選任されるんですから」

「わたしはコメントする立場にありません。裁判所が決めることですから」

「裁判所が小川商会の再建を支援してくれと言ってきたらどうしますか」

「どうしてもと言われたら、真剣に検討せざるを得ないかもしれませんねぇ」

筒井は、秘書に促されて、歩き始めた。

A新聞は、五月八日付朝刊で、〝小川商会の再建へ　西北グループ全面支援〟の四段大見出しで、次のように報じた。


会社更生法申請中の小川商会に対して、西北流通グループが全面的に支援する方針を固めたことが七日明らかになった。最終的には東京地裁が今月中旬に管財人を選んで支援企業を決めるが、小川商会の保全管理人である宮野英一郎弁護士は「再建には、有力企業グループの支援が絶対に欠かせない」と言っており、小川商会は西北流通グループの下で再建に歩み出すことになるとみられる。

小川商会は、カメラ、時計、スポーツ用品などのブランド商品を扱う中堅のしにせ専門商社で、サンライト工機の親会社でもあった。

主力商品であるサンライトカメラの海外販売のための子会社の不振から経営が急速に悪化し、二月末に負債約千二百億円を抱えて、会社更生法を申請し、倒産した。

保全管理人の宮野弁護士は、小川商会のカメラ部門を除くスポーツ用品、自動車部品、時計・宝石部門などの経営はそれほど悪くなかったことから、カメラ販売から撤退し、社員を半減して再建する方針を固めていた。

しかし、小川商会はこれといった資産がなく、信用で商売する商社であることから、宮野弁護士は有力企業グループの支援が不可欠であるとみて、同氏の法律事務所と関係の深かった西北流通グループに白羽の矢をたて、バックアップを要請していた。一方、西北流通グループにとっては、海外有名雑貨の輸入販売に実績のある小川商会を傘下に収めることでグループの力を強化できると判断したものとみられる。

裁判所は早ければ今月中旬にも小川商会の会社更生法適用の開始決定をすると見られるが、管財人に西北流通グループの代表である筒井精一氏を選任し、実際に小川商会の再建の指揮をする管財人代理として同グループの役員を指名することになる可能性が強い。

西北流通グループの首脳は「小川商会の再建支援については裁判所が決定することで、現段階ではコメントする立場にないが、裁判所がどうしても支援してくれ、ということなら受けざるを得ないだろう」と小川商会支援に乗り出す可能性が高いことを認めている。

3

八日の朝七時前に、宮野宅に江藤から電話がかかった。

「朝早く申し訳ありません。さっそくですが、A新聞お読みになりましたか」

江藤の声は少しうわずっている。

「いや、N新聞を読んでいたところです。なにか……」

江藤が帰国の挨拶もせずに、いきなり用件に入ったので、宮野は緊張した。だいたい六時五十分という時間は、緊急性を思わせるに充分である。

「西北グループが全面支援と大きく書かれてしまいました……」

宮野は息を呑んだ。咄嗟には言葉が出てこなかった。

昨夜、夜討ちをかけられ、十一時過ぎまで、記者たちにねばられたが、その中にA新聞の記者はいなかった。

「実はきのうの夕方、筒井代表と一緒に帰国したのですが、成田空港でA新聞の高岡という記者につかまってしまったのです。代表は、肯定したわけではなかったのですが……」

宮野は、受話器に掌で蓋をして、A新聞をもってくるように志保子に告げた。

なるほど一面に大きく出ている。

「はっきり否定しなかったものですから、とんだことになってしまいました。先生にご迷惑をおかけして申し訳ありません。宮野先生にサウンドするように言ったのですが……」

「ほとんどの記者が西北流通グループだと、察知してましたが、証拠がなかったので書けなかったんですよ。いずれ、どこかに抜かれるかもしれないとは思ってましたが、ちょっと予想より早かったですねぇ」

「申し訳ありません」

江藤は、また同じ言葉をくり返した。そんなに恐縮がられては、かえってこっちが恐縮してしまう。

「朝一番で、裁判所に顔を出しておいたほうがよろしいと思いますが、筒井さんのご都合はいかがでしょう」

「それが、よんどころない用件がございまして午前中はどうにも時間が取れません。わたしではいけませんか。A新聞は、西北流通グループ首脳の話として載せてますが、わたしがしゃべったことにしてもよろしいと思いますが……」

江藤の口調から、筒井を庇っているニュアンスが汲みとれた。

「とにかく、九時に裁判所の弁護士控室でお会いしましょう」

「恐縮です」

宮野は、電話が切れるやいなや今西の自宅のダイヤルを回した。

午前中の予定をすべてキャンセルしなければならないから、その点を今西に伝えておく必要があった。

八時過ぎにN新聞の関本記者から電話が入った。

宮野は、玄関から出ようとしているところを呼び止められて、一瞬どうしようかと迷った。

関本は、昨夜遅くまで宮野宅にねばっていた記者の一人である。A新聞に抜かれて、頭に血をのぼらせているに相違ないから、電話に出れば、話が長くなる恐れがあった。

しかし、出なければ怒り心頭に発するだろう。

関本は、僕が小川商会の保全管理人に選任されてから知り得た記者の中で、仕事熱心なことにかけては人後に落ちない。僕が関本を利用した面がないでもなかったのだから、ここは丁寧に応対すべきだ——。宮野は、瞬時のうちに、これだけのことを考えて、リビングルームに戻って、受話器を取った。

「宮野です。お早ようございます。実は、急いで外出しなければならないんです。車の中から電話をかけますから、番号を教えてください」

宮野は、関本宅の電話番号をメモに取って、それをワイシャツのポケットに入れた。

車が走り出してからすぐ、宮野は関本宅に電話をかけた。メモを見るまでもなかった。

「宮野です。先刻は失礼しました」

「ひどいじゃないですか。デスクから電話がかかって、さんざん厭味を言われて、頭がカッカしてます」

「関本さんの気持ちはわかるけれど、僕にもどうすることもできないしねぇ」

「西北の誰がリークしたんですか」

宮野は返事に詰まった。

「筒井さんですかねぇ。まだパリにいるはずでしょう」

「きのう帰国したんじゃないですか」

「えっ！　帰ったんですか！　それじゃ、筒井がしゃべったに決まってるな」

関本はよほど頭に血がのぼっているとみえ、ぞんざいな口調になっている。

「最後の最後に、トンビに油揚げさらわれたようなもんですよ。宮野さんも、さんざんとぼけて、ひどいじゃないですか」

矛先《ほこさき》を向けられて、宮野は苦笑した。

「裁判所が正式に管財人を選任するまでは、保全管理人は絶対にしゃべれませんよ。それじゃなくても、僕は、N新聞にリークし過ぎると、裁判所から注意されてたんですから。関本さんは、一度スクープしてるじゃないですか」

われながら牽強付会《けんきょうふかい》かな、と思わぬでもないが、宮野はなおもつづけた。

「小川商会の更生開始を予想したジャーナリストは一人としていなかったんじゃないですか。スクープとしては、あのほうが価値がありますよ」

N新聞が〝来月中にも更生開始〟〝小川商会　保全管理人見通し〟と書いたのは四月十七日のことだが、小川商会にとって都合のいい記事でもあった。

「それはないでしょう。西北流通グループが小川商会の再建に乗り出すことのほうが断然、ニュース価値がありますよ」

「そんなものですかねぇ」

「A新聞の記事は正確なんでしょう。つまり西北が支援することは間違いないんですね」

「筒井さんは肚を決めてくれると思います」

「やっと、白状したわけですね。A新聞のスクープを裏付けてくれるんですか」

関本は皮肉っぽく、そして愚痴を交えて言った。

「ただ、記事の内容は必ずしも正確ではないですよ。だいいち決定的な書きかたをしていないじゃないですか。可能性が強い、としか書いてないでしょう。憶測記事といってもいい。管財人は、二人になるんじゃないですか」

「なるほど、そういうことですか」

関本はいくらか機嫌を直したようだ。

宮野が裁判所ビル一階の弁護士控室に顔を出すと、すでに江藤は先に来て待っていた。

二人は、九時十分過ぎに、十三階の東京地裁民事八部に、石井判事を訪ねた。

もちろん、石井はA新聞を読んでいた。

「お詫びに参上しました」

「申し訳ありません。わたくしが迂闊《うかつ》でした」

宮野と江藤は、深々と頭を下げたが、石井は皮肉ともつかずに言った。

「裁判所は忙しくなりますね。調査報告書もきのういただいてますから、大車輪で勉強させていただきます。開始するとすれば、決定を急ぐ必要がありそうですから……」

「恐れ入ります」

宮野が返し、江藤は黙って低頭した。

宮野は、江藤と別れて、東京地裁から小川商会の本社ビルに回ったが、車が日比谷通りの増上寺前に差しかかったとき、運転手の浅原に言った。

「倉庫の前で止めてもらったほうが無難かもしれませんね」

「はい。わたしもそう思います」

浅原もA新聞を読んでいたので、宮野がなにを言わんとしているか察しがつく。新聞記者が押しかけて来てると考えるのはごく自然である。

宮野が保全管理人室に入って間もなく、総務部長の浜野がやって来た。浜野は、広報室長と兼務しているが、記者クラブから記者会見を要求されていることを宮野に伝えに来たのである。

ソファをすすめながら宮野が返した。

「記者会見は裁判所の許可をもらってませんから、できませんねぇ。応じるとしても裁判所が管財人を決定してからで、そのときは、主役は筒井さんで、僕は脇役です」

宮野が笑いながら言うと、浜野はこわばった顔でうなずいた。

宮野は、遠回しにA新聞の記事を肯定したことになるが、西北流通グループが再建に乗り出してくるに相違ないと予想していたこととはいえ、それを保全管理人が裏付けたことによって、浜野は新たな緊張感にとらわれていた。

それは、名状し難い複雑な思いを伴っている。とうとう小川商会は、西北流通グループの傘下に組み入れられることになった、という事実の重みの圧迫感は、途方もなく大きかった。

会社更生法の適用を申請して事実上倒産した企業の社員が悲哀を託《かこ》つのは、これからではないのか——。

「西北流通グループでは不満ですか」

「いいえ」

浜野はあわててかぶりを振った。

胸の中を覗かれたような気がして、顔が赤らんだ。

「僕はベストの選択をしたと思ってるんですが……」

「ええ、先生のおっしゃるとおりです。けさのA新聞を読んで、社員もほっとしてると思います」

「それならいいんですが……」

宮野は考える顔になった。背広の内ポケットから手帳を出し、スケジュールを確認してから、宮野が言った。

「社員総会などという大袈裟なことじゃなくてけっこうですから、六時に社員を集めてください。出席できる人だけでけっこうです」

「…………」

「A新聞の記事は、憶測記事の域を出てませんから、わたしから経過報告をかねて社員の皆さんに説明しましょう。まだ更生開始になってないし、管財人も決定してませんが、ま、いいでしょう」

「ありがとうございます。そうしていただくと助かります」

浜野の表情がほぐれた。

六時半からプライベートな用事があったが、キャンセルできないことはない。A新聞のスクープで、スケジュールをこわされてしまったのだから、この際、小川商会の社員を激励しておこう、と宮野は考えたのである。

十階の大会議室に三百人以上の社員が詰めかけて、宮野の話を聴き入っている。

宮野は、西北流通グループの全面支援が得られるに至った経過を説明したあとで、次のように話をつづけた。

「昭和五十九年の二月二十九日は、皆さんにとって終生忘れ得ぬ日だろうと思います。言うまでもなく、小川商会が裁判所に会社更生法適用の申請をした日ですが、二月二十九日のA新聞夕刊に、〝更生法の適用の可能性は小さい〟と書かれたことを憶えている人も多いと思います。そのA新聞がきょうの朝刊で〝小川商会の再建へ　西北流通グループが全面支援〟と書きました。わたしは、皆さんに〝小川商会を更生させることがわたしども保全管理人団の使命だと考えて、力いっぱいやらせていただく〟と約束しましたが、なんとか更生開始に漕ぎつけ、皆さんとの約束を果たせそうな見通しが出てきたわけです。保全管理人代理の今西、菊池先生、海外法人を担当していただいた沢田先生、それから村本先生、わたしどもの法律事務所をあげて取り組んだことは大いに自負したいところですが、それ以上に、困難な環境の中で、社員の皆さんが歯をくいしばって努力したことが大きかったと思います……」

宮野は、口に溜った唾液を呑み込んで、話をすすめた。ここからがいちばん言いたい点である。

「とかくスポンサー企業というと、占領軍という認識で受けとめがちですが、そうではありません。小川商会の再建をバックアップするパートナーと考えていただきたいんです。筒井代表が管財人に選任されますが、裁判所の判断によりますがわたしも管財人として引き続き、お手伝いさせていただくことになると思います。ある社員がわたしに、占領軍に踏みつけにされる惨めさを考えたら、この会社に残る気にはなれない、という意味のことを言ったことがありますが、経営陣の半分は小川商会のプロパーで占めるべきだとわたしは考えております。筒井代表は優れた経営者ですから、小川商会の社員がやる気をなくすような再建策をとるとは思えません。後日、スポンサーの選択では、これでよかったと皆さんにわかっていただけると、確信しています」

第十章　更生開始決定

1

五月十五日の夜十時過ぎに理蝶の井口卓朗から、宮野の自宅に電話がかかった。井口は三月下旬に単身赴任してまだ二ヵ月も経っていないのに、宮野には井口の声が莫迦に懐しく思えてならなかった。

「先生、おめでとうございます。更生開始に漕ぎつけたようですね」

「お陰さまでね。きみにはいろいろお世話になったが、ふり返ってみるとライル・アンド・スコットと理蝶との交渉が一番大きなヤマ場だったような気がするなぁ。先が見えて来たのはあの問題が片づいてからだからねぇ」

「二月二十九日に小川商会が会社更生法適用の申請をしたときは、眼の前が真っ暗になったというか、途方に暮れましたが、小川商会、ライル、理蝶三者のこみ入った関係がよくぞほぐれたものだと、あらためて先生のねばりと熱意と迫力に感服してますよ」

「メトカーフ社長が厳しい経営者でありながら話のわかる人だったことと、きみが東京にいて理蝶の内部をまとめてくれたからこそ、できたんだよ。ま、運がよかった、としか言いようがないなぁ」

「しかし、それにしては先生はずいぶん強気でしたよ。小川商会の再建を百パーセント確信できるような気持ちにさせられましたもの」

「そうだとしたら、そう思い込むことから始めなければいけないと自己暗示をかけたことがよかったのかもしれないね。保全管理人の僕が小川商会の再建について半信半疑で、及び腰だったら、誰も他の人はついて来てくれなかったし、決していい結果は得られなかったと思うんだ。もっとも、いまだから話せるんだが、百パーセント自信があったわけではないし、ときとして弱気な気持ちになったこともあるよ。こういうことは、再建が軌道に乗って、債権者に借金を返済できるようになってから言うべきことなんだろうけどね。やっと更生開始になったくらいで、大きなことを言ったら、それこそ笑止じゃないかな」

「そんなことはありません。二月二十九日の時点で更生法が適用されると予想した人がいったい何人いたでしょうか。わたし自身、その可能性はせいぜい二〇～三〇パーセントぐらいにしか考えてませんでしたもの。それが先生と接触するようになってから、五〇パーセント、七〇パーセントとあがって、ライルとの交渉が大詰めを迎えていたころは百パーセント確信が持てるようになりました。誰がなんと言おうと……」

井口は、まるで演説でもしているように力を込めてつづけた。

「小川商会の更生開始は大変なことだと思います。宮野先生だからこそ不可能が可能になったんです」

「ありがとう。そんなふうに言ってくれるのはきみだけだよ」

「とんでもない。皆んなそう思ってますよ。少なくとも理蝶の関係者は、そう思ってます。メトカーフもよろこんでるでしょうね。顔が見えるようです。当然ロンドンにもニュースは伝わってるでしょうから」

宮野は、なにかしら胸が熱くなった。正直に胸のうちを吐露すれば、われながらよくぞ頑張ったと思う。

もちろん、法律事務所の今西、菊池、沢田佐知子、村本たちの献身的な努力や、田代、中川ら公認会計士や、その他の多くのスタッフの協力がなければ、ここまで漕ぎつけることはできなかったろうし、メトカーフや、いま電話で話している井口、さらにはなににもまして社員がやる気になってくれたことなど、プラスの相乗作用が少なくなかった。

俺一人の功績などと思いあがったことを言うつもりはさらさらないけれど、ともかく座礁し、難破しかかった船が沈没せずに、再び航海を続けられるように、保全管理人としてリーダーシップを発揮することができたという自負めいたものがないと言えば嘘になる。

「きょうの夕刊を読んで、先生にひとことおめでとうが言いたかったんです」

「ありがとう。きみには、ほんとうに感謝している……」

宮野はちょっと言葉を詰まらせた。

「感謝するのはわたしのほうです。更生開始にならなかったら、わたしは社内でそれこそ面目まるつぶれで、辞表ものですからね。実は、会社の連中と、さっき祝杯をあげて、いま下宿へ帰って来たところなんですが、とにかく最高にいい気分です」

饒舌なわけだ、と宮野は思った。

「ところで、あした裁判所が正式に開始決定するのは間違いないんでしょう」

「三時に裁判所に呼ばれてるから、多分間違いないと思う」

「多分間違いないと思う、なんて水臭いこと言わないで、絶対大丈夫だと言ってくださいよ」

「水臭いはないだろう」

「そうですね。水臭いはやっぱり変ですね。弁護士先生特有の言い回しですか」

井口はさもおかしそうに、ククッと笑った。

井口との電話が切れた直後に、また電話が鳴った。

今度は、有沢だった。有沢は、高校時代のクラスメートで、小川商会の社員である。

「更生法が適用されるなんて夢のようです。小川商会の社員は、全員宮野先生に感謝してます。わたしは全社員を代表して、先生にひとことお礼を言わせてもらいます。先生、ほんとうにありがとうございました」

「きみも、祝杯をあげた口か」

宮野が笑いながら返すと、有沢は舌をもつれさせた。

「う、うち祝いってやつです。しかし、複雑な気持ちでもあるんですよ。とうとう西北に身売りするのかって、嘆いてる社員もいますからね」

宮野は、井口の電話で、少しくいい気分になっていただけに、なんだか水を差されたような気がした。全社員を代表してお礼を言いたい、というのは皮肉なのだろうか。

「きみも、占領軍という認識なのかい」

「わたしは、小川商会のプロパーではなく、中途入社の口ですから、そんなに感傷はありませんが、社員の中には、そういう受けとめかたをする者がいないとも限りません」

「僕が西北をスポンサー企業として迎え入れたことは、小川商会の社員に受け容れられてないのかねぇ」

「それは、違います。そんなことは絶対にないですよ。なんと言ったらいいんですかねぇ、適切な表現かどうかわかりませんが、結局感傷なんです。スポンサー企業の協力を得ずに再建できるとは誰も思ってません。ほんとうに、皆んな先生に感謝してるんです。それに、八日の社員集会で、先生は、経営陣の半分は小川商会のプロパーで占めるべきと言いましたね。あれは、実によかった。相当なインセンティブになったと思います。ほんとうに社員のことを考えてくれる保全管理人に恵まれた、と皆んな思ってますよ。そのくせ、人間なんて勝手なものですから、西北に身売りするのはいやだ、なんて考えるんです。つまらない感傷に過ぎません。先生が気にする必要はまったくないと思います」

有沢も井口に劣らず饒舌だった。心が揺れているのだろうか、井口以上によくしゃべった。

「わたしは、先生と高校時代のクラスメートであることを回りの連中に伏せてきました。それを誇りたいのは山々ですが、先生にご迷惑をかけてもいけないと思って、話さなかったんです。しかし、きょうは話しましたよ。話さずにはいられなかったんです。宮野保全管理人は、俺のポンユウだって話したときの快感といったらなかったですよ」

情緒不安定というのは当たらないが、有沢の話は長かった。いったい、なにが言いたいのだろう――。
有沢も含めて、社員の西北流通グループに対する不安と期待は、サラリーマンを経験したことのない僕の想像の及ぶところではないかもしれぬ、と宮野は思った。

2

十一時過ぎには、N新聞記者の関本にまた夜討ちをかけられた。

「宮野さんには、なんだかしてやられたような気がしてしょうがないんですよね」

ウィスキーの水割りを飲みながら関本が愚痴っぽくつづけた。

「西北グループのことでA新聞に抜かれちゃって、九仞《きゅうじん》の功を一簣《いっき》に虧《か》いたのか、画竜点睛《がりょうてんせい》を欠いたのか知りませんけど、あれにはまいりましたよ。デスクには厭味を言われるし、さんざんな目にあいました」

「きみの気持ちはわかるけれど、僕にしてやられたっていうのは、なんだか言いがかりをつけられているようで、釈然としないなぁ」

「じゃあ訂正します。宮野さんの凄腕に脱帽する、と言い直しますよ」

宮野が首をかしげるのを横眼でとらえながら、関本はグラスを呷《あお》った。

「小川商会なんて箸にも棒にもかからないボロ商社を更生会社にもって行ったのは、

やっぱり宮野さんの凄腕としか言いようがありませんよ。気がついたら、われわれマスコミは宮野さんに手玉に取られて、小川商会の更生開始が当たり前みたいな気分にさせられてたんです」

「どうもよくわからないなぁ」

宮野がまた首をひねった。

関本がなにを言わんとしているのかわかるような気もするが、絡むほどではないにしても、どこかひっかかる言いかたである。A新聞のスクープに、いまだに拘泥《こうでい》しているのは、よほど悔しかったのだろう。

「A新聞のスクープは、まったく残念というしかないし、関本さんに気の毒なことになったと同情しますが、僕にはどうすることもできなかったんでねぇ。それにしても、手玉に取るとか、凄腕とか言われると、希代の悪党みたいに聞こえるじゃないですか。僕は、ごく自然体で小川商会の再建に取り組んだに過ぎません。箸にも棒にもかからないボロ商社なんて、ひどいなぁ。僕が小川商会の社員だったら、関本さんにつかみかかってたかもしれませんよ」

宮野は声をたてて笑った。

「だいいち、筒井さんほどの人が再建に手を貸してくれるんですよ。箸にも棒にもかからない会社だったら、それこそ関本さんが当初予想したように、破産しかありませんよ」

「…………」

「心情的には、西北流通グループのことも関本さんにスクープしてもらいたかったんですが、僕の立場ではそうもいきません。裁判所の正式許可を得て、記者会見で発表する以外にないと思ってたんです」

関本は、眼をしばたたかせた。心情的には――と言われたことで、いくぶん胸の中がすっきりしたのだろうか。

「いよいよあしたに迫りましたね。ここまでもって来た宮野さんに、素直に脱帽しますよ」

「関本さんにも、なにかと協力してもらいましたね。感謝してますよ」

「格別のことをした憶えはありません。むしろ、いろいろ書かせてもらって、感謝しなければならないのは、わがほうです。最後の最後にしくじりましたけどね。西北のことを書いちゃおうと思ったことは何度もあったんですけど……」

関本は恨みがましく言って、センターテーブルのグラスに手を伸ばした。

3

翌朝、宮野は九時に小川商会に出社するなり、保全管理人室に、総務部長の浜野を呼んだ。

「五時からの記者会見に、お世話になった弁護士や公認会計士のかたがたをお呼びして、筒井さんの話を聞いてもらおうと思うんです。秘書室と手分けして、連絡してください」

宮野はリストを浜野に手渡した。

子会社関係の調査や整理を含めて、動員した弁護士と公認会計士は二十人を越えていたが、これら協力してもらった人々に、きょうの結果を直接みてもらいたい、と思ったのである。

「承知しました。記者会見は、一般紙が午後五時、業界紙が六時の予定ですが、一般紙の記者会見のときでよろしいですか」

「そうしてください」

浜野が退室して間もなく、保全管理人付秘書の山本佳子が顔を出した。

「ライル・アンド・スコットのメトカーフ社長から国際電話が入っております。おつなぎしてよろしいですか」

「すぐつないでください」

佳子は、デスクに近づいて受話器を取った。

「メトカーフさんの電話をつないでください」

「ハロー……」

宮野が呼びかけると、メトカーフの声が返って来た。

「更生法の適用が決まったそうだね。ミスター宮野、よくやった。わたしはうれしく思っている」

「お陰さまで。わたしのほうから、あなたに電話をかけなければならないのに、先を越されてしまいました」

宮野は、ちらっと腕時計に眼をやった。

九時二十分過ぎだから、ロンドンは五月十六日午前一時半頃である。メトカーフは、おそらく自宅から電話をかけてきたのだろう。

「実はたったいま、懇意にしているBBCの東京特派員から連絡をもらったばかりなんだ。首を長くして待ってた朗報に接して、飛びあがってよろこんだよ。ミスター宮野の判断は正しかったね」

「ライル・アンド・スコットに小川商会との取り引きを継続してもらえたことが、こういう結果につながったんです」

「三月に東京へ行ったとき、わたしは小川商会との関係を打ち切らざるを得ないと思っていた。ミスター宮野から、なにかとサジェッションがあって、それがぐらついた。ミスター宮野が、わたしの立場だったら、どうしたか、と訊いたら、もちろん継続したと答えたね。わたしはミスター宮野に賭けたが、うちあけたところずっと不安だった」

「それはお互いさまです。西北流通グループがスポンサー企業として支援してくれることが決まるまでは、わたしも心配でした」

「裁判所が更生法の適用を認めてくれたんだから、もう安心していいね。ミスター筒井という男は、相当な遣り手の経営者らしいし……」

「ええ。傑出した経営者です」

「ライル・アンド・スコットの製品を大いに売りまくってもらいたいねぇ」

「わたしも、それを期待してるんです」

「今度はいつ会えるのかな」

「海外の取り引き業者には、報告がてらご挨拶に伺わなければと考えてます。筒井代表とも相談して、なるべく早い機会に英国へ出かけるつもりです」

「再会をたのしみにしているよ」

4

　午後三時五分前に、宮野は裁判所ビルの弁護士控室で、筒井、江藤と落ち合って、三人で十三階の東京地裁民事八部に石井判事を訪問した。

　更生開始決定の正本と、管財人および管財人代理の選任証を手交され、これによって小川商会は西北流通グループの一員として再建に踏み出したことになる。

　夕方五時から、小川商会本社の会議室で、筒井、宮野両管財人と江藤管財人代理、それに保全管理人代理であった今西、菊池両弁護士も加わって記者会見が始まった。

　筒井が起立して挨拶した。

「小川商会の倒産劇は、社会的に大きな事件と言えます。輸入商社でもある小川商会を再建することは社会的にも意義のあることだと考え、裁判所の要請を受けまして、管財人をお引き受けさせていただくことにしました。小川商会の取り扱い品目は、主として消費財ですから、西北流通グループのマーケッティング力を生かせる面が多いと判断しております。もちろん、西北流通グループ以外の百貨店、量販店にも大いに売り込んでいくつもりです。西北流通グループでは、これまでにもみどり屋や吉美家などの再建に取り組んだ経験がございますが、会社再建は、経営者として努力すべき仕事の一つではないかとわたくしはつね日頃から考えております。なお……」

筒井は右手に坐っている江藤を手で示した。

「江藤さんは、わたくしの代理として、宮野弁護士ともども再建の実質的な指揮をとっていただきます」

江藤が起ちあがり、記者団に向かって頭を下げた。

「管財人代理に選任されました江藤でございます。筒井代表、宮野弁護士のご指導をいただきまして、小川商会の再建に微力を尽くしたいと存じます。よろしくお願いします」

続いて宮野が挨拶に立った。

「製造設備などの資産がなく、信用に頼る商社の再建には、有力なスポンサー企業の支援、協力が不可欠でありますが、小川商会の再建は、西北流通グループにお願いすることがベストと判断しまして、筒井さんに管財人になっていただきたいと要請し続けてまいりました。お陰さまで、筒井さんに快諾していただけ、小川商会の更生開始の準備をしてきた者として、こんなにうれしいことはありません。管財人として引き続き、小川商会の再建にかかわることになりましたが、西北流通グループの支援を得て、必ずや小川商会は更生できるものと確信しております」

質疑応答に移った。

――小川商会を傘下におさめることは、西北流通グループにとって具体的にどんなメリットがあるんですか。

「西北にはないスポーツ分野が拡大できる点と卸売り部門をもつことは大きなメリットだと思います。これから相互補完作用の働く面はどういう点にあるかをじっくり研究させていただこうと思ってます」

――シアーズ・ローバックから小川商会の買収でアプローチがあったと聞いてますが。

筒井は、宮野に眼を遣りながら答えた。

「事実のようですよ。西北流通グループは、シアーズと提携関係にありますので、今後も小川商会の再建でもシアーズの協力を得たいと考えてます。この点はシアーズも基本的に了解してますが、テリング会長が六月に来日しますので、具体的にシアーズにどんな協力をしてもらえるのか、詰めたいと思ってます」

――更生計画の策定にあたって、減資することを考えてますか。

「一般的には百パーセント減資するケースが多いようですが、まだ白紙の状態です。よく検討してみませんことには、なんとも申しあげられません」

――小川商会の負債総額は正確なところどうなってますか。

この質問には、宮野が答えた。

「詳細な財務調査をした結果、負債総額は一千二十六億円と判明しました。ただし、預金、担保と相殺した正味の負債額は約七百七十三億円です」

――昨年九月に実施した六千三百万円の中間配当について宮野管財人はどう考えてますか。

「中間配当は、通期で欠損になるおそれがない場合に限って実施できるという商法二九三条ノ五の第四項の規定からみまして、中間配当を実施したことの判断が正しかったかどうか調べる必要があると思います。仮に違法だとしたら、なんらかの措置を考える必要があるかもしれません」

一般紙に引き続いて、業界紙関係の記者会見が行なわれ、そのあと六時半からの社員集会で、筒井が挨拶した。

「管財人に選任されました筒井精一でございます。今後、皆さんとともに小川商会を再建するために努力したいと思いますので、よろしくお引き回しください……」

筒井は、やわらかく語りかけるように話し始めた。

「ちょっと気の利いた人は、小川商会から既に去って行ったかもしれませんが、会社にとってほんとうに役立つ人は、目端の利いた人ではありません。会社のゆくすえを真剣に考えて、辛抱強くやっていく人です。ですから会社の困難な時期をくぐり抜けた社員には力量のある人が多いんです」

筒井は、会場をゆっくりと見回した。本社勤務の三百人ほどの社員が固唾を呑んで、壇上の筒井に見入っている。

「ここにおられる皆さんは、会社のことを考えている、ほんとうに役に立つ社員ばかりだと思います。わたくしは、いくつかの会社の再建にかかわってまいりました。昭和三十年代に、親父が手がけていた旭日航洋という会社の再建をまかされたことがあります。当時はヘリコプターを二機保有しているに過ぎない小さな会社でしたが、社員は、ヘリコプターが落ちればいいといつも思っていたんです。なぜならば、ヘリコプターが落ちれば保険金が入るからです。そんなことでは、社員のモラールは停滞するばかりですし、会社がよくなるはずはありませんから、わたくしは、ヘリコプターに保険金をかけることを禁じました。経営者にとって大切なことは率先垂範ですから、わたくしは自ら保険のかかっていないヘリコプターに乗り込んだんです。当時、わたくしは独身ですから、事故があっても悲しむ人はおりません。だからこそ、ヘリコプターに乗ったんです。独身じゃなかったら、いくらなんでもそんな無茶はできなかったかもしれませんねぇ」

会場がどっと沸いた。

社員たちは気持ちがほぐれたと見える。

筒井は満足そうに眼を細めた。

「旭日航洋が立ち直って、現在日本一のヘリコプターの会社になったのは、社員がやる気を出してくれたからだろうと思います。社員のやる気を引き出すことに、わたくしなりにお役に立てたような気がするんです。社員のやる気を阻害するような経営者は、経営者の資格はないと思います」

筒井は、もちろん草稿なしで話している。

次になにを話そうか、数秒ほど間をとってから、先をつづけた。

「丸愛を手がけたときも苦労しました。労働組合が強くて、ストが絶えない百貨店でした。わたくしは、組合の幹部と膝を交じえて、三日間話しました。夜を徹したこともありますが、最後には、わたくしの経営方針を理解してくれました。労使協調して会社を立て直そう、一緒にやろう、と約束してもらえたのです。わたくしは、いま旭日航洋と丸愛の例を引きましたが、小川商会は大手術をして赤字の元凶であったカメラ部門を切り捨て、スポーツ用品などを中心に再建を図ることになりましたけれど、なによりも質のいい社員がたくさんおられます。しかも皆さんは会社の再建に燃えてます。再建の条件はそろっていると申せましょう。わたくしもお手伝いさせていただきますが、商社の再建は難しいと言いますけれど、小川商会に限って言えば、そんなことはありません。必ず再建できます。おそらく皆さんもそうでしょうが、わたくしも再建できると確信しております。小川商会の再建に、共に全力を尽くそうではありませんか」

筒井につづいて、宮野が手短かに、更生開始決定に至った経緯を報告したあと、江藤が決意表明を行なって、社員集会は七時過ぎに終了した。

七時半を過ぎた頃、役員会議室に宮野、今西、菊池、沢田、村本ら五人の弁護士、田代、中川らの公認会計士、浜野総務部長、橋田スポーツ用品事業部長ら幹部社員が集まり、それに筒井、江藤が加わって、簡単にビールで乾杯した。乾杯のあとで筒井が宮野たちをねぎらった。

「宮野先生、永い間、ほんとうにご苦労さまでした。それから、今西先生、菊池先生、沢田先生、村本先生、公認会計士の先生がたも、ありがとうございました。皆さんのご努力がなければ、きょうはありませんでした。とくに、宮野先生のご尽力に負うところが大きかったと思います。永い弁護士生活の中でも、印象に残るお仕事をなさったと思いますが、宮野先生のご努力を無駄にしないように心しなければならない、とわたくしも肝に銘じております。こういう言いかたはどうかと思いますが、宮野先生が経営者になられてたら、一流の経営者になられていたと思います。弁護士にしておくのは惜しいと申しあげたら失礼になりますが、ほんとうに、わが西北流通グループとして宮野先生をスカウトしたい心境です」

宮野が高らかに笑い、それに誘われるように、皆んなが笑い出し、哄笑《こうしょう》の渦となった。

一杯のビールで上気している宮野の顔が一層赤く染まっている。

「一流の経営者に、過分なお褒めの言葉をいただいて、身に余る光栄です。しかしわたしは一流の経営者になれるなどと思いあがった気持ちは一切ありませんし、経営者になろうと考えたこともありません。この二ヵ月半の保全管理時代を何んとか乗り切れたのは、経営者としての資質というよりも、倒産という危機の時代においての交渉力なのです。これは本質的に弁護士の資質です。小川商会にとってこれから本来の経営が始まりますから、本来の経営者である筒井代表に指導して頂きたいのです。それと今日があるのは、保全管理人団のチームワークと、優秀な社員の努力の賜物と思います。ただ、少し感傷的な言いかたになりますが、ことしは弁護士生活二十五年、満五十歳を迎えたところです。人生の節目に、この仕事にぶつかったことに、なにか運命的なものを感じております。実を申しますと、このことは、裁判所から小川商会の保全管理人にどうか、と打診を受けましたときに、今西先生と菊池先生に、そのときの心境としてお話ししたんですが、いろいろな困難なことはありましたけれど、お引き受けしてほんとうによかった、と心から思っております」

沢田佐知子が、宮野のほうへ近づいて来た。

「宮野先生、赤倉スキー場のことは、筒井代表にお話しになりました？」

「いや……」

「赤倉スキー場のことってなんですか」

筒井が宮野の顔を覗き込んだ。

宮野がまた盛大に笑った。

「たいしたことじゃありません」

「でも、大変ドラマチックでしたわ……」

佐知子が、赤倉スキー場の一件を筒井に話して聞かせた。

「そんなことがあったんですか。万一、宮野先生が大雪のために赤倉スキー場から、二月二十九日のうちに東京へ帰れなかったら、どうなってましたかねぇ。ほかの弁護士さんが保全管理人に選任されてたわけでしょう。こんなにうまくことが運んだかどうか……」

「誰が選任されても、更生開始に漕ぎつけてますよ」

宮野は謙遜した。

赤倉スキー場の食堂で、コーヒーを喫みながら弁護士仲間に話したことを宮野は思い出していた。

『いきなりパラシュートで舞い降りて、更生会社の全権限を掌握し、更生開始決定に導くという大きな仕事ができるんですから、身がひきしまるというか、あの緊張感はなんともいえません。弁護士になってよかったと、しみじみ思いますよ』

あのとき、弁護士の仕事でなにがいちばんおもしろいだろうか、と若い弁護士に訊かれて、更生会社の保全管理人になることだと即座に答えたが、小川商会の更生開始に失敗してたら、また違った感慨をもっただろうか——。

第十一章　ロンドンでの再会

1

ロンドン行きＢＡ（ブリティッシュ・エアウェイズ、英国航空）六便のジャンボ機は、定刻の午後九時三十分を二十分遅れて成田空港を離陸した。

宮野と江藤はファーストクラスの前方シートに並んで坐っていた。

この日は六月十五日、東京地裁が小川商会の更生開始を決定してからちょうど一ヵ月経つ。

宮野は小川商会の保全管理人から管財人に変った。江藤は、管財人代理で、筒井管財人の代行として、五月十六日以降、小川商会の営業の総指揮を執っている。

二人は、ライル・アンド・スコットなど欧州の取り引き先を歴訪して、更生開始決定の挨拶と実務的な打ち合わせをする必要が生じたため、二週間の予定で欧州へ出張することになったのだ。

ＢＡ機が安定飛行に移って間もなく夕食になった。何種類かのメニューの中から、二人が選んだ前菜はスモークドサーモンとブラウンブレッド、それに少量の大阪寿司。メインは、仔牛肉ステーキレットのブランデークリームソース、ブロッコリー、人参、ポテトコロッケが添えてある。それに各種のチーズとクラッカー、デザートはリンゴパイとメロン。もちろんコーヒーかミルクティがつく。

機内食としてはまあまあのメニューと言える。

江藤がスコッチウィスキーの水割りをひと口すすってから訊いた。

「サンライト工機の更生開始決定が遅れてますが、どうなるんでしょうか」

宮野は、口に運びかけた白ワインのグラスをトレーの上に戻した。

「保全管理人の、山下昭男先生は一流の弁護士ですし、コスモスの薄井社長も頑張ってるようですから、開始決定が見送られることはないと思います」

「保全管理人団のチームワークが必ずしもうまくとれていない、と聞いたことがありますが……」

「さあ、どうなんでしょうか」

そんな噂を聞かないでもなかったが、宮野は言葉を濁した。よその事件をとやかくいうのは気が引ける。

「小川商会が更生開始に漕ぎつけたくらいですから、サンライト工機も大丈夫でしょう」

「小川商会の更生開始決定は、先生がたの努力の賜物です。打つ手を誤っていたら、どうなっていたかわかりませんよ。あと二ヵ月遅れていたら、どうにもならなかったと思います。人も散ってしまうし、商権の維持も困難だったでしょう」

宮野は口に含んだワインをゆっくりと喉へ送り込んだ。

「西北流通グループの支援が得られなかったら、また流れが変っていたかもしれません。海外の仕入れ先も、西北が再建に乗り出したと聞いて、やっと安心したんじゃないですか」

「筒井代表は、宮野先生の布石の打ちかたに感服してましたが、筒井代表をたぐり込んでいったプロセスも見事でしたね。もちろん、代表なりに成算はあったと思います し、西北にとっても小川商会をグループ化することのメリットは当然あるわけです。しかし、リスクも決して小さくはない。小川商会にかかわりたくないと考えた幹部だって少なからず存在したはずです。代表はよくぞ決断したと思いますが、西北に対する宮野先生のアプローチの仕方が素晴らしくて、魅《ひ》き込まれてしまったんでしょう」

江藤は笑いながらつづけた。

「わたしが代表の立場でしたら、決断できたかどうか。多分後込《しりご》みしてたと思いますよ。さすが、本物の経営者は違うな、と思いました。西北にとって、エポックを画する経営決断だったと思います」

「僕は、西北流通グループにとって、小川商会を傘下に組み入れてよかった、という結果になるような気がするんです。小川商会にとってもちろんハッピーだったということになるわけですが、債権者に延々と弁済を続けていかなければならないので、決して楽ではありませんけれど、見通しは明るいと確信してます。少し甘いですか」

宮野は微笑みながら、江藤をうかがった。

「いや。おっしゃるとおりかもしれませんね。これから徐々に、その確信を深めていくことになるんじゃないですか。日を追って営業基盤は回復していくでしょうし、当初の失速状態は止まったと考えてよろしいと思うんです。まだ機首を上げるところまではいきませんが、それもわれわれの努力と時間の問題でしょう」

「…………」

「ただ、小川商会が扱っている商品は、スポーツ用品にしても、時計にしても耐久消費財が多いが、売り上げを伸ばすためには消耗品にも眼を向ける必要があるんじゃないか、って気がするんです。従来のままで売り上げを伸ばしていくには限界があると思うんです」

「たしかにスポーツ用品に匹敵する新しい収益部門を見つけるのは大変ですね。決め手になるボリューム商品が、そんな簡単に育てられるかどうか……」

「これからせいぜい知恵をしぼるとしましょう」

二人は、食事に気持ちを集中させたが、ややあってから、江藤が蒸し返した。

「サンライト工機にもなんとか立ち直ってもらいたいですねぇ。今となっては小川商会とはまったく無縁の存在になってしまいましたが、かつては子会社に等しかったんですから」

「ええ。まったく同感です」

宮野は微笑を誘われた。江藤は、一流の証券会社で常務まで昇進し、二年前西北百貨店に転じた。筒井に見込まれてスカウトされただけあって相当な遣り手と聞いていたが、その江藤が優しい一面をのぞかせたのである。

前後するが、サンライト工機の更生開始が決定したのは、七月四日のことだ。管財人には同社の保全管理人だった山下昭男弁護士と、塚田三郎元石川重工取締役が選任された。サンライト工機の筆頭株主であるコスモスの薄井社長と、保全管理人代理であった二人の弁護士が管財人代理に選任された。

同日の夕刻、山下、塚田、薄井の三氏は経団連会館で記者会見したが、その模様をN新聞は五日付の朝刊で次のように報じた。

山下管財人は小川商会の倒産で壊滅状態になった海外販売網が独自の代理店づくりで再建されたことを明らかにし、「大口債権者の協力も取り付けた」と、先行きに楽観的な見通しを示した。更生計画案の作成は「提出期限の来年七月四日に間に合わせる」と自信をみせた。

また、子会社を含む従業員が更生法の適用申請後百四十三人減って九百六十四人になっていることを示し、「今後も、できれば自発的退職による自然減で適正な数にもって行きたい」と述べた。

一方、薄井氏は資金面で全面的に協力して行く考えを明らかにし、「サンライト工機とコスモス・グループの業務提携も今後検討する」と述べた。

塚田氏は「薄井氏との個人的な親交から管財人を引き受けた」と述べ、石川重工は再建とは関係がないことを強調した。

2

アンカレッジ経由のBA機がロンドンのヒースロー空港に到着したのは現地時間で十六日午前六時過ぎである。

所要時間は十六時間余、英国はサマータイムを実施中なので、時差は通常の九時間より一時間短い。

通関の入国手続きはごく簡単なもので、十秒とはかからなかった。滞在日数と訪英の目的を訊かれただけである。携帯品のチェックもなかった。

もっとも、長蛇の列であり、出稼ぎで英国にやって来るのかインド人などは通関で厳重にチェックを受けているため、四十分ほど待たされた。

国際線の到着ロビーに出たところで、宮野は思いがけずに英語で声をかけられた。

なんと、ライル・アンド・スコットのメトカーフ社長が出迎えに来ていたのである。

宮野が、江藤をメトカーフに紹介したあとで訊いた。もちろん英語である。

「われわれがこのフライトに搭乗していることがよくわかりましたね」

「小川商会の本社に電話で問い合わせたんだ。ミスター宮野のセクレタリーから教えてもらったよ」

「それにしてもこんな早朝に、しかも、きょうは土曜日で休日じゃないですか」

「ミスター宮野がロンドンに見えると聞いてじっとしてられなかったんでね」

メトカーフは肩をすくめて、人なつっこい笑顔を見せた。

「更生法の適用おめでとう」

メトカーフはあらためて宮野と江藤に握手を求めた。

「ところで、きょうの予定はどうなってるんだ」

「きょうとあしたは、休養のつもりです。月曜日の午前十時にライル・アンド・スコット社のオフィスをお訪ねすることになってますが……」

「それは承知してる。まず朝食を摂って、それから市内を案内しよう。きょうは一日アテンドさせてもらうよ」

宮野が江藤のほうへ眼を流した。

「どうしますか。お疲れなら、ホテルでチェックインして、少し休みますか」

「わたしはアンカレッジからずっと寝てましたから疲れてませんが、先生はどうですか」

「僕もよく寝ました。それじゃあ、メトカーフさんのお言葉に甘えさせてもらいましょうか」

「ええ。しかし市内はあんまり見るところはありませんねぇ。そう言えばウィンザー城をもう一度見たいと思ってました」

「それじゃあ、ウィンザー城へ連れてってもらいましょう」

ジャーミンストリートにあるカーベンディシュ・ホテルでチェックインを済ませてから、二階のダイニングルームで朝食を摂った。

パンとコーヒーかミルクティはウェイトレスが運んでくれるが、ハム、ソーセージ、卵、野菜サラダ、ミルク、ジュース、果物などはセルフサービスである。

メトカーフは旺盛な食欲を発揮したが、宮野と江藤はジュースとコーヒーを飲んだだけだった。

「二人ともどうしたんだ」

「三度の機内食をきれいに食べましたからね。フォア・グラみたいに、たくさん食べさせられて、だいぶ体重が増えたようです」

江藤の英語は十二年ロンドンに住んでいただけあって完璧なキングズイングリッシュである。

「フォア・グラか、それはいいや」

メトカーフはさもおかしそうにくっくっと笑った。

「大英博物館は見学したか」

「もちろん見学しましたよ」

宮野が答え、江藤はうなずき返した。

「あの金銀宝物《ほうもつ》はたいしたものだろう。大英帝国ならではの逸品ばかりだ」

「武力にものを言わせて掠奪の限りを尽くした、ということでしょう。大英帝国の威光は偲ばれますが、エジプトやシリアが怒るのも無理はないですね」

江藤の直截なものいいに、メトカーフは鼻白んで、黙々と食事を摂っていたが、ナプキンで口のまわりをぬぐった。

「英国が保管してるからこそ、世界中の人たちに見てもらえるわけだろう。エジプトやシリアに置いとく限り宝の持ち腐れじゃないか。それに掠奪ではない。合法的に持ち帰ったはずだ」

宮野は、二人のやりとりをにやにやしながら聞いていた。

三人は、朝食後、一時間ほど雑談して、カーベンディシュ・ホテルからバッキンガム宮殿まで、三十分ほどかけてゆっくり散歩した。

グリーンパークを横切るとき、メトカーフが注釈を加えた。

「グリーンパークの由来は、公園の芝生が一年中青々と濃い緑色を保っていることによるんだ。地下を走る水脈の関係だと聞いたことがある。グリーンパークはまだ小規模なほうだ。ロンドンには広々とした公園がたくさんあるが、トウキョウはどうかな」

宮野と江藤が顔を見合わせた。

「一度ヒビヤ公園を歩いたことがあるが、ずいぶんちゃちな公園じゃないか」

「おっしゃるとおりです。公園に限らず、お国の社会資本の充実ぶりにはいつもながら羨ましく思ってますよ」

江藤は微笑を浮かべている。先刻、掠奪などと言って、多少気が差していたのだ。

「それほどでもないが、トウキョウやニューヨークに比べるとロンドンは風格のある都市というか、歴史の重みといったものがあるような気がするなぁ」

メトカーフはちょっとはにかんだような顔をしたが、まんざらでもなさそうだった。

三人はハイヤーでウィンザー城へ向かった。ロンドンから南西へ車で一時間ほど行くと、テームズ河上流のマロー地区にウィンザー城は、聳立《しょうりつ》しているが、領地の広大さといい、城壁の荘重さといい、まさに圧倒される思いになる。

宮野が、壁画を見上げながら英国王室の歴史をひとくさりぶって、メトカーフと江藤をけむに巻いたが、昼食のときに、その博覧強記ぶりに二人はさらに驚かされる。

テームズ河畔のコンプリートアングラー・ホテルで遅い昼食を摂りながら、雑談しているときに、たまたま、メトカーフの自宅がノッティンガムにあるという話になった。

「ノッティンガムといえば、ローレンス生誕の地じゃないですか」

「ローレンスって、誰のことだい」

「D・H・ローレンスですよ」

メトカーフは、首をかしげた。

「ローレンスはノッティンガムのイーストウッド市の生まれです。父親は炭坑夫じゃなかったですか。苦学してノッティンガム大学に学び、教員の検定試験を首席でパスしてますが、文筆生活に入って間もなく、二十六か七歳のときですが、フリーダとの恋愛事件を起こすんです。フリーダは、ノッティンガム大学の教授の夫人ですが、ドイツ貴族の娘で、たしかローレンスより五つか六つ年上だったと思います」

「ローレンスって、〝レディー・チャタレイズ・ラバー（チャタレイ夫人の恋人）〟を書いたローレンスのことか」

メトカーフは、やっとローレンスがいかなる人物か呑み込めたようだ。

「ええ。〝レディー・チャタレイズ・ラバー〟は、ローレンスの晩年の作品で、四十三歳のときに書かれたものです。ローレンスは結核に侵され四十四歳の若さで、夭折《ようせつ》してます。フリーダと正式に結婚しますが、二人は英国にいられなくなり、イタリア、ドイツ、アメリカ、オーストラリアなどを遍歴してました。ローレンスの生涯の大半は遍歴と流浪に費され、それが死期を早めた遠因になっているようです」

「詳しいねぇ」

メトカーフはあきれ顔で言った。

「学生時代に〝サンズ・アンド・ラバーズ（息子と恋人）〟と〝レディー・チャタレイズ・ラバー〟を原書で読んで感動したのを憶えてます。とくに〝レディー・チャタレイズ・ラバー〟は素晴しい作品だと思います」

宮野は眼を輝かせて、話をつづけた。

「コニ、つまりチャタレイ夫人は、森番のメラーズと恋に落ち、クリフォド・チャタレイと離婚して、メラーズと結婚することを決意しますが、クリフォドはそんな気持ちになれないと断ります。そしてコニは、執事のヒルダ夫人にすべてをうちあけて、スコットランドへ行きましたね」

「どうだったかなあ。内容まではよく憶えてないねぇ」

「ヒルダ夫人が〝クリフォド卿も、コニも間違っていない。二人とも正しい生きかたをしている〟という意味のことを言いますが、その言葉も素晴しいけれど、中部イングランドの田舎の農場に一時身をひそめたメラーズがスコットランドのコニに宛てた長文の手紙が実に感動的なんです。困難に遭遇したときに、自分のいちばん優れている点を信じて最善を尽くし、それから先は、人間以上のなにか、つまり神を頼る以外にない、とメラーズは書いてます。メラーズの手紙で小説は終ってますが、わたしは、小川商会の保全管理人に選任されたとき、メラーズの手紙の一節を思い出し、自らのいちばん優れている点を信じて最善を尽くそうと心に誓いました」

メトカーフが遠くを見るような眼をして、言った。

「ミスター宮野に初めて会ったのは三月十一日だったが、あのときの気魄には圧倒されたね。正直なところ、小川商会との取り引きは継続できないと思ってたんだ。小川商会が持っているライルの全在庫品と流通段階の在庫品を全て買い戻すつもりだった。ライルのロンドン事務所に十九社もの日本企業が販売権の取得を求めて押し寄せてきたが、わたしは総合商社のM社などを候補にあげて、トウキョウで具体的なネゴシエーションに入るつもりだったが、ミスター宮野にブレーキをかけられてしまった」

メトカーフの眼が宮野へ戻って、まっすぐとらえている。

「センダイのデパートのディスカウントセールスを阻止するために自ら足を運んだと聞いたときは胸を打たれたよ。あのときミスター宮野に賭けてみる気持ちになったんだ」

メトカーフは、赤ワインをひと口飲んで話をつづけた。

「自らのいちばん優れた点を信じて最善を尽くす、とは実にいい言葉だ。それを信条にして、小川商会の再建に取り組んだミスター宮野は立派だ。ほんとうに頭が下がるよ。正直にいって、大丈夫だろうか、と心配する気持ちもあったが、更生開始決定になったと聞いて、やったと思った。三月の時点で、わたしに再建できると言い切ったミスター宮野はたいした男だ。ミスター江藤は、そうは思わないか」

江藤が、ワイングラスをテーブルに戻した。

「まったく同感です。飛行機の中でも話したことですが、宮野先生の布石の打ちかたに、西北流通グループの筒井代表も感服してました。ミスター・メトカーフが宮野先生の気魄にたじたじとなったように、筒井代表もわたしも魅き込まれてしまったのです」

江藤の微笑を受けて、宮野は伏眼がちに返した。

「保全管理人団のチームワークと、あと押ししてくれた社員の努力のお陰で、わたし個人の力量などはたいしたことはありません」

メトカーフが、話題を〝チャタレイ夫人〟に戻した。

「わたしも、〝レディー・チャタレイズ・ラバー〟は読んだ記憶があるが、森番の手紙のことなど憶えていない。ミスター宮野の頭の中はどんなふうになってるんだ」

江藤が、右隣りの宮野のほうへ首をねじった。

「ノッティンガムは昔炭鉱の街でしたね」

「ええ。〝わが谷は緑なりき〟を思い出しませんか。戦後間もないころに日本で封切られた映画ですよ」

「うーん。よかったですねぇ。ウォルター・ピジョンとモーリン・オハラでしたか。監督はジョン・フォードでしたかねぇ」

宮野と江藤の会話が日本語になったので、メトカーフがつまらなそうな顔をした。それに気づいて、江藤が通訳すると、メトカーフはすぐに機嫌を直した。

コーヒーを喫みながらの話になった。

「西北が小川商会の再建に乗り出してくれたので、われわれは安心している。ライル

＆スコットのカシミヤセーターを大いに売ってくれると思うが、販売見通しについて聞かせてほしい」

「ビジネスの話は月曜日にすることになってませんでしたか」

江藤が皮肉っぽく返したが、メトカーフには通じないようであった。

「月曜日はセレモニーといきたいね」

「ライル＆スコット製の商品が、日本のマーケットで売れるようになったのは、小川商会の企業努力に負うところが多いと思います。小川商会はライルの期待に充分こたえていると思いますが……」

「必ずしも充分とは思わない。西北がバックアップしてくれれば、従来の倍はライルの製品を売ってくれると期待してるんだ」

「ライルは、英国のマーケットではピンクル社などの後塵を拝して三位じゃないですか。何ヵ月か前、ヒースロー空港の売店にはライルの製品を置いてたが、ロンドン市内の日本人の観光客がよく行くデパートなどではそう見かけませんでしたよ。日本では、ライル製品がいちばん売れてます。なんとかいままでの実績を上積みするように努力しますが、あんまり期待されても困りますねぇ」

「……………」

「日本人の観光客がたくさんロンドンを訪れますが、ライル＆スコットのブランドがロンドン市内ではたいして知られていないといった印象を持って帰国しないとも限りません。日本でこそ、ライル&スコットは一流のブランドで通ってますが、そのイメージをこわさないようにライル・アンド・スコット社は、もっと企業努力すべきではないでしょうか。ライル&スコットは、日本だけでなく、世界のどこへ行っても超一流のブランドでなければいけないと思うのです」

「おっしゃることはよくわかった。たしかにライル自身の企業努力は不充分かもしれない。その点は反省するし、もっともっと努力しなければならないと思うが、西北はライル製品を扱ってくれないのかね」

「そんなことはありません。西北流通グループあげて、販売促進に努めますが、ライル製品だけに限定するわけにはいかないのです」

「しかし、ピンクルなどと同等に扱うのではなく、ライルのほうにウェートをかけてもらいたいものだな」

「はい。筒井代表は、小川商会の再建に燃えております。小川商会を西北流通グループの中核の一つに育てたいと考えてます。そのためには、小川商会の売り上げを伸ばすことが肝要です。ライル&スコットは、小川商会の主力ブランドの一つなんですから、これを伸ばしていかなければならないのは当然ではありませんか」

「具体的に売り上げ目標を数量で示してもらうわけにはいかんのか」

「もちろんです。月曜日に提示しますよ」

宮野が感心するほど、江藤はクールに対応した。

それは、ライル・アンド・スコットに限らず、ヘッジのスキー部門を扱うスタンゲルと話し合ったときも、スイスの時計メーカーとの商談でもそうだった。

今度の欧州旅行の成果は、ほとんどの欧州の仕入れ先が取り引きの継続を確約してくれたことで、西北流通グループによって、小川商会の信用力が回復したことが実感された。中には、小川商会に見切りをつけて、他社に切り換える算段をしていたところも少なくなかったのである。

3

欧州から帰国して間もなく、宮野は、小川商会が五十八年六月の中間決算時に実施した中間配当の総額六千三百万円を回収するため、旧経営陣との接触を開始した。

更生開始が決定した五月十六日の記者会見でも記者の質問に、「中間配当は、通期で欠損にならない場合に限って実施できるという商法二九三条ノ五の第四項の規定からみて、中間配当を実施したことが正しかったかどうか調べる必要がある。仮に違法だとしたら、なんらかの措置を考える必要があるかもしれない」と答えたことがあった。

この問題をうやむやにしておいては、数多の債権者が承知すまい。旧経営陣は連帯して弁済すべきだ、と宮野は判断したのである。

前社長の小川善雄は、「弁済するにやぶさかではありませんが、先立つものがありません。原資をどうするかについて相談に乗っていただければ、ありがたいのですが……」と、電話で宮野に回答してきた。

六千三百万円の旧経営陣に対する割り振りは、社長に八割方責任をもたせ、あとは四段階にランクを分けた。七月下旬に社長を除く寺沢、池田両専務、谷村、大森両常務ら常勤役員を小川商会の本社に招集して、宮野が説明した。異議を唱える者は一人もおらず、八月末までに全員が指定の銀行へ振り込んできた。

その後、小川は成城の邸宅を売却したいと言ってきたので、宮野は大手不動産会社の三社と折衝し、最も好条件を提示した不動産会社に買い取らせた。ところが売却代金を遥かに上廻る抵当権が二つもついていたため、その処理に苦慮したが、抵当権者の会社の首脳と交渉して何んとか乗り切った。

白井、長岡、厚田、大屋ら四人の非常勤役員と非常勤監査役の高石には、宮野が電話で連絡した。

五人とも、むろん了承した。

「これで無罪放免してもらえるんだろうねぇ」とほっとした口調で言ったのは、白井である。

「白井さんが、中間配当に反対したことは事実ですし、そのために小川社長は減配に応じたんですから、ある意味では白井さんは取締役の責任を果たした、と言えると思います。西北流通グループとの関係につきましても、白井さんにはお骨折りいただいて、管財人としては大いに感謝しております。このことは、債権者のかたがたにも、きちっと報告させていただきますが、皆さんも納得してくれると思います」

「きみ、よろしくたのむよ。小川商会のことは、ほんとうに寝覚めが悪くてねぇ。しかし、きみのお陰で、更生開始になって、うれしいよ。きみには感謝している」

吉田茂元首相の側近ナンバーワンを自他共に認めていた誇り高き白井にとって、小川商会の倒産劇は八十二年の永い人生の中でも一大痛恨事であったに相違ない。

小川商会が更生開始になったことで、白井がどんなにほっとしているかは察して余りあった。

宮野が東京地裁に、中間配当金の弁済完了の件を報告したのは九月二十六日である。

第十二章　ダイヤモンドの輝き

1

年が明けた昭和六十年に入ってから、小川商会の再建計画は比較的順調に推移した。月間収支も月によっては黒字基調を保持し、売り上げ高は一月十一億円、二月十二億円、三月は二十億円を超えて、当初予算を上回る見通しとなった。

三月十八日の管財人会議の終了間際に、勝田財務本部長が特に発言を求め、

「ちょっとおもしろいというか、いい話があるんです」

と、切り出した。

管財人会議は、毎週火曜日の夕刻に役員会議室で開催されるが、これは通常の会社の役員会に匹敵するもので、宮野管財人、江藤、今西、菊池の管財人代理、それに勝田財務本部長、村山営業本部長、三沢管理本部長の三人が出席、七人で構成されていた。勝田、村山、三沢はオブザーバーということになるが、自由に発言できる。

勝田と村山は、西北流通グループから派遣されてきた幹部社員である。

別に勿体をつけてるわけではないのだろうが、ゆったりした動作で湯呑みを口へ運

びかけた勝田に、江藤が先を促した。

「いい話ってなんですか」

「はい……」

勝田は湯呑みをテーブルへ戻した。

「矢野経理課長が、保証手形を発行できるのではないか、と言い出したんです。西北流通グループが支援に乗り出して、信用力がついたんですから、それは可能なはずではないか、という意見です。損益状態も安定してきたので、わたしも銀行の了承を取りつけることは不可能ではないような気がします」

「ほう。手形の発行ですか。宮野先生、どうなんでしょうか。更生開始になって一年にもならない会社が、そんなことは法的にゆるされるんでしょうか」

江藤が、隣りの宮野のほうへ首をねじった。

「法律上の規制はありませんが、事実上、更生会社の手形の発行は認められてませんというより信用力がありませんから、銀行が了承するわけがない、という固定観念があったとも言えます」

「ということは不可能ではないわけですね」

「ええ。きわめて意表をつくアイデアですねぇ。財務本部長の発言にもありましたが、西北流通グループという強力なスポンサーが存在し、収支も黒字基調となれば、銀行から協力を引き出すことは可能なんじゃないでしょうか」

「せっかくの西北の力を利用しない手はない、というのが、矢野課長の発想です」

勝田が江藤から宮野に視線を転じて、つづけた。

「小川商会のプロパーから、こういう発想が出て来たところに、この会社のバイタリティのようなものを感じます。本来でしたら、われわれが気がつかなければいけないことなんですが……」

「勝田さん、いいことを言いますね。まったく同感です」

宮野がにこやかに返した。

「この会社は財務部門に限らず、人材に恵まれてますよ。とかく更生会社は、人材が散ってしまい、それが再建を難しくする一つの要因にもなるんでしょうが、勝田さんが言われたようにこういう発想が出てくるのは、まさにバイタリティを感じますねえ」

村山に語りかけられた三沢は、眼を潤ませて、なん度もうなずき返した。

「更生会社が保証手形を発行した前例は皆無なんじゃありませんか」

「小川商会がそれをやれば、初めてのケースになるかもしれませんね」

宮野は、今西に返してから、笑顔を江藤のほうへ向けた。

「皆さん気が早くて、もう手形を発行できるつもりになってますが、まず銀行の了承を取らなければなりませんし、何よりも裁判所の許可が必要です。すべてはこれからです。その前に、筒井代表に話す必要がありますね」

「ええ。さっそく代表に話します」

「これが実現すれば、表彰ものですね」

菊池が、宮野と江藤にこもごも眼をやりながら言った。

更生会社は、すべて小切手や現金または裏書譲渡手形による決済を行なわざるを得ないため、それが資金繰りを苦しくする要因になっている。小川商会もその例外ではなかったが、保証手形の発行ができるようになれば、信用力は通常の会社にほとんど近いところまで回復することになる。

宮野と江藤は、筒井の賛成を得て、西北流通グループの主力銀行である大日銀行と折衝に入った。

その結果、大日銀行は、子会社の大日ファクタリングと共同で小川商会が振り出す手形を保証することに同意した。

東京地裁も、異例の更生会社の保証手形発行を許可し、小川商会は四月一日から手形の発行が可能になった。

東京地裁の正式認可が得られたのは三月二十五日だが、霞が関の裁判所ビルからの帰りに、車の中で、宮野が江藤に言った。

「菊池弁護士が冗談ともつかず話してましたが、矢野経理課長を表彰してあげたいですね。社員にインセンティブを与えることになると思うんです」

「いいですね。筒井、宮野両管財人の名前で、表彰してあげましょう」

「それから、記者クラブに発表する必要はありませんか」

宮野は、小川商会のイメージアップのためにもそうすべきだと考えていた。

「なるほど、それもけっこうなことじゃないですか」

「それでは、わたしが記者クラブに出向きましょう」


宮野は、裁判所の許可をうけて三月二十六日の午後、虎ノ門の日本貿易振興会（JETRO）内にある貿易記者会で、手形発行の件を発表した。

記者たちの質問に対して、宮野は積極的に答えた。

——最近の収支状況はどうか。

「売り上げ高は一月十一億円、二月十二億円、三月は実績見込みで二十億円を若干上回りそうです。いずれも予算を上回ってます」

——好業績の原因について聞かせてほしい。

「カメラなど不採算部門を切り捨てたことと、大幅な人員削減による固定費の減少、それに西北流通グループの全面的な支援が得られ信用力が回復して売り上げが少しずつ伸びてきたことが大きいと思います。手形が発行できるようになったのも、その一例です」

——六十年の売り上げ目標および利益目標は。

「売り上げ三百億円、経常利益四億円を見込んでますが、この達成は可能性があると思います。スポーツ用品事業部、自動車用品事業部、情報関連事業部が三本柱ですが、新規事業部門も積極的に取り組んでいくつもりです」

——四月の新規採用についてはどうか。

「新卒者五十数人の採用が内定してます。この中には技術系が数人含まれてますが、これは情報関連事業を抱えているためで、この部門を強化していきたいと考えてます。賃金面では下に厚くし、高年齢層の昇給を極力抑えております」

2

昭和六十一年七月十六日付で、東京地裁は小川商会の更生計画案の審議および決議のための関係人集会の期日を同年九月二十六日午後一時三十分と指定する決定を行なった。

小川商会が筒井、宮野両管財人名で更生計画を東京地裁に提出したのは六月二十三日のことだ。
更生計画の骨子は次のようなものであった。
一、更生債権の弁済
1、更生担保権
①更生手続き開始決定日以後一年間の利息損害金について全額免除を願う。
②前記免除後の債権は四年間据え置き後昭和六十六年から昭和七十六年までの十一年間にわたり、毎年九月末日に分割弁済する。
2、優先的更生債権
①公租公課は、更生手続き開始決定後一年間の延滞金等および更生計画認可決定の日以後の延滞金等につき免除を願う。上記免除後の債権は昭和六十二年九月末日に納付する。
②労働債権は、昭和六十三年九月末日に弁済する。
3、一般更生債権
①確定債権額が九十万九千九十円以下の債権は、金二十万円を超える部分につき免除を願う。前記免除後の二十万円は昭和六十二年九月末日に弁済する。
②確定債権額が九十万九千九十円を超える債権は（イ）債権額の七八％に相当する額について免除を受ける。（ロ）前記免除後の債権は、二年間据え置き後、昭

和六十四年から昭和七十五年までの十二年間にわたり、毎年九月末日に分割弁済する。

4、劣後的更生債権

全額につき免除を受ける。

二、株式の権利の変更および新株の発行

発行済み株式の全部を無償で消却するとともに、新たに払込みを受けて新株式三千万株を発行する。これにより資本の額は十五億円となる（五年後に更に倍額増資をして三十億円とする）。

三、弁済資金の調達方法

更生債権の弁済の資金の調達は、主として営業収益金、払込み資本金による。また、事業損益計画によると売り上げ高は初年度（六十一年～六十二年）三百六億二千万円、二年度三百四十二億九千万円、三年度三百七十九億一千万円、四年度四百九億九千万円、五年度四百三十八億円、六年度四百六十六億五千万円、七年度五百億円、八年度五百五十億円を見込んでいる。

経常利益は、二年度二億一千二百万円、三年度四億二百万円、四年度五億九千二百万円、五年度七億九千四百万円、六年度九億三千万円、七年度十二億円、八年度十九億千九百万円と想定していた。

この更生計画を関係人集会に諮《はか》ることになるが、更生担保権の組で八〇パーセント、一般更生債権の組で六七パーセントの支持率を得なければ、裁判所の認可が得られないため、宮野たち管財人団は、暑い夏の三ヵ月間、債権者との事前工作に寝食を忘れて取り組むことになる。

宮野、江藤、今西、菊池たちは、手分けして市中銀行、地方銀行、外国銀行、相互銀行、生命保険会社などの債権者を訪問し、更生計画案の承認を求めて東奔西走した。

債権総額七百億八千八百万円のうち、一般更生債権（五百七十七億円）は七八パーセントの弁済免除を受け、更生担保権を含めて二百三十五億円を十五年で弁済する更生計画案に難色を示した地銀、外銀も少なくなかったが、二二パーセントの弁済率は、戦後の大型倒産といわれた興人の二〇パーセントを上回り、永大産業の二二パーセントに匹敵するものだけに、商社の再建としては精いっぱいの水準だと、宮野たちは懸命に訴えた。

創業九十周年を迎えたばかりのある地方銀行の頭取は、「当行にとって過去最大の事故です。役員は事故当時、報酬を大幅にカットし、賞与を返上せざるを得ませんでした」と恨みがましく語った。宮野は、なんとも切ない気持ちにさせられたが、いかんともしがたかった。

九月十一日には、三友銀行、東都銀行、大日生命、理蝶など上位十八債権者の代表を都内のホテルに招いて、筒井管財人が懇切に西北流通グループとして小川商会の再建にいかに取り組むかについて決意のほどを披瀝《ひれき》するとともに、更生計画案の同意方を要請した。

宮野たちの事前工作が功を奏して、十八社は更生計画案を了承してくれ、ヤマ場を越えたかに見えた。

九月十五日に、宮野は一週間の予定で渡米した。ニューヨークやシカゴの債権者に、更生計画案に同意してもらうのが目的だが、在米三日目の深夜、ニューヨークのホテルに投宿中、東京の今西から国際電話がかかった。

「北島弁護士が小川商会の債権者の外国銀行に手紙を出して、更生計画案に反対するよう呼びかけてます。これに応じて同意をしぶる動きがでてきましたので、このまま放置しておくのもどうかと思いまして、電話しました」

北島は、三十五歳と若いながら、渉外事件のやり手の弁護士として聞こえている。小川商会の債権者である香港とシンガポールの銀行から代理人を依頼されていたので、宮野からも更生計画案について説明をしていたが、北島が更生計画案に反対しているることは宮野も承知していた。しかし、手紙で外国債権者にアピールするとは宮野は予想できなかった。無視していたわけではないが、少数意見であり、大きな反対勢力になるとは思っていなかった。

宮野は、ベッドの中で本を読んでいたが、眠くなったので、スタンドを消そうと思ったところへ、今西の電話で眠けは吹っ飛んでいた。

「手紙の内容は察しがつきますが、手紙のコピーを手に入れました？」

「ええ。要するに、小川商会と取り引きを継続できるところは、更生計画案に同意してもさしつかえないだろうが、取り引きの継続を望めない外国債権者にとっては著しく不利であり、公平を欠くから、同意すべきではないと訴えてます。また、小川商会は本社の土地、社屋を売却して、債権者への弁済に当てるべきだとも強硬に主張してます」

今西は、反対にまわった外国銀行の名前を三つあげた。

「関係人集会を少し遅らせて、その間にさらに説得にまわるということも考えられますね」

「しかし、九月は期末ですから、銀行などの債権者は予定どおりやってもらいたいんじゃないんですか」

「わたしもそう思います」

「予定を変更して、なるべく早く帰国するようにします」

宮野は電話を切ってからしばらくベッドに腰かけて考え込んでいた。

北島の負けん気な顔が眼に浮かぶ。手紙作戦に出るとは、敵ながらあっぱれと言えなくもない。依頼者の外国銀行に対して、北島なりのロイヤリティを尽くしていることになるが、今西ではないけれどこのまま放置しておくわけにはいくまい、と宮野は思った。

宮野は、二日間日程を短縮して帰国するなり、のちに同意を撤回した外国債権者を江藤と共に訪ねて、懸命に説得に努めた。

また、上位債権者を訪問し、念を押すことも忘れなかったが、この段階でなんとか関係人集会を乗り切れる数字が得られた。

人事は尽くした。あとは天命を待つだけだ。

3

小川商会の関係人集会は、予定どおり九月二十六日午後一時三十分から江南公会堂で開催された。

更生計画案に反対する北島弁護士が、「裁判所はこの更生計画案を認可すべきではない」とくり返し発言し、管財人団を緊張させる場面もあったが、採決の結果、更生担保権の組で九五・六パーセント、一般更生債権の組で九〇パーセントの高い支持率で可決、東京地裁は同日、直ちに一般債務の二二パーセント、優先債権と更生担保権を合わせて二百三十五億円を十五年間で返済することを骨子とする同更生計画案を認可した。

そして、十五億円の新株払い込みはほとんど西北流通グループが引き受けることとなったが、同関係人集会で八名の取締役と二名の監査役の選任を承認。八名の取締役の中には、ライル・アンド・スコット問題で活躍した橋田スポーツ用品事業部長、三沢管理本部長ら生え抜きの社員四人が含まれていた。社長には、管財人代理の江藤敬三が選任された。

前後するが、九月二十七日付朝刊でM新聞は〝小川商会、債務22％、15年間で弁済〟〝東京地裁、更生計画案を認可〟の四段見出しで、次のように報じた。

五十九年に倒産、会社更生中の小川商会（管財人・筒井精一西北流通グループ代表、宮野英一郎弁護士）は二十六日、「債務の二二％を十五年間で弁済する」ことを骨子とした更生計画案を、東京地裁から認可された。また新株式を発行し、そのほぼ全株を西北百貨店を中心とした西北流通グループが引き受けることで、今後は同グループの貿易部門の中核として再建に向かうことになった。

同社の更生債権総額は七百億八千八百万円。更生計画によるとこのうち一般更生債権は五百七十七億円で、七八％の弁済免除を受けるため、同社が今後十五年間で分割弁済するのは二百三十五億円となる。

現株式は全株を無償消却し、新たに十五億円の資本金でスタートするが、そのほとんどは西北流通グループ基幹八社が引き受ける。

更生計画案はこの日の債権者ら関係人集会で、九〇％を超す高率で同意を受け、管財人代理の江藤敬三西北百貨店常務を社長に選任した。

関係人集会後に記者会見した筒井精一管財人は「弁済率で大変な寛容を示していただいた債権者の皆様には、今後のビジネスを通じて埋め合わせていきたい。ただ二二％という弁済率は、商社の再建としては精いっぱいの水準だと思う」と語った。

同社の負債総額は、倒産時には約千二百億円といわれたが、金融債務を預金と相殺するなどして実質は約七百億円と確定した。「倒産した商社は再建に成功した例はない」（筒井管財人）といわれるなかで、弁済率二二％は戦後の大型倒産といわれた興人（二〇％）、永大産業（二二％）とほぼ同一条件。宮野管財人は「裁判所と債権者に、再建させるべきだと認めてもらえた」と話している。

同社は今後「製品輸入に徹し、高級ブランド品のほかヘリコプターなど機械類も扱っていく」（江藤社長）という。倒産時千百十人いた社員は現在七百十四人。事業計画では債務の弁済を終える十五年後（七十六年九月期）は売り上げ千三十二億円、経常利益百三億円を「最低の水準」として見込んでいる。

関係人集会の終った夜、宮野が帰宅したのは十一時近かったが、志保子も沙織も食事を摂らずに待っていた。

「あなた、永い間ご苦労さまでした」

「お父さん、おめでとう。やっと肩の荷がおりたわね」

「管財人の肩書が取れたわけではないが、一段落したよ」

宮野は、背広を脱ぎ、ネクタイを外しながら疲れ切った躰をソファに沈めた。

志保子が背広をハンガーにつるしながら言った。

「とっておきの白ワインが冷えてますよ」

「今夜は打ち上げで少し飲んできたが……。わが家でも祝ってもらえるわけか」

「それもありますが、沙織の歓送会も兼ねてますのよ」

「そうか。忘れていた。沙織は、あしたヴァージニアに発つんだったな。寂しくなるなぁ」

沙織は一年間の予定で米国に留学することになっていた。

宮野は、ソファから食卓に移動した。

「乾杯！」

宮野は妻と娘のワイングラスに自分のそれを触れ合わせてから、三分の一ほどを口に含んで、ぐっと喉へ流し込んだ。心地よい脱力感がワインとともに、躰中にひろがっていく。宮野は久しぶりに解放感に浸りながらワイングラスをかさねていた。

4

十月二日の夜、宮野は、江藤から食事に誘われ、七時過ぎに新宿のホテルで落ち合った。

宮野が青山の法律事務所を出たのは六時半だが、交通渋滞で、車がホテルセンチュリー・ハイアットに着いたのは七時十五分過ぎだった。

江藤は、一階にある〝翡翠宮〟という中華料理店の個室でウーロン茶を喫みながら宮野を待っていた。

「遅刻して申し訳ありません」

「わたしもいま来たところです」

江藤はにこやかに宮野を迎えたが、卓上に夕刊紙が投げ出されてあるところをみると、約束の七時には来ていたに相違なかった。

「ここの料理は、北京と上海をミックスして両方のいいところを採り入れてますが、日本人の舌には合ってるんでしょうか、けっこういけますよ。それに料金もリーズナブルです」

江藤がメニューを見ながら、そんなことを言った。

鱶ひれの姿煮、大海老のチリソースなどをオーダーして、ビールを飲みながらの話になった。

「〝安泰堂〟はいかがでした」

「お陰さまで取り引きの再開に応じてもらえました」

江藤の声が弾んでいる。

〝安泰堂〟は、静岡市内に本店を置いているが、同店との取り引き関係の有無が信用度をうらなうバロメーターになっているほど権威のある宝石商として知られていた。

小川商会は二年前の倒産騒ぎで、〝安泰堂〟との取り引きを打ち切られたが、この復活を求めて、宝飾部長が何度か静岡まで足を運んだ。

江藤がきょう朝早く新幹線で静岡へ出かけたことを宮野は聞いていたが、何日か前に「今度私が行って断られたら、諦めざるを得ないでしょうね」と、話していた。

「そうですか。おめでとうございます」

宮野は思わず声高に返して、起ちあがって江藤に握手を求めていた。

「ありがとうございます」

「江藤さんのねばり勝ちですね。先方に誠意が通じたんでしょう。あらためて乾杯です」

宮野が二つのグラスにビールをなみなみと注いだ。

二人は眼の高さにグラスをかかげてから、一気に飲み乾した。

「実を言いますと、今夜は残念会になるんじゃないかと心配してたんです」

「わたしもそう思ってました。きょうは、小川商会の社長に就任して初めての静岡行きですから、〝安泰堂〟さんになんとか認知してもらえたようです」

「これで宝飾部門も信用力がついたことになりますね」

「宮野先生のお陰です。先生へのご報告が遅れてしまいましたが、昨夜、筒井代表に、小川商会の社長に専念したい旨を申し入れまして、了承してもらいました」

「…………」

宮野は息を呑んだ。

江藤は、西北百貨店の常務取締役と西北インターナショナル社長を兼務し、西北流通グループでも十指には入る要職にある。

筒井代表の海外部門の懐刀《ふところがたな》とも言われてきた江藤が、更生会社の社長に専念することには、それなりの決断を要したであろう。もっと踏み込んで言えば、心の中でせめぎ合うものがあったはずだ。断腸の思いと言っても言い過ぎではないかもしれない。

オーナーの筒井にしても、江藤を西北百貨店から手放すことに、逡巡《しゅんじゅん》がなかったとは言い切れまい。しかし、小川商会の再建に賭ける江藤の心意気を買い、また再建の重要性を認識して、江藤の申し出を快諾したのであろう。

「小川商会の仕事は兼務ではできません」

「そうですね。そのとおりだと思います。江藤さん、よくぞ決心なさいましたね。あなたは賢明な選択をされたんじゃないでしょうか。それに今後は一昨年とちがって、円高不況が一段と厳しくなっていきます。小川商会の経営の舵とりも必死でやらなければならないでしょう。それには江藤さんにどうしても専任してもらう必要があると思います」

「そのことは、わたしも、きょう静岡へ行って実感しました……」

江藤は、ビールをひと口飲んで、話をつづけた。

「〝安泰堂〟の社長にお会いして、小川商会の社長に就任したことを伝えたんです。それがアピールしたのかもしれません」

「なるほど、社長という肩書の重みは大きいですね。更生計画案を早く認可してもらって、社長が生まれたことのプラスは計り知れないものがあると思います」

「先生にそう言っていただければ、わたしもこんなにうれしいことはありません」

「あしたの社員集会で、発表されますか」

「そうしようと思います」

「いい社員集会になりますね」

宮野は真実そう思った。

5

三日の社員集会は、社員有志が提案し、これを経営側が受け入れたかたちだった。どんな趣向の集会になるのか、宮野はわからなかったが、管財人として挨拶はしなければならないと考えていた。

ただ、江藤が小川商会の社長に専念することを発表すれば、それが目玉になる──。

ところが、宮野が考えていた以上に社員集会は盛りあがった。もちろん筒井代表も出席した。

岡島という営業部門の若い部長が、社員を代表して決意表明を行なったのは、六時を過ぎたころだ。

ビールで乾杯したあと、宮野がマイクの前に立った。

「二年七ヵ月ほど前の昭和五十九年二月二十九日にわたしは小川商会の保全管理人に選任されましたが、ついきのうのことのように思えてなりません。ほんとうに夢を見てるような気がします。小川商会の社員にとりましてあの日がいちばんつらく苦しい日ではなかったかと思います。そして、本日は、社員の皆さんにとりましても、わたしにとっても最もうれしい日であります」

宮野は、マイクの近くに立っている江藤のほうへちらっと眼を流した。

「のちほど、江藤社長からご披露があるかと思いますが、江藤社長は小川商会の再建に燃えております。皆さんは、力強い社長を戴いて、ほんとうに幸せです。企業はトップの力量によって、リーダーの判断によって良くも悪くもなりますが、江藤社長を中心に、力を合わせて、小川商会を西北流通グループの中核となる名誉ある立派な企業にしていただきたいと、念願するものです。十五年後に、小川商会は売り上げ高一千億円、経常利益百億円を目標に掲げてますが、わたしはこの更生計画の目標が達成されることを確信しております。十年後、十五年後に、昔日の栄光を取り戻し、素晴らしい会社によみがえった小川商会の皆さんと、また再会し、語りあえる日をたのしみにしています。勇将の下に弱卒なしと申しますが、江藤社長の下で、力いっぱい頑張ってください。簡単ですがこれをもちまして、わたしの挨拶に替えさせていただきます」

盛大な拍手の中を宮野と筒井が交代した。

「小川商会の更生計画を債権者と裁判所が承認して下さったということは、生存権が認められたことを意味しますが、生きてゆくことが保証されたわけではありません。生きてゆけるかどうかは、いつにかかって社員の皆さん次第だと思います。あとで江藤社長から重大な決意表明があるでしょうが、皆さんは江藤社長を盛り立てて、力いっぱい頑張っていただきたいと思います。わたくしは、小川商会が、西北流通グループの中核企業としての役割りを担って、名誉ある再建を成し遂げることを期待しております」

つづいて、江藤がマイクの前に立ち、「小川商会以外の西北流通グループの役職をすべて辞任し、小川商会の社長に専念して、社員諸君の先頭に立って全力で再建に取り組みます」と挨拶すると、会場はどよめいた。

最後に、記念品が社員の若い女性たちから宮野、筒井、江藤、今西、菊池に贈呈された。

宮野は、その小さな包みを帰宅してから、ひらいた。それは、カフスボタンであった。

〝今日の記念に、永遠にご愛用いただければ幸いです。

　昭和六十一年十月三日
　　　　　　　　社員一同〟

　と、名刺大の厚紙に印刷されてある。もう一枚には〝西北流通グループ（プラチナ）と新生小川商会（ゴールド）を永遠の輪（メビウス）で結び、ダイヤの輝きをそえて立体感のあるカフスボタンにデザインしました。制作は当社のアトリエが担当しました〟と注釈がついていた。

「まあ……」

　志保子がカフスボタンをつまみあげて、感嘆の声を洩らした。

「素敵だわ。心がこもってますね」

「うん」

　このデザインに込められた従業員の気持ちが痛いほどわかるだけに、宮野は胸が熱くなった。

「社員のかたたちに、こんなによろこんでいただけたんですか。頑張った甲斐がありましたね」

「きみにも、いろいろ迷惑をかけたな。もう新聞記者に夜討ちをかけられることもないだろう」

宮野はいつまでも見つめている志保子の手から、カフスボタンを取り返して、電灯にかざした。

それは、きらきらとまたたき、うるんだ宮野の眼にまぶしかった。

解説　アルチザン作家の創作の源泉――出会いが物語になる

加藤正文（神戸新聞播磨報道センター長兼論説委員）

一九八四年五月、高杉良はある会合で一人の弁護士と出会う。

「とにかく明るい人柄。博覧強記でトルストイやロマン・ロラン、ヘミングウェイの小説の主人公や場面がどんどん出てくる。僕も本は相当読んでいるからすっかり意気投合しました。そのとき、あなたを小説に書いてみたいと口説いたのです」

好奇心旺盛で数々の出会いを物語にしてきた高杉ならではの水際立った行動力だ。

本作品の主人公の弁護士、宮野英一郎のモデルは、倒産処理の第一人者と称された弁護士、三宅省三（一九三四〜二〇〇〇年）。一九八四年二月に負債総額一千億円以上で破綻《はたん》した名門商社、大沢商会を再建に導いたところだった。

同社は一八九〇（明治二三）年創業。アパレル、カメラ、ゴルフ、テニスなど数々のブランド商品の輸入で業績を伸ばしたが、カメラ部門の損失と無理な事業拡大策がたたり、東京地裁に更生手続開始を申し立て、受理された。保全管理人に選任されたのが三宅だった。

名門商社の倒産と再建をテーマに高杉は丹念な取材で会社蘇生に奮闘する人々の姿を描き出していく。

「すべてが実」の迫力

経済小説の成否の決め手は、虚（想像）と実（事実）を織り交ぜながら結果としてリアリティーが表現できているかどうか、だろう。本作では人名や社名は仮名だが、それ以外は「すべてが実」に感じられるほどの迫力がある。主人公の人柄を示す以下の場面は作品全体を貫くモチーフとなる。


〈「弁護士の仕事で、なにがいちばんやり甲斐があるんでしょうか」

「そりゃあ、更生会社の保全管理人をやることですよ」

宮野は間髪を入れずに答え、コーヒーカップをテーブルに戻してから、話をつづけた。

（中略）「いきなりパラシュートで舞い降りて、更生会社の全権限を掌握し、更生開始決定に導くという大きな仕事をできるんですから、身がひきしまるというか、あの

緊張感はなんともいえませんね。弁護士になってよかったと、しみじみ思いますよ」〉

この後、弁護士の宮野は老舗《しにせ》商社、小川商会の再建を引き受ける。一一〇〇人に上る社員とその家族を守るため、宮野の懸命の闘いが始まる。八〇を超す高杉の作品群で弁護士をモデルにしたものは珍しい。それも破綻企業の再建がテーマだ。弁護士の物語というと刑事事件を扱うイメージが強いが、本作では緊迫した法廷闘争のシーンは出てこない。会社の再建が可能かどうか、宮野は経営状況や資産を詳細につかんでいく。

そうした実情の把握に加え、管理人の最大の任務は人心を瞬時に掌握し、経営再建へ向けて前向きな気持ちに変えることなのだということが分かる。六〇〇人以上の社員で埋め尽くされた大会議室で宮野がマイクを握るシーンが印象的だ。一九七五年の安宅産業の倒産のケースなど商社の再建は難しいとされるが、落ち込む社員を奮い立たせる名スピーチをする。

〈「わたしは小川商会の更生に燃えております。（中略）一世紀になんなんとする名門企業です。社会にとっても決して無意味な存在ではないはずです。（中略）更生させるためには、社員の皆さんがた一人一人がやる気を出して頑張る以外にありません。

とくに商社の場合は人に商権がついて回りますから、再建の中心は人であり、人材がいるからこそ再建ができるのです」〉

三宅弁護士の魅力

「取材七割、執筆三割」というほど取材にエネルギーを注ぐのが高杉の創作スタイルだ。「僕は取材を自分でするのがいわば売りだ。人に会い、見に行くことを旨としている。見て感じない限り書かない。この『会社蘇生』はそれができないのでちょっとつらい気持ちがありました」。

大沢商会再生のドラマの小説化に際して高杉は三宅と約束を交わす。①実名小説にしない　②専門的な法律用語を踏まえて三宅が原稿をチェックする　③取材は三宅一人に限る——。倒産・再建着手の直後だけに関係者への影響を配慮してのことだ。

それで取材や執筆が楽になるどころか、「作家の側に求められる緊張感は並大抵ではなかった」。連載は月刊専門誌「経営法務」で一九八四年九月号から八七年一月号まで二年半にわたって続いた。高杉によると連載が始まるまでに十時間以上、始まってからは毎月一回約二時間、取材したという。

いまあらためて本作を読むと、登場人物の表情や会話、場面が自然な形で表現されていることに気付く。宮野が支援先を探す過程で西北流通グループ代表の筒井（西武セゾングループの堤清二）と交渉する描写が印象的だ。

〈「筒井さんにお願いすることが、小川商会にとって、いちばんハッピーなんです。こういう言いかたはどうかと思いますが、西北さんにとりましても、小川商会をグループに組み入れることのメリットはあると確信します（中略）」

「（中略）わたくしは、宮野先生の熱意にほだされました」

筒井がにこやかに答え、宮野から白い歯がこぼれた。

張り詰めていた部屋の空気が動き、和やかな雰囲気がただよった。〉

本来ならば高杉は堤をはじめ大沢商会の社長などキーマンに取材を重ねるところだろう。しかし、先の約束に基づき重要人物に接触せず、三宅に全面的に依拠して書き切る。かつて名バンカーの中山素平に「知りたがり屋」と言わしめた取材好きの高杉がよく我慢できたと想像する。

「何故、それが抑制できたのかをしばし考えて、私は膝《ひざ》を打ちました。それだけ三宅先生の話が現実感と迫力に満ちていたために、私の好奇心が減殺されたのだろうと」

（高杉良「会社蘇生と三宅先生」『笑顔の人　三宅省三追想集』）

高杉の旺盛な取材意欲と三宅の卓越したパワーが一致したことから生まれた、本作はまさに出会いの産物と言えるだろう。

「雇用が第一」

信用調査会社によると二〇一八年の倒産件数は八〇六三件、負債総額は一兆六二五五億円だ。景気回復で近年、減少傾向にあったが、ここへきて先行きに不透明感が強まりつつある。高杉はかねて雇用の重要性を強調してきた。小泉純一郎政権時代に加速した不良債権処理の際も「雇用を守ることです。とりわけ終身雇用を。それが日本のパワーの源」と繰り返してきた。

「市場は万能」という言説がまかりとおり、格差が広がり、東京一極集中の裏側で地方は人口減と高齢化に苦しむ。一つ一つの倒産に地域に生きる人々の苦悩がすけてみえる。行き詰まった会社を蘇生させることは社員や家族はもちろんのこと、地域社会を再生させることにつながる。

「破綻処理やハードランディングという言葉は聞こえはいいけど会社がつぶれるというのは並大抵のことではない。とりわけ中小企業は存在感が大きい分、負の影響は計り知れない。下支えがいかに大切か。三宅さんは中小企業の面倒もきちんとみていた」

本作の刊行から、三二年が過ぎた。今回、新装版として世に出る意義について、高杉は「人心が傷んでしまった今だからこそ、三宅さんの勇気ある生き方を描いた本書を読んでもらいたい気持ちは濃厚にある」と話した。

同時代をえぐる

高杉の四〇年余の作家生活は大きく三つに区分できる。第一期は、「石油化学新聞」の記者時代に書いたデビュー作『虚構の城』（一九七六年）に始まり、『大逆転！』『生命燃ゆ』『大脱走』『広報室沈黙す』『労働貴族』『炎の経営者』など苦難に際して前向きに闘う男たちを描いた名品がそろう。複数の連載を抱えながら書いた作品はどれも脂《あぶら》の乗った時代ならではの熱気にあふれ、ミドルへの応援歌として読後感もさわやかだ。

第二期は、時代がバブルからバブル崩壊に至る時期、長編『小説　日本興業銀行』（一九八六〜八八年）を出したのを皮切りに金融や官僚、メディアの世界を描いた作品が増える。『小説　巨大証券』『濁流』『烈風　小説通産省』などに続き、高杉の筆名を高めたシリーズ『金融腐蝕列島』（一九九七〜二〇〇八年）ではバブル崩壊で金融機関がのたうち、迷走する様子を活写した。

二〇〇〇年代に入っての第三期は、先の『金融腐蝕列島』シリーズを完結させる一方、『小説　ザ・外資』『乱気流　小説・巨大経済新聞』『破戒者たち——小説新銀行崩壊』など同時代の問題点をえぐる作品が続いた。

本作を書き始めたとき高杉は四五歳。「石油化学新聞」勤務の二足のわらじを履《は》いていたころだ。いつも原稿用紙を持ち歩き、土日を中心に精力的に書いていたという。取材ノートを持たず、克明にメモも取るわけでもない。会食だと箸袋《はしぶくろ》にメモを取る程度だった。その中で臨場感のある会話劇を泉のごとく生み出していく。本質をつかみとるセンサビリティーと非凡な記憶力、想像力のなせる業としかいいようがないが、たぐいまれな才能だと感じ入る。

初期の傑作である本作は、その後の高杉の到達点の高みを予感させる筆力を十二分に示していて興味深い。

尽きぬ情熱

今年（二〇一九年）一月、高杉は八〇歳になった。昨年来、肝臓がん、前立腺肥大、黄斑と眼底出血と相次いで病気に見舞われたが、三月にはITベンチャーの創業者に焦点を当てた『雨にも負けず』を出版した。視力が衰える中、企業を取材して書くのはこれが最後になるのだろう。

しかし、アルチザン（職人）の情熱は尽きることがない。「書いているから元気でいられる」と現在は「石油化学新聞」時代をテーマにした自伝的経済小説『破天荒』

を文芸誌に連載中だ。主人公は自分自身。石油化学産業の勃興期に自身が見て書いてきただけに、エピソード満載の同時代史に仕上がりそうだ。

きょうも愛用のボールペンを持ち、ルーペで二〇〇字詰め原稿用紙をのぞき込みながら、青年記者の躍動の物語を書いていることだろう。（文中敬称略）

参考文献
『創業１００年史　大沢商会』（１９９０年、大沢商会）
『笑顔の人　三宅省三追想集』（２００１年、角川書店）
※ほかに神戸新聞高杉良関連記事、インターネットサイトの記事を参考にした。

本書は一九八八年一〇月刊、講談社文庫『会社蘇生』の新装版です。

|著者| 高杉 良　1939年東京都生まれ。専門紙記者・編集長を経て、'75年『虚構の城』でデビュー。以後、緻密な取材に基づいた企業小説・経済小説を次々に発表する。著書に『金融腐蝕列島』『小説　日本興業銀行』『虚像の政商』『管理職の本分』『第四権力』『組織に埋もれず』『勁草の人　中山素平』『巨大外資銀行』『最強の経営者』『めぐみ園の夏』『雨にも負けず』など多数。

新装版《しんそうばん》　会社蘇生《かいしやそせい》

高杉《たかすぎ》 良《りよう》

講談社文庫

定価はカバーに
表示してあります

2019年9月13日第1刷発行

発行者――渡瀬昌彦
発行所――株式会社　講談社
東京都文京区音羽2-12-21　〒112-8001
電話　出版（03）5395-3510
　　　販売（03）5395-5817
　　　業務（03）5395-3615

Printed in Japan

デザイン―菊地信義
本文データ制作―講談社デジタル製作
印刷―――凸版印刷株式会社
製本―――株式会社国宝社

ISBN978-4-06-517061-8

講談社文庫刊行の辞

二十一世紀の到来を目睫に望みながら、われわれはいま、人類史上かつて例を見ない巨大な転換期をむかえようとしている。

世界も、日本も、激動の予兆に対する期待とおののきを内に蔵して、未知の時代に歩み入ろうとしている。このときにあたり、創業の人野間清治の「ナショナル・エデュケイター」への志を現代に甦らせようと意図して、われわれはここに古今の文芸作品はいうまでもなく、ひろく人文・社会・自然の諸科学から東西の名著を網羅する、新しい綜合文庫の発刊を決意した。

激動の転換期はまた断絶の時代である。われわれは戦後二十五年間の出版文化のありかたへの深い反省をこめて、この断絶の時代にあえて人間的な持続を求めようとする。いたずらに浮薄な商業主義のあだ花を追い求めることなく、長期にわたって良書に生命をあたえようとつとめるところにしか、今後の出版文化の真の繁栄はあり得ないと信じるからである。

同時にわれわれはこの綜合文庫の刊行を通じて、人文・社会・自然の諸科学が、結局人間の学にほかならないことを立証しようと願っている。かつて知識とは、「汝自身を知る」ことにつきていた。現代社会の瑣末な情報の氾濫のなかから、力強い知識の源泉を掘り起し、技術文明のただなかに、生きた人間の姿を復活させること。それこそわれわれの切なる希求である。

われわれは権威に盲従せず、俗流に媚びることなく、渾然一体となって日本の「草の根」をかたちづくる若く新しい世代の人々に、心をこめてこの新しい綜合文庫をおくり届けたい。それは知識の泉であるとともに感受性のふるさとであり、もっとも有機的に組織され、社会に開かれた万人のための大学をめざしている。大方の支援と協力を衷心より切望してやまない。

一九七一年七月

野間省一

講談社文庫 最新刊

岡崎琢磨
病弱探偵
〈謎は彼女の特効薬〉
病弱な女子高生のマイは、床に伏せながら謎を解く寝台探偵――ベッド・ディテクティブ！

荒崎一海
小《お》名《な》木《き》川《がわ》
〈九頭竜覚山　浮世綴㈣〉
佳人薄命。花街の用心棒覚山〝水路の江戸〟を走る。書下ろし深川人情シリーズ第四弾！

小野寺史宜《ふみのり》
その愛の程度
ある出来事で家族との仲が急に冷え込んだ守彦。それぞれの「愛」を描いた新しい家族の物語。

髙樹のぶ子
オライオン飛行
戦前、九州に墜落した仏人飛行士と日本人看護婦との悲恋。八十年後に判明する真実は。

豊田　巧
警視庁鉄道捜査班
〈鉄血の警視〉
貨物列車がレールジャック！　積み荷は？　目的地は？　爆破阻止に警察が立ち上がる！

椹野道流
新装版 **暁天の星** 鬼籍通覧
連続して運び込まれた不審死を遂げた女性の遺体。若き法医学者たちが大いなる謎に挑む。

ティモシイ・ザーン
富永和子 訳
スター・ウォーズ　最後の指令(上)(下)
〈暗黒の艦隊《ダーク・フォース》〉を手に入れた帝国軍は、ついに新共和国に対して総攻撃を仕掛ける……！

講談社文庫　目録

高杉　良　挑戦つきることなし〈小説ヤマト運輸〉
高杉　良　銀行〈小説・新銀行合併〉
高杉　良　銀行〈短編小説への反乱〉
高杉　良　エリート〈短編小説全集〉
高杉　良　金融腐蝕列島(上)(中)
高杉　良　金融腐蝕列島FG合
高杉　良　銀行大統領
高杉　良　行〈小説みずほFG〉
高杉　良　気凜々
高杉　良　勇気凜々
高杉　良　混沌　新・金融腐蝕列島(上)(下)
高杉　良　乱気流(上)(下)
高杉　良　小説会社再建
高杉　良　小説 ザ・ゼネコン
高杉　良　新装版 懲戒解雇
高杉　良　新装版 大逆転！〈小説 三菱・第一銀行合併事件〉
高杉　良　新装版 バンダルの塔
高杉　良　新・燃ゆるとき
高杉　良　管理職の本分
高杉　良　破戒者たち〈小説・新銀行崩壊〉
高杉　良　第四権力〈巨大メディアの罪〉
高杉　良　巨大外資銀行
高杉　良　最強の経営者〈アサヒビールを再生させた男〉

高杉　良　リベンジ〈巨大外資銀行〉
竹本健治　匣の中の失楽
竹本健治　囲碁殺人事件
竹本健治　将棋殺人事件
竹本健治　トランプ殺人事件
竹本健治　狂い壁狂い窓
竹本健治　涙香迷宮
竹本健治　新装版 ウロボロスの偽書(上)(下)
竹本健治　ウロボロスの基礎論(上)(下)
竹本健治　ウロボロスの純正音律(上)(下)
竹本健治　新装版 ウロボロスの基礎論(上)(下)
竹本健治　新装版 ウロボロスの純正音律(上)(下)
竹本健治　日本文学盛衰史
高橋源一郎　日本文学盛衰史
高橋源一郎・山田詠美　饗宴文学カフェ
高橋克彦　写楽殺人事件
高橋克彦　総門谷
高橋克彦　北斎殺人事件
高橋克彦　北斎の罪
高橋克彦　総門谷R〈鵺〉篇
高橋克彦　星　封陣
高橋克彦　炎立つ　壱　北の埋み火

高橋克彦　炎立つ　弐　燃える北天
高橋克彦　炎立つ　参　空への炎
高橋克彦　炎立つ　四　冥き稲妻
高橋克彦　炎立つ　伍　光彩楽土
高橋克彦　炎立つ〈全五巻〉
高橋克彦　白妖鬼
高橋克彦　降魔
高橋克彦〈北の燿星アテルイ〉
高橋克彦　火怨(上)(下)
高橋克彦　時宗　壱　乱星
高橋克彦　時宗　弐　連星
高橋克彦　時宗　参　震星
高橋克彦　時宗　四　戦星
高橋克彦　時宗〈全四巻〉
高橋克彦　天を衝く(1)〜(3)
高橋克彦　ゴッホ殺人事件(上)(下)
高橋克彦　高橋克彦自選短編集〈1 ミステリー〉
高橋克彦　高橋克彦自選短編集〈2 恐怖小説編〉
高橋克彦　高橋克彦自選短編集〈3 時代小説編〉
高橋克彦　風の陣　一　立志篇
高橋克彦　風の陣　二　大望篇
高橋克彦　風の陣　三　天命篇

講談社文庫　目録

講談社文庫　目録

2019年6月15日現在